THE
BONEYARD
NEVER
SPEAKS

ICHIKAWA YUTO

ボーンヤードは語らない

市川憂人

東京創元社

目次

ボーンヤードは語らない

ボーンヤードは語らない

悪い意味で、古傷を抉《えぐ》られるような事件だった。

そんなものに良いも悪いもないと言われればそれまでだが、鋭利な刃物と錆《さ》びた鋸《のこぎり》とでは、受ける傷の形も治り方も全く違う。前者による傷口は時に美しくさえあるが、後者によるそれは、肉片にまみれた無残な断面を晒《さら》すだけだ。

残念ながら、今回の事件は後者に近かった。

軍の暗部。容疑者たちの救いがたい行為。亡き友人への手向《たむ》けとなる要素など何ひとつなかった。

唯一の救いは、事件が一応の解決を見たことだけだ。

……それも、私ひとりでは恐らく成しえなかっただろうが。

1

組織としての軍隊に、業務時間外という概念は存在しない。

敵国の攻撃や災害が時刻お構いなしである以上、軍もまた、二十四時間体制で危機に備えねばならない。R国との冷戦が続き、大陸間弾道ミサイルが距離と時間の概念を無意味にしつつある現在、むしろ夜こそ最も警戒すべき時間帯と言える。

要するに、夜間出動を経験したことのない軍人は稀《まれ》だ。

第十二空軍・第八百三十六航空師団所属、テリー・ラトリッジ軍曹にとって、その日――一九八三年五月十二日は、都合十数度目の夜間巡視業務だった。

A州ツーソン市郊外の空軍基地には、『飛行機の墓場』という空軍らしからぬ異名がある。『墓場《Boneyard》』といっても、撃墜された戦闘機が埋められているわけではない。故障や耐用年数の超過、新しい機体との代替わりなど、様々な理由で使用されなくなった軍用機が、数多く保管されていることから付いた呼び名だ。

軍用機は一機当たりの単価が高い。百万ドルから一億ドル単位、乗用車とは桁違《けたちが》いだ。簡単にスクラップにするわけにはいかない。再整備を施し現役復帰させることもある。別の機体の修理のために、臓器移植よろしく個々の部品を取り外したりする場合もある。様々な状況に備え、歴代の軍用機の取り置きを行っているのが『飛行機の墓場』だった。

テリーは前方をライトで照らし、『墓場』を巡る。二十三時半に基地入りし、午前零時にシフトを引き継ぎ、警備兵に挨拶《あいさつ》しつつ巡回へ出発したのが一時半。それから三十分は過ぎただろうか。乾いた空気が肌を撫でる。

月明かりはない。今夜は新月だ。星々が鮮明に輝く一方で、地上はいつになく暗い。油断は禁物だ。

砂漠地帯の広がるA州南部には、サソリが頻繁《ひんぱん》に出没する。鼠《ねずみ》一匹通さない厳戒態勢を謳《うた》う空軍基地だが、野生生物の侵入を食い止めるのは不可能に近い。

テリー自身、基地内で幾度となく遭遇した経験がある。知らぬ間に靴を這い上がり、背中に張り付き、自動車の中に入り込んでいたという話さえ耳にする。現場の一兵卒にとっては、R国の弾道ミサイルや不遜《ふそん》な侵入者より、よほど身近で危険な存在だった。

改めて『飛行機の墓場』を見やる。暗闇に慣れた視界の中、白い遮光布《しゃこうふ》で覆われた無数の機体がぼんやりと浮かび上がる。

この地域は空気が乾燥しており、腐食が進みにくい。航空機を長期にわたって屋外保管するにはうってつけの場所だ。大戦後、ツーソンの空軍基地には、U国全土から引退機が集められ、保管されるようになった。数にして四千機以上。世界有数の『墓場』だ。

運用を終え、ただ眠りに就くばかりの軍用機の数々。

『墓場』は広大だ。総計約一〇平方キロメートル、住宅街の一区域を丸々収めて余りある。そんな巨大な敷地に、役目を終えた機体が無言で列を成す様は、墓場というよりゴーストタウンに近い。市井《しせい》の軍用機愛好家《フリーク》には感涙ものの光景なのだろうが、夜中に巡回する身としては不気味なことこの上ない。

加えて不気味さを際立たせているのが、『墓場』の遙か遠方に並ぶ、いくつもの巨大な影だった。

気嚢式浮遊艇《ジェリーフィッシュ》だ。
六、七年前に配備されたばかりの現役機。高さ二〇メートル、縦横四〇メートルの白い巨体が、地平線の間際、建屋《たてや》のわずかな窓明かりを受けて薄ぼんやりと浮かび上がる。
青空に浮かぶ姿が美しい、という評を耳にすることもあるが、深夜に『墓場』を巡回する身にしてみれば、さながら恐怖小説の怪物に見張られている気分だった。

いつも通りさっさと終わらせるに限る。いや、それとも近道してしまおうか――と、邪《よこしま》な考えがよぎった、そのときだった。


ライトの只中《ただなか》に、何かが浮かび上がった。


奥側の戦闘機の隊列、その近くの地面に、機体の部品とは明らかに異なるものが横たわっている。

長さ二メートル弱――人に似た影。

心臓が跳ねた。

懐中電灯を掲げながら走る。影の間近まで辿り着いたとき、テリーは最悪の予想が当たってしまったことを知った。


若い男だった。

迷彩服とブーツを身に着け、苦悶《くもん》の表情を仰向けに晒している。

テリーは足を震わせながら、男の首筋に手の甲を当てた。——脈がない。

悲鳴を飲み込む。男の青い瞳に、茶色がかった金髪に、テリーは見覚えがあった。

訓練兵時代の同期にして親友、マーク・ギブソン軍曹の遺体だった。

※

「死亡推定時刻は」

照明に照らされた遺体を見下ろしながら、ジョン・ニッセンは尋ねた。

眠気はない。南側に国境を有するA州では、密入国者の追跡などで軍のヘリコプターやジェリーフィッシュが駆り出されることが多い。R国との冷戦が続く中、緊急発進《スクランブル》で叩き起こされるのも稀ではなかった。睡眠を破られる程度で泣き言を言う者に軍の指揮官は務まらない。

とはいえさすがのジョンも、深夜に基地内で、それも指揮系統から外れた死亡事故の現場検証に立ち会うのは初めての経験だった。

「目算ですが……死斑《しはん》の薄さや硬直の弱さからすると、死後二、三時間、といったところでしょうな」

中年の軍医が欠伸《あくび》混じりに返した。ジョンと違って眠気を隠そうともしない。「解剖に回さないことには……正確な時間は解らんでしょうが」

ジョンは腕時計を覗いた。三時過ぎ、テリー・ラトリッジ軍曹による緊急連絡から一時間が経過している。軍医の見立てが正しければ、被害者——マーク・ギブソン軍曹が命を落としたのは深夜零時から一時辺りといったところか。

生前のギブソンをジョンは知らない。階級差以前に、指揮系統上、面識を得る機会がなかった。

U国の軍隊は頻繁に組織改編を繰り返しており、結果として多くの基地が、指揮系統や任務の異なる複数の部隊の寄り合い所帯となっている。ツーソンの空軍基地も例外ではなく、軍務を遂行する組織が現時点で大きく三つ存在する。

全軍横断的な兵站《ロジスティックス》を担う空軍兵站《へいたん》軍団——その下部組織、軍用航空機保全・再配備《Military Aircraft Storage and Redistribution》センター《Center》、略称MASRC。

戦略ミサイルを扱う第十五空軍・第十二航空師団。

そしてジョンの所属する、第十二空軍・第八百三十六航空師団。

『墓場』の管理運用は、これら三組織のうちMASRCの担当だ。死亡したギブソンもここに籍を置いていたという。

つまり本来、MASRCの縄張りである『墓場』の死亡事故に、第十二空軍のジョンが首を突っ込むのは越権行為に当たるのだが——今回は事情が違った。

ひとつの基地が基地として機能するには、各部隊間の連携が不可欠だ。夜間の基地内巡視業務も、人数比に応じて各部隊が持ち回りで行うことになっている。

第一発見者のラトリッジは、ジョンと同じ第十二空軍の所属だった。

死亡事故の件はMASRCへもすでに伝わっている。しかし責任者が出張中らしく、駆けつけられるのは朝以降になるとのことだった。ジョンはいわば代理、悪く言えば貧乏くじを引かされた格好だった。

「派手な外傷は見当たりません。機体の上から転落して頭部を強く打ったと思われます。切創、索条痕《さくじようこん》、銃傷……いずれもなし。

転落の原因は……恐らくこいつかと」

白手袋を嵌《は》めた手で、軍医は遺体の迷彩服の襟《えり》をめくった。

左の鎖骨近くの皮膚《ひふ》が腫《は》れ上がっている。その中心に、小さく赤い——針で刺したような痕が見えた。

「サソリか」

人間を殺害しうるほど強力な毒を持ったサソリは、千を超える種類の中で三十種に満たない。A州に生息するサソリは、その数少ない種のひとつだ。刺されれば麻痺《まひ》や痙攣《けいれん》を生じ、最悪の場合死に至る。

周囲の地面を見回す。ギブソンの命を奪ったかもしれない毒虫の姿は、今はどこにもない。土は硬く乾いていて、虫はおろか人間の足跡さえ判然としない。

ともあれ、朧《おぼろ》げながら状況は見えてきた。

ギブソンは深夜、何らかの理由で『飛行機の墓場』へ向かい、不運にも命を落とした。本当にサソリに刺されたかどうか、現時点では断言できない。たまたま別の虫に食われただけかもしれない。

が——真の死因が何であれ、彼の死を単なる事故と片付けることはできなかった。

視線を上げる。何十機もの戦闘機が、整然と列を成している。真上から見れば、二つの列を逆向きに向かい合わせ、一方を半分ずらして互いに噛み合わせた格好だ。

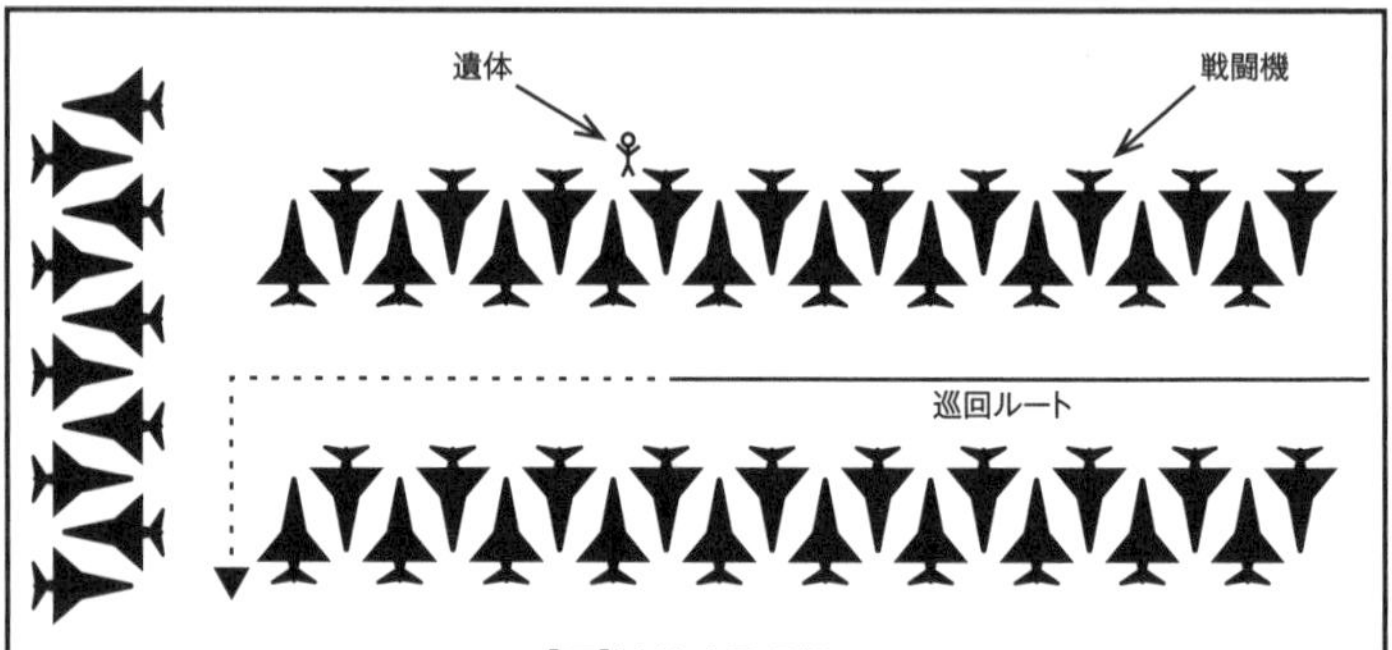

【図】遺体発見現場

この二列一組の固まりが、『墓場』の方々に壁のごとく配置され、それらの合間に道や交差点を形作っている。

ギブソンの遺体は、巡回ルートに当たる道から見て、進行方向の右手、奥側の列に並ぶ戦闘機の近くに横たわっていた。（【図】）

T字路の手前、隊列の中ほどの機体。遮光布に包まれているが、機種は形状からおよそ判別できる。ＵＦＡ社製の戦闘爆撃機。初めて製造されたのは二十年も前だが、可変翼《かへんよく》や地形追従レーダーなど、当時の先端技術が惜しみなく投入された機体だ。以後も改良を重ねながら、後継機の生産が続けられている。

ある意味で現在のＵ国軍戦闘機の基本形とも言える機体。その傍《かたわ》らで兵士が死んでいる。

こんな夜更けに、こんなところで何をしていた？

速報によれば、ギブソンは昼番《デイシフト》だったはずだという。そもそも『飛行機の墓場』は夜中の散歩に訪れる場所ではない。

……まさか。

遺体の周囲では、軍医とともに数名の捜査官が現場検証を行っている。

所轄の警察官ではない。U国軍の基地は、それ自体がひとつの生活圏だ。住居や店舗、病院、果ては教会まで併設されている基地もある。

同様に、空軍の内部で事故や事件が発生した場合は、所轄の警察署でなく独自の捜査機関――空軍特別捜査局――によって調査が進められる。

特にツーソンの空軍基地は、機密の塊《かたまり》に等しい軍用機が大量に保管されている。部外者を不用意に招き入れられるはずもなかった。

捜査官のひとりが顔を上げ、「基地《そちら》の見解は」と問いを発した。ジョンと同じ懸念を抱いたのだろう、真剣味を帯びた声だった。

「当面、マスコミには伏せてもらいたい」

ジョンは決断を下した。「遺族や関係者への連絡はこちらで行う。余計な情報が漏れぬよう協力を願う」

2

仮眠を取った後、ジョンはその日の朝から活動を再開した。

臨時会議の場で、ジョンは改めて事件の速報を伝え、他の幹部たちへ意向を質《ただ》した。

予想通り、上層部の回答は「外部には伏せた上で調査継続」だった。

調査は正式に、特別捜査局の下《もと》で行われることになった。ギブソンの遺体は検死に回され、関係者への事情聴取が始まった。

MASRCの兵士たちへは、臨時集会でギブソンの死だけが簡潔に伝えられ、併せて緘口令《かんこうれい》が敷かれた。

仲間の突然の訃報に、大半の者は驚きと困惑を隠さなかった。親しい間柄だったと思われる者たちは呆然と固まるか、あるいは唇を噛み締めていた。

が――事情を察したらしい数名は、程度の差はあれ、強張《こわば》った表情をよぎらせた。

オブザーバーという立場で集会を傍聴しながら、ジョンは彼らの顔を脳裏に焼き付けた。……

※

「で」

マリア・ソールズベリー警部が割って入った。「いつになったら本題に入るのよ。せっかくの一杯がぬるくなっちゃうじゃない」

と言いつつ、マリアの手元のビールジョッキは半分以上呑み干されている。酔いが面《おもて》に出にくい体質なのか、二杯目を空《から》にしつつあるにもかかわらず、彼女の頬《ほほ》にはわずかな赤みが差しているだけだ。

が、元来の美貌もあってか、今のマリアからは、勤務中の彼女とは異なる蠱惑的《こわくてき》な雰囲気が感じられた。

「急《せ》かさないでくれ」

紅玉色《ルビー》に光る瞳で見つめられ、ジョンは胸のざわめきを抑え込むのに苦労した。「あまり強く言える立場でないのは承知しているが、もうしばらく耳を傾けてもらいたい」

——遺体発見の数日後。A州フラッグスタッフ市、繁華街のバーの一角だった。

時刻は十九時過ぎ。砂漠地帯の広がるA州南部と比べると、基地から自動車で四時間ほどの中部に位置するフラッグスタッフ市は、気候が穏やかで緑が多い。今の季節、外は肌寒く感じられるほどだ。

とはいえ、南部は南部で過剰なほど冷房を効かせるので、屋内に限れば基地よりこちらの方が暖かいのも事実だった。

「調査の結果、ギブソン軍曹は昼番を終えて基地を出た後、当日の二十一時頃に基地へ戻っていることが解った。彼の乗用車も駐車場に残されていた。

ただ、基地へ戻ってからの足取りはほぼ空白だ。ゲートの監視兵に目撃されてから遺体となるまでの経緯は、今も判然としない」

基地内には居住区があるが、外から通う者も多い。ギブソンは、自動車で片道二十分ほどのアパートメントでひとり暮らしをしていた。

駐車場は基地の中にある。自動車通勤者はゲートで一時停止し、監視兵から認識票のチェックを受ける仕組みだ。

「軍曹が基地へ引き返した理由は何でしょう」

マリアの隣の席で、九条漣《クジョウレン》刑事が問いを投げた。

黒髪に黒い瞳。J国出身と聞いている。眼鏡《めがね》をかけた理知的な容貌は、酒席にもかかわらず全く崩れていない。手元に置かれているのは、サラダと肉料理の載った皿、後は水の入ったグラスだけだ。

呑まないのか、と問うと、漣は「飲酒運転は事故の元ですので」と首を横に振った。マリアたちの同僚、ボブ・ジェラルド検死官によると、「寝起きの悪い上司を毎日叩き起こして職場へ送迎している」らしい。非常識な上官を持った部下の苦労が偲《しの》ばれた。

「不明だ。

認識票があれば、出入りの理由を逐一問い質されることはない。非常事態で呼び戻される者も多いからな。現に『どこか慌ただしげだった』と監視兵が証言している。基地内の制限速度を――といっても時速三〇キロ程度だが――超える勢いで中へ入っていった、とも。だが」

「実際には非常事態なんてなかった？」

マリアの察しは早かった。ジョンは頷《うなず》き、説明を続けた。

「ギブソン軍曹はＭＡＳＲＣの所属だが、当日は特筆すべきトラブルはなく、彼を呼び戻してもいないとのことだった」

「じゃあ、忘れ物を取りに戻ったのかしら。……ああでも、遺体は迷彩服を着てたのよね」

「基地内では指定の軍服等を着用する規則になっているが、私物を回収するためだけにわざわざ着替えなどするまい。その程度の軽微な違反は黙認されているのが実態だ。

が、更衣室のロッカーには、彼の私服が残されていた」

長時間を要する何らかの作業を行うつもりだった。状況からはそう読み取れる。

念のため、更衣室でのギブソンの目撃情報を探ったが、芳《かんば》しい結果は得られなかった。二十一時といえば、半夜番《スイングシフト》の勤務者が仕事を行っている時間帯だ。更衣室へ戻る者はまずいない。

「妙ね」

マリアが顎《あご》に人差し指を当てた。「まるで、誰にも見咎《みとが》められないタイミングを狙って更衣室に入ったみたいじゃない。
で、遺体になるまで何の目撃情報もなかった。……どこで何をしてたのかしら。軍の備品でもかっぱらうつもりだったの？」

軽い戦慄《せんりつ》が走った。

ジェリーフィッシュ事件を巡る出逢いから数ヶ月。短い期間の中で、ジョンは赤毛の警部の類《たぐい》稀《まれ》な洞察力を知った。ビールジョッキ約二杯分のアルコールが入った程度では、彼女の直感はいささかも損なわれないようだ。

「実は、上層部もその可能性を疑っている」

押し殺した声で告げる。マリアと漣が目を見開いた。

「この件はくれぐれも他言無用で願いたい。

『墓場』に保管された軍用機は、現役機の修理のために部品取りされることも少なくないが――今回の一件を受けて精査したところ、遺体の近くにあった複数の機体について、部品取りの記録と、他の機体への転用に関する記録に食い違いがあることが判明した。

ギブソン軍曹は、ＭＡＳＲＣのメンテナンス部門に所属していた。……彼は、軍用機部品の横流しに関与していた可能性がある」

※

こんなことになるなんて。

長時間の事情聴取から解放され、自宅に帰り着くと、テリー・ラトリッジは服も脱がずにベッドへ倒れ込んだ。

十六時。夜番《ナイトシフト》明けの休日は、全く予想しなかった形で潰された。

シャワーを浴びる気力も湧かなかった。親友を喪《うしな》った衝撃に加え、捜査官の執拗《しつよう》な聞き取りがテリーの精神力を削り取っていた。

――ギブソン軍曹が『墓場』にいた理由に心当たりは。

――昼番と聞いていましたので、てっきり家に戻っているものと。……彼が基地にいたことすら知りませんでした。

――貴官はギブソン軍曹と親しかったそうだが、最近の彼に何か変わった様子は。

――解りません……今思えば、どこか苛立《いらだ》っているようにも見えましたが、気のせいかもしれません。……

多少なりともまともに説明できたのは、遺体の様子と、緊急連絡前後の状況だけだ。それ以外の質問には「解りません」としか答えられなかった。

ほんの一ヶ月前、親友の趣味であるキャンプへ誘われ、恋人に関する愚痴《ぐち》――の形を借りた惚《のろ》気話《け》――をテントの中で延々聞かされた頃からは、全く想像もできない事態だった。

捜査官は勘付いただろうか。昨夜、あいつが何をしていたか。

一兵士の自分が只事でないと察したのだ。特別捜査局が、そして軍上層部が、親友の死を単なる事故と捉えていないだろうことは明白だった。

ギブソンが犯罪に手を染めていたなど、テリーは全く知らなかった――彼の遺体を目《ま》の当たりにするまでは。

しかし、気付いてしまった。あまつさえ、知らぬふりをしてしまった。

もう後には引けない。あいつの罪が明るみに出れば、基地の、ひいては空軍全体の名誉を損なうことになりかねない。

マーク……何てことをしてくれたんだ。どうして何も言ってくれなかったんだ。

無意識に手が動き、ズボンのポケットに触れる。親友の置き土産となった小物の硬い感触が、生地越しに指先へ伝わった。

天井を見つめたまま何十分と過ぎた。朝から何も食べていないことに気付いたが、食欲は全く湧かなかった。


テリーの所属する第八百三十六航空師団・第三百五十五戦術訓練航空団は、その名の通り、戦闘機の飛行訓練を主な任務としている。

大型トラックを運転できるからといってレーシングカーを自在に操れるわけではないように、戦闘機の操縦も、機種に応じた訓練が必要となる。ツーソンの空軍基地はただ一種類の戦闘機に特化しているが、それでもU国全軍から将来のエースパイロットと目される者たちが集まり、日日訓練に明け暮れている。

テリーたちの仕事は、端的に言えば彼らのサポートだ。

戦闘機の点検整備、訓練日程の策定、訓練中のバックアップ……仕事量は多いが雑用だ。空軍といっても、コックピットに乗り込めるのはほんの一握り。選び抜かれた精鋭たちだけなのだと、入隊してからの数年でテリーは思い知らされていた。

休み明けの仕事は、朝からほぼ上の空だった。

周囲からの視線が痛かった。お前が余計なことをしてくれたせいで――と責め立てられているようだった。

むろん、公然と口にする者はいない。大半の同僚は「災難だったな」と気遣ってくれさえする。が、彼らの同情の視線には多かれ少なかれ、珍獣を見るような好奇心が入り交じっていた。

他の部隊の人間に出くわすと、浴びせられる視線は単なる好奇心では済まなくなった。

緘口令はあくまで軍の外部に対してのものだ。テリーがギブソンの遺体の第一発見者であることは、早くも周知の事実となっていた。

「彼は良き軍人だった」

ギブソンの上司、アントニー・ワイルズ少尉は開口一番、弔辞《ちょうじ》とも世間話ともつかない台詞《せりふ》を吐いた。

四十代半ばと聞いているが、縮れ気味の茶色い頭髪は、側頭部を残してほぼ失われている。現場に出なくなったせいか、腹回りには明らかに余分な脂肪がついていた。

――MASRCの執務室だった。

軍用機は自動車と違い、パイロットが乗り込むだけで飛ばせるものではない。飛行訓練ひとつ取っても、必要な書類への署名《サイン》を求めて関係部署を駆け回ることになる。特に飛行前後の整備は欠かせない。第三百五十五戦術訓練航空団にもメンテナンス要員はいるが、故障した部品の手配は一部隊だけではどうにもならない。必然的に、テリーはMASRCへ出入りする機会が多かった。

そんな中での、アントニーの唐突な呟《つぶや》きだった。まさか「死人に悪人はいないと言いますからね」と返すわけにもいかない。短い逡《しゅんじゅん》巡の後、口から出たのは「はい」という最小限の一言だった。

アントニーは不満げにテリーを一瞥《いちべつ》し、続けた。

「裏方の部門にあって、彼は一切不平を漏らすことなく任務に当たっていた。我々の誇りだった。その彼を、我々はあのような形で失った。信じがたいことだ。……ラトリッジ軍曹、貴官は彼の友人であり、また第一発見者だったそうだな。何か知っていることがあるのではないか？」

……来た。

予想していたとはいえ、こうも露骨に問い質されるのは気分のいいものではない。ただでさえ精神力を削られているというのに。

「ギブソン軍曹の死について、現場で目撃したこと以上の事実を小官は一切知りません。捜査局へもそのように伝えています。……あの時間になぜ彼が『墓場』にいたのか、小官も不可解でならないのです」

「そうか」

アントニーはなおも不満げな様子だったが、これ以上問い詰めても得るものは無いと判断したのか、書類にサインするとぞんざいに突き返した。

「ラトリッジ軍曹、老婆心ながら助言しておこう。『好奇心は猫を殺す《Curiosity killed the cat》』という格言がある。不用意な穿鑿はくれぐれも控えることだ」

穿鑿しているのはどちらだ、と叫びたくなるのを、テリーは必死にこらえた。

ＭＡＳＲＣの執務室を出て廊下を歩いていると、軍服姿の男たちが二人、向かいから並んでやって来た。

胃が縮んだ。どちらも見知った顔だ。できる限り平静を装い、敬礼してすれ違おうとした矢先、いきなり手首を掴まれた。

「おいおい、そんなつれない態度はないんじゃないか、テリー・ラトリッジ軍曹？」

粘度の高い小声を発しながら、ギル・スケルディング曹長がそばかすだらけの顔を近付けた。

細身の体格、くすんだ金髪、濁《にご》った緑色の瞳。顔立ちはそれなりに整っているのだろうが、テリーにとっては忌避の対象でしかない。「急いでいますので」とやんわり腕を振り解こうとしたところを、もうひとりの男が逃げ場を塞ぐように回り込んだ。

「そうだぜ、先輩の言うことは聞かないとなぁ？」

ピーター・オッグ曹長が下賤《げせん》な笑みを浮かべた。

短い黒髪と灰褐色の目、黒い肌。ギルとは対照的な、厚い筋肉で覆われた太い体軀《たいく》。ギャング映画のボスの護衛役に似た、暴力的な雰囲気を纏《まと》っている。

逃げ場はなかった。助けを呼ぼうにも廊下に人影はない。気付けばテリーは、ギルとピーターによって無人の会議室へ引きずり込まれていた。右肩をギルに、左肩をピーターに掴まれ、壁に押し付けられる。

「なあ。お前、オレたちに何か言うことがあるんじゃないか？」

ギルが問う。何も言えないでいると、突然、みぞおちに強烈な衝撃を感じた。

呻《うめ》きが漏れる。焼けるような痛みが走る。ギルが右拳をテリーの腹にめり込ませながら、追い打ちをかけるようにねじり回した。

ああ……まだだ。

「……何の……ことですか……」

今度は左脇腹に衝撃。ギルの殴打を上回る激しい痛みが身体を貫いた。

「しらばっくれてんじゃねえよ、第一発見者殿」

三度目の衝撃。ピーターが左拳をテリーの脇腹から外し、耳元で囁《ささや》いた。「訓練兵時代の先輩が直々に質問してるんだ。誠意ある回答をするのが軍人としての義務だろ。え？」

「ですから……何も、知らないんです……」

呼吸困難に陥《おちい》りながら必死に声を絞り出す。「てめぇ――」拳を振りかざすピーターを、「待て」とギルが制止した。

両肩から二人の手が外れる。テリーは壁からずり落ちるように床へへたり込んだ。

「おい、ギル――」

「これ以上はまずい……本当に偶然らしい。下手《へた》したら藪蛇《やぶへび》だ」

テリーに背を向けながら、二人が小声で囁き合う。やがてピーターがこちらを睨《にら》み、忌々《いまいま》しげに舌打ちを放った。

それで終わった。ギルとピーターは会議室を出て行った。一言の詫《わ》びもなかった。

壁にもたれながら、テリーはしばらくの間、身動きひとつ取れなかった。

勤務が終わり、帰宅の時間になったが、更衣室へ向かう足取りは重かった。

腹部の痛みは、普通に立って歩ける程度には引いている。むしろ精神的な疲労の方が、テリーに重くのしかかっていた。着替えて自宅へクルマを走らせることさえ億劫《おっくう》だった。

……汗でも流そう。

無理のない程度に身体を動かしてシャワーを浴びれば、少しは気分が晴れるかもしれない。テリーは更衣室へ入ると、ロッカーからタオルだけを取り出し、建屋の外へ出た。


トレーニングルームには、思いのほか多くの先客がいた。

軍人にとって肉体は第一の資本だ。厳しい訓練期間が終わった後も、率先して身体を鍛え続ける者は多い。もっとも、テリーの場合は軍務のためというより、ストレス発散の意味合いが強かったが。

ルームランナー、エアロバイク、ラットプルダウンマシン、レッグエクステンションマシン、バーベル……様々なマシンや器具が、体育館ほどの広さの屋内に各々複数並んでいる。順番待ちの列ができるほどではないものの、どのマシンにも大概一、二名の使用者がいた。

腹をさすりながら、ルームランナーとエアロバイクが並んでいる場所を目指す。筋肉を痛めている今は、有酸素運動に絞った方がいい。

と——

視界の先に意外な人物を見かけ、テリーは思わずマシンの陰に隠れた。

ＭＡＳＲＣの少尉、アントニー・ワイルズ。

彼だけではなかった。ギル・スケルディングとピーター・オッグの二人組が、アントニーと並んでエアロバイクを漕《こ》いでいる。

……最悪だ。どうしてこんなところに。

ルームランナーはエアロバイクの隣だ。のこのこ向かったら確実に彼らに見咎められる。

仕方ない、今日は諦《あきら》めるしかない。出入口へ踵《きびす》を返し――テリーは初めて、その人物の存在に気付いた。

灰色のTシャツとハーフパンツに身を包み、表情を変えることなくレッグエクステンションを繰り返す、銅褐色の短髪と濃灰色の両眼を持つ男。

第十二空軍、ジョン・ニッセン少佐だ。

直属ではないがテリーの上官に当たる。トレーニングルームに行くと、時々姿を見かける。とはいうものの、世間話ができるほどの間柄ではない。軍曹と少佐では階級が天と地の差だ。年齢は三十代前半と聞いている。少佐ともなると、軍務上は自ら動くより兵を指揮する場面の方が多いはずだが、黙々とトレーニングを続けるその表情は真剣そのものだ。

ジョンの身体は、ピーターと違って筋骨隆々ではなく、かといってギルほどに細くもない。極限まで絞り込みつつ鍛え上げられた、豹《ひょう》のような肉体だった。

自分の身体との違いに嘆息しつつ、そっと出入口へ向かい――

「今日は止《や》めるのか、テリー・ラトリッジ軍曹？」

当人から前触れなく声をかけられ、危うく飛び上がりそうになった。

どうして自分を、と尋ねかけたが、噂《うわさ》が広まっている上に同じ第十二空軍だ。少佐が自分を知っていても全く不思議ではなかった。

「……体調が、優れないもので」

「そうか。呼び止めてすまなかった」

ジョンは何事もなかったようにトレーニングを続けた。そっけない態度に見えたが、あれこれ尋ねずに解放してくれるのはありがたかった。

背後を振り返る。アントニーら三人はテリーに気付いた様子もなく、エアロバイクを漕ぎ続けている。安堵《あんど》の息を吐《つ》きつつ、テリーはジョンに一礼し、再び出入口へ向かった。

立ち去る一瞬、ジョンの横顔を視界に捉え――鳥肌が立った。


第十二空軍少佐の濃灰色の目が、前方――アントニーら三人を冷徹に捉えていた。

3

「……ちょっと、まずいんじゃないのそれ」

マリアが声を潜めた。「軍用機って機密の塊なのよね。本当に横流ししてたかもしれないって……どうなってんのよ、空軍の規律は」

「毎月のように給与を前借りする貴女《あなた》に、規律云々を口にする資格はないと思われますが」

「してないわよ毎月なんて！」

時々はしているのか。傍若無人《ぼうじゃくぶじん》な赤毛の警部の、さほど意外でない一面を脳の片隅へ密かに書き留めつつ、ジョンは「いや、反論の余地もない」と返した。

「先日の一件が片付いていないところへ今回の事件だからな。上層部も頭を抱えているところだ」

『先日の一件』とは、ジョンがマリアや漣と出逢うきっかけになったジェリーフィッシュ墜落事件だ。全容はほぼ把握できたものの、完全な解決には至っていない。

捜査に尽力したマリアと漣も、ジェリーフィッシュ事件に延々と時間を割き続けることはできず、ほぼ平常の勤務に戻っているという。今は、近隣の州の警察署や空軍の別部隊へ協力を仰ぎながら網を張っている状態だ。

とはいえ、他人任せにしてばかりもいられない。ある意味で空軍の失態が招いたとも言える事件だ。マスコミには詳細を伏せているが、解決が長引けば長引くほど露見の危険が高まる。ジョンは定期的に、マリアたちの所属するフラッグスタッフ署を訪れ、ジェリーフィッシュ事件の捜査状況について情報交換を行っていた。

今夜の宴席は、早い話が定例会議後の呑み会だった。

実のところ、マリアからは毎回のように——ほぼ間違いなくアルコール目当てで——声をかけられていたのだが、フラッグスタッフからツーソンまでは自動車で四時間だ。夜の宴席に付き合うとなると泊りがけになる。ジョン自身の軍務の都合もあり、これまでは誘いを断り続けてきた。が、今回ばかりは事情が違った。

酒席の場所は黒髪の刑事が手配したらしい。周囲のテーブルから程々に離れ、柱や観葉植物の鉢が視界を遮《さえぎ》ってくれている。会話を盗み聞きされる心配はなかった。

「『可能性がある』と仰《おつしや》いましたが、ギブソン軍曹が軍用機部品を横領した証拠はまだ発見されていない、ということでしょうか」

「状況証拠だけだ。

自動車の中に鞄が残されていたが、入っていたのはプライベートな物品だけだった」

財布、免許証、交際相手と思《おぼ》しき女性とのツーショット写真。目ぼしい遺留品はそれだけだ。

自動車の鍵は、ロッカーの中——私服のズボンのポケットに突っ込まれていた。

しかし――

「これは私見だが、横流しの件は単独犯ではない。軍用機のパーツをたったひとりで、誰にも見咎められることなく解体し持ち去るなど不可能に近いからな」

「……MASRCの組織的犯行ってこと？」

「少なくとも数名が関与している、と私は見ている。それも長期にわたってだ。『墓場』には四千機が保管されているが、現役を退《しりぞ》いたとはいえ一機一機が貴重な軍の財産だ。各機体の状態確認やメンテナンスは定期的に実施され、記録に残される。

にもかかわらず、部品が紛失していた。つまり」

「ちょっとやそっとじゃバレないだろうと高をくくれる程度には、犯人たちの隠蔽《いんぺい》工作が組織立っていたということね。

で、お仲間の兵士のひとりが基地内で死んだ。……死因は結局何だったの？」

「検死の結果、後頭骨の骨折および脳挫傷が確認された。一方、左鎖骨付近の刺傷は、サソリによるものとみて間違いないとのことだった。

どちらが致命傷となったかは不明だが――機体の上でサソリに刺され、バランスを崩して地面に転落、後頭部を強打した、というのが現時点での見立てだ」

知らぬ間に毒虫が背中を這い上がっていた、という話は民間でもよく耳にする。

遺体の最も近くにあった機体は、地面から翼までの高さが約一・五メートルほどある。その程度でも、転落して打ちどころが悪ければ人間は簡単に死ぬ。『墓場』の地面は舗装が要らないほど硬い。

さらなる傍証として、機体を包む遮光布の表面――翼の上面――に、砂埃《すなぼこり》を払い落とした跡が見つかった。

定期点検やメンテナンスの名残《なごり》か、大抵の機体の遮光布には、表面の砂埃に手形や足跡が残っている。ただ、それらのほとんどは上から新たな砂埃を被っている。翼が拭《ぬぐ》われたのは、真新しい足跡や指紋を消すためと思われた。

が――

「妙ですね」

今度は漣が呟いた。「死亡推定時刻は午前零時から一時とのことですが、仮にギブソン軍曹が機体に上って解体作業を行っていたとすれば、何らかの照明器具が必要となるはずです。『墓場』がいくら広大とはいえ、深夜に光が灯れば目立つ危険がありませんか」

「その通りだ」

派手な上司の陰に隠れがちだが、黒髪の刑事の推察力は上司に引けを取らない。「ギブソン軍曹が実際に行おうとしたのは解体作業ではあるまい。ゲートでの『慌ただしげだった』という証言を踏まえれば、突発的な単純作業――例えば、横流しの傍証となる何らかの遺失物を回収しようとしていた可能性はある」

解体に用いる工具、あるいは横流しした部品の一部。たとえドライバー一本やボルト一個でも、本来ありえない場所で発見されれば、そこから横流しの事実が露見しかねない。

当日は新月だった。月明かりはないが、逆に見咎められる危険も少ないと判断したのかもしれない。

迷彩服に着替えたのは、万一見咎められた際の保険だろう。広大な『墓場』を私服でうろついていたら間違いなく疑われる。翼に上ったのは、遺失物を探すために遮光布の隙間を調べようとしていたからではあるまいか。

「でも、ジョン」

マリアが早くも三杯目のグラスを空にした。「そこまで解ってるなら、横流しに関わった連中も目星がついてるんじゃないの？　締め上げて吐かせればいいじゃない」

「簡単にできるなら苦労はない」

マリアの鋭さが、今のジョンには恨めしかった。「……実のところ、君の言う通り、ギブソン以外の容疑者はすでにリストアップ済みだ」

ＭＡＳＲＣの緊急集会で表情を強張らせた者たちを、ジョンは順に思い返した。

メンテナンス部門の事実上の責任者、アントニー・ワイルズ少尉。

ワイルズの直属の部下、ギル・スケルディング曹長。

同、ピーター・オッグ曹長。

容疑者リストにはさらに数名が挙がっているらしい。が――半ば私的な偶然から、ジョンは先の三人への疑惑を深めていた。

遺体発見から二度の夜明けを経たその日、軍務を終えてトレーニングルームに入ると、三人が揃ってエアロバイクを漕いでいた。

気付かれぬよう、日課のトレーニングをこなしつつ観察を続けていると、第一発見者のテリー・ラトリッジが、心ここにあらずといった様子で現れ――突然顔色を変えてマシンの陰に隠れ、三人を窺《うかが》い、立ち去ろうとした。

……一連の事象の意味を理解できないほど、ジョンは愚かではなかった。

ワイルズら三人は、トレーニングを装って密談を行っている。

ラトリッジは、三人の誰かと、およそ友好的とは言いがたい関わりがある。

詳細は想像に任せるしかない。が、MASRCの曹長二人と第十二空軍の軍曹が、訓練兵時代の先輩後輩の間柄だったという事実、そして、ラトリッジの――恐らく無意識にだろう――腹部へ当てられた右手が、大体の事情を暗に指し示していた。

ラトリッジは探りを入れられたのだ。

余計なものを見なかっただろうな、とでも詰め寄られたのだろうか。ラトリッジがギブソンの親友だったという事実が、三人の疑心暗鬼に拍車をかけたに違いない。

特別捜査局の事情聴取で、ラトリッジは遺体を発見した際の状況を「巡回中にふと目を向けたら、機体の間に遺体の影が見えた」とだけ語り、他の大半の質問に対しては「解りません」と繰り返すばかりだったらしい。が、親友がただならぬ事態に巻き込まれていたことは嫌でも察しがついたはずだ。

なお、ラトリッジ当人のアリバイは確認済みだ。午前零時にシフトを引き継ぎ、一時半に巡回へ出発するまで建屋を出なかった。警備兵の目があるため、屋内でギブソンを殺害して巡回に乗じて遺体を運び出すといったことも不可能だった。

「ただ今回は、単なる軍務違反とは事情が異なる。空軍が独自に尋問を行おうものなら、逆に基地全体で隠蔽を図ったと特別捜査局に受け取られかねない」

ジョンが個人的に三人へ接触することはできるが、そうすればしたで、彼らを不用意に警戒させることになる。ジョンの独断で捜査に横槍を入れるわけにはいかなかった。

「なら、あたしたちへの頼みって何なの。

言っとくけど、うちの署にだって軍《そっち》の不祥事を捜査する権限や義務はないわよ。こっちはこっちで忙しいんだから」

いや、全く多忙に見えないが。

喉までせり上がった台詞をジョンは飲み込んだ。昼間の打ち合わせの最中に、他の捜査官が
――主に漣を――幾度となく呼び出していたのは事実だった。

「知恵を貸してほしい。

上層部は今回の疑惑を一刻も早く片付けたがっている。が……先に話した事情もあり、私自身が思うように動けないのが実情だ」

「苦労させられますね、現場を知らない幹部には」

漣が辛辣《しんらつ》な台詞を紡《つむ》いだ。「ですがお話を伺う限り、我々の出る幕はないように思われますが。容疑者のリストアップが済んでいるのであれば、当面は捜査局に情報提供しつつ指示を仰ぐべきではないでしょうか」

「全くその通りだ。

しかし、これも私見だが――今回の一件は、単なる横流しでは片付けられないのではないか、と疑っている」

一瞬の沈黙が漂った。マリアのまなじりが吊り上がった。

「軍曹の死は事故じゃない、口封じに殺されたんじゃないか、ってこと？」

「端的に言えば、な。

先程の議論を覆《くつがえ》すことになるが――ギブソン軍曹が遺失物を回収しようとしていたのなら、新月の闇夜でなく、翌日の昼間でも遅くなかったはずだ。機体の点検を口実に堂々と現場へ向かえるのだから。

そもそも、深夜の巡回で見咎められる恐れがあるほど目立つものであれば、夜が更けるまで紛失に気付かなかったのも奇妙な話だ。

にもかかわらず、彼は夜に慌ただしく基地へ舞い戻った。

考えられる答えは多くない。その物品が、たとえ小物であろうと一刻も早く回収しなければならない重要なものだったか、あるいは——」

「お仲間から呼び出しを受けた？」

マリアの言葉にジョンは頷いた。

「横流しに関わっていた面々の間で何らかの内部分裂が生じ、その結果としてギブソン軍曹が始末された。その可能性は否定できないと考えている」

「しかし、どのように？　ギブソン軍曹が基地内で殺害されたとすれば、殺人者もまた基地へ入っていなければなりません。電話で呼び出すにしても、通話記録から絞り込まれる危険が大きいと思われますが」

「基地内には軍事関連施設だけでなく、居住区や店舗も存在する。……公衆電話もだ」

「足のつきにくい形で基地内から呼び出す方法は一応ある、ってわけね」

証拠が残っている恐れがある、大至急確認せよ——とでも伝えたのかもしれない。ギブソンも無視することはできなかっただろう。ともかく犯人がギブソンを基地へ呼び戻し……事故に見せかけて命を奪ったとしたら。

根拠のない臆測ではなかった。

容疑者のひとり、ピーター・オッグは、家族とともに基地の居住区に住んでいる。当日は昼番。深夜前には床に就いたという。

ギル・スケルディングは、基地に隣接する住宅街に居を構えている。遺体の発見された『墓場』の敷地との境界線までは、歩いて二十分もかからない。オッグと同じく当日は昼番だった。

唯一、出張中でアリバイがあると思われていたアントニー・ワイルズも、当日の二十三時四十分頃に、ツーソンの自宅へ帰り着いていたことが判明した。自宅から基地までは自動車で約十分。遺体発見の報があった時間帯——午前二時過ぎには、当人も家族も寝入っていて電話を取れなかったとのことだった。翌朝七時半に自宅を出発し、基地に来て初めて事態を知ったそうだが、当人と家族の証言以外に裏付けはない。

ゲートの監視兵がギブソンの基地入りを憶えていたのは、二十一時という中途半端な時間帯だったことが大きい。偽証の可能性は低い。監視兵と容疑者たちとの間には、同じ基地で働いている以上の接点がなかった。

が、シフトの切り替わる時間帯——八時、十六時、そして午前零時前後——になると話は別だ。これらの時間帯は出入りが多く、誰がいつ基地入りしたかまでは把握しきれないという。例の三人がこの隙を突いた可能性は否定できない。

つまるところ、オッグにもスケルディングにも、そしてワイルズにも、死亡推定時刻——午前零時から一時までの確固たるアリバイがない。

とはいえ、臆測はあくまで臆測だ。

サソリに刺されて転落したと見せかけるという、手の込んだ偽装殺人を、一通りの訓練を受けた軍人相手に、果たして簡単に仕掛けられるかどうか。

ギブソンの身体の自由を奪い、毒虫を放ったのではないか——とも考えたが、検死官によれば、拘束されたり争ったりした痕跡は確認されなかったという。

単に殺害するだけなら、深夜でなく昼間にメンテナンス中の事故を装うなり……あるいは自殺に見せかけるなり、いくらでもやりようはあったはずだ。

「恥を晒すようだが、軍隊において兵の自殺は珍しくない。過酷な訓練に耐えかねた者、戦場に放り込まれて心を壊した者。あるいは――虐めの標的になった者。

あってはならない話だが、軍内部での自殺は公《おおやけ》にされず、捜査も行われない場合が多い」

マリアの眉がぴくりと動いた。

「……同じ口封じなら、自殺を装った方が事を荒立てずに済んだはずだ、ってことね。けれど、単純に事故と考えるのも、色々とおかしい点がある……」

「そういうことだ。

捜査局は今のところ、ギブソン軍曹の死そのものに深入りせず、横流しに絞って調査を進めているようだ。が、逮捕や処分に足る証拠が挙がるとは限らない。挙がったとしても、彼の死に関しては不運な事故として処理される可能性が高い。

マーク・ギブソン軍曹の死は事故か否《いな》か。事故でないとしたら誰がどのように手を下したのか――これが、君たちに知恵を貸してもらいたい疑問だ」

再び沈黙が訪れた。マリアがテーブルに目を落とし、顎に人差し指を当てる。

「ニッセン少佐」

漣が不意に問いかけた。「なぜ、今回の事件をこれほど気にかけているのですか」

「なぜ、とは？」

「ＭＡＳＲＣと第十二空軍は指揮系統が異なります。同じ基地に所属しているとはいえ、第十二空軍少佐の立場にある貴方《あなた》が、MASRCで発生した事件に、我々へ助力を申し入れるほど深入りする理由はないように思われるのですが」

一瞬、返答に窮した。

「……軍人としての矜持《きょうじ》、だけではない。

半分は私的な理由だ――今回の件を見過ごしてしまっては、死んだあいつに申し訳が立たない」

マリアがはっと顔を上げた。漣も目を見開いている。

「ああ――いや、意味不明だったか」

思いのほか酔っていたらしい。語るつもりのなかった過去の破片が、口から滑り落ちていた。

話をどう繋いだものか迷っていると――

「オーケイ、ジョン」

マリアが両腕を軽く広げた。「そこまで言われちゃ仕方ないわ。手伝ってあげる。レン、構わないわよね？」

「私の業務に支障を来さない範囲でしたら」

「あたしが暇だって言いたいの⁉」

いつも通りのやりとりを交わす二人に、迷惑そうな様子は微塵《みじん》もない。ジョンの台詞の続きを促すこともなかった。

「すまない、恩に着る。

だが、いいのか、話を持ち込んだ私が訊くのも変だが」

「困ったときは何とやら、でしょ。――ただし」

マリアが紅い唇をにやりと歪《ゆが》めた。「今聞いた話だけじゃ情報が足りないわ。それに、頭を使うのだって立派な労働よ。タダ働きは趣味じゃないのよね」

「ここは私が払おう。必要な資料も追って用意する。

成否にかかわらず、協力してくれた礼は別途させてもらうつもりだ。どこまで希望に沿えるかは解らんが」

上々ね、と赤毛の警部が喝采《かっさい》した。黒髪の刑事がさりげなく吐息を漏らした。


結局、マリアはジョッキ五杯を空にし、半分舟を漕ぎながら漣に引きずられるように店を出た。およそ警察官とは思えない体《てい》たらくだった。「もっと泥酔する日もありますので」と、J国人の部下はこともなげに返したが……明朝、二日酔いに苦しむマリアの顔が目に浮かぶようだった。

駐車場まで来ると、漣は自動車の鍵を開け、手慣れた様子でマリアを右の助手席に押し込んだ。ジョンへ一礼しつつ運転席へ入り、静かに発進させる。

二人を乗せた自動車が通り《ストリート》へ消えるのを見送り、ジョンは宿泊先へ向かった。徒歩十分。目と鼻の先だ。

フラッグスタッフの繁華街は、すっかり夜の顔になっていた。腕時計の針は九時過ぎ。自動車のヘッドライトと店舗の窓明かりがストリートを照らす。

夜空は薄く霞《かすみ》がかっていた。同じA州でも、砂漠ばかりの南部と、世界に名を知られた国立公園のある北部では気候が大きく違う。フラッグスタッフは両者の境目辺りに位置しており、街中に緑が多い一方、市街地を出てしばらくすると荒野が広がる。

聞くところによれば、漣の母国も北と南とで別世界のように気候が変わるそうだが、国土の大半は山林地帯で、『見渡す限りの荒野』にはまずお目にかかれないという。

……自分も、A州に赴任した頃は面食らったものだな。

生まれ故郷では、サソリなどという生き物は図鑑の中の存在でしかなかった。豊かな自然に囲まれた、けれど偏狭な町。それが、士官学校に入るまでの自分の世界だった。

息苦しい故郷を出て軍人の道へ進んだことを、ジョンは後悔していない。だが、選んだ道を歩く中で生じる後悔もある。


――なぜ、今回の事件をこれほど気にかけているのですか。


漣への返答に嘘はない。

軍人としての矜持が半分。残りの半分は、士官候補生ジョン・ニッセンの負の記憶だ。

※

士官学校の友人、オリヴァー・アーカートが実家で拳銃自殺を遂げたと知らされたときの、胃に鉛《なまり》を流し込まれたような感覚を、ジョンは今も鮮明に憶えている。

士官候補生たちの出自は、U国全土から集まっただけあって多種多様だった。

西海岸や東海岸の都会から、ジョンの故郷より遠い片田舎《かたいなか》まで。そして――混じり気なしの愛国心を持った者から、出世欲を剝《む》き出しにした者、戦闘機フリーク、あるいはただ、食べて生きていくためだけに軍人の道を選んだ者まで。

士官学校は、U国民のために身を捧げる意志を持った者の集まりだ――と思い込んでいたジョンにとって、必ずしもそうでない人間がいるという事実は少なからぬ衝撃だった。

ましてや、味方を守り敵を撃つべき軍人が、将来味方となるはずの仲間を虐《しいた》げるなど、当時は想像の埒外《らちがい》だった。


オリヴァーと親しくなったのは、士官学校に入学して間もない頃だった。

本人曰く「食べて生きていくために」、貧しい町から苦労して士官学校に入った青年だった。両親や兄弟のために立派な軍人になるのだと、純朴な笑顔で語っていた。

が、数ヶ月が過ぎた頃から、友人は急速に笑顔を失っていった。

ジョンがいくら様子を尋ねても、頑《かたく》なに「何でもない」と首を振るばかりだった。

虐めだった。

数名の上級生と同期が徒党を組み、『訛《なま》りだらけの無礼な田舎者』へ制裁を加えていた。

気付くのがあと半月遅れていたら――友人が壁に押さえつけられ、腹を殴られている現場を偶然にも目撃し、割って入ることがなかったら――加害者たちは今も大手を振って、出世街道を謳《おう》歌《か》していたかもしれない。

だが、それは単に、加害者連中の無罪放免を食い止めただけに過ぎなかった。

彼らの退学処分と前後して、友人も士官学校を辞めた。

――疲れたよ、もう。

それが、別れの際に友人の遺《のこ》した言葉だった。

オリヴァーの胸中にどんな感情が去来していたかは解らない。「食べて生きていく」だけのために、卒業後も同じ地獄を味わわねばならないのが耐えられなかったのか。あるいは、耐えられなかった自分への諦念《ていねん》か。

確実に言えるのは、友人の受けた一連の虐待が、「両親や兄弟のために立派な軍人になる」という彼の夢を引き裂き、軍という存在への憧れを粉々に打ち砕いたことだけだ。

なぜもっと早く気付かなかったのか。無理にでも真実を聞き出せなかったのか。

自責の念に囚《とら》われるジョンへ追い打ちをかけるように、友人の自殺の報が届いた。

彼の退学から、わずか半月後の出来事だった。

※

ホテルに戻ると、ジョンは手早くスーツの上着を脱ぎ、ネクタイを解いた。

着慣れた軍服と比べると、ビジネススーツは窮屈なことこの上ない。とはいえ、非公式の依頼を申し入れるのに軍服のままバーに向かうほど、ジョンは無分別ではなかった。

破天荒な赤毛の警部を見慣れてしまったおかげで、ともすると気を抜きそうになるが、軍人たるもの公私の区別はきちんとつけねばならない。

軍人たるもの――か。

故郷を出て十数年。少佐という責任ある地位へ昇進し、傍目《はため》には、家族に対してもU国民に対しても充分誇るに足る道を歩んでいる、と言えなくもない。が――

「……いささか航路がずれてしまったな、当初の思惑とは」

アルコールのせいか、思考がまた口から滑り出る。

多くの空軍志願者がそうであるように、ジョンが当初目指していたのは、戦闘機のパイロットだった。

しかし、ジェリーフィッシュの登場が、軍人としてのジョンの人生を大きく変えた。

軍事転用できない技術はない。『航空機の歴史を変えた』とまで評された真空気嚢《きのう》式浮遊艇に、軍が目をつけないはずもなく、ジョンは正式な軍人となってからわずか数年で、新たに組織された気嚢式浮遊艇部隊への異動を命じられた。

Ａ州ツーソン市郊外の空軍基地。ジェリーフィッシュの製造を担う航空機製造会社ＵＦＡに近いこの場所が、新部隊の拠点に選ばれた。

上官曰《いわ》く「君の明晰《めいせき》さと状況把握能力は、一介のパイロットに留めておくべきものではない」とのことだったが……幼い頃に抱いた無邪気な夢は、ほぼ完全に断たれることになった。

内心の落胆を封じ込め、ジョンは異動を受諾した。軍において上官の指示は簡単に拒絶できるものではなく、規律なくして軍隊という組織は成り立たない。

何より、幼い憧れはあくまで憧れでしかないことを、ジョンは士官学校での苦い記憶とともに学んでいた。

もっとも――さらに年月を経た今年、ジェリーフィッシュ開発に関わる大事件が発生し、マリア・ソールズベリーと九条漣という二人の警察官と親交を結ぶことになるとは、さすがに想像できなかったが。

今回の事件の被害者、マーク・ギブソンはどうだったのだろう。

彼にとって、『飛行機の墓場』での日々は満足のいくものだったのだろうか。

M州生まれ。同州のハイスクールを卒業後、空軍へ入隊。親元から遠く離れたA州の基地に配属される。……出身こそ違えど、ギブソンのプロフィールは、ジョンのそれに似ている。彼もまた、大空に憧れて空軍の兵士になったのだろうか。

しかし、彼に与えられた任務は、どこまでも地上に縛られた、軍用機のメンテナンスだった。戦闘機の運用は、一握りのエースパイロットだけで成り立つものではない。機体の整備、滑走路での誘導、指令室からの通信……多くの兵が裏方となって支えて初めて、パイロットは安心して飛び立つことができる。

重要でない任務などひとつもない。機体の整備をたった一箇所怠《おこた》っただけで、一億ドルの戦闘機と、長い時間を費やして育成されたパイロットの命があっけなく失われることさえあるのだ。

が、理性で認識することと、感情で納得することの間には、大きな隔《へだ》たりがある。

こんな仕事をしたくて空軍に入ったのではない――そんな感情が、彼を軍用機部品の横流しに走らせたのだろうか。

特別捜査局の資料によれば、ギブソンはツーソンのアパートメントでひとり暮らしをしていたらしい。日記をつける習慣はなかったらしく、部屋には、軍務への不満を匂わせる書きつけも、横流しへの関与を裏付ける証拠も発見されなかった。

かろうじて手がかりと呼べるものといえば、鞄の中に残された写真一枚。恋人と思しき女性と、自然公園らしき場所で肩を寄せ合ったツーショットだ。

が、すでに別れてしまったのか、女性の名前や連絡先の記されたメモの類は見つからず、軍や所轄警察へも、当該女性からと思しき問い合わせは現時点で来ていないという。

M州の故郷の家族ともほぼ没交渉で、電話や手紙のやりとりも数えるほどだったらしい。ギブソンのプライベートから横流し疑惑を辿るのは困難、というのが特別捜査局の見解だった。

……何をやっているのだろうな、自分は。

漣に指摘された通り、本来は特別捜査局に一任すべき案件だ。にもかかわらず、マリアと漣へ非公式に助力を仰いでまで事件の解決を図ろうとするのは――少なからず、私怨《しえん》に近い感情が入っているからに他ならない。

マーク・ギブソンの境遇が、ジョンのそれと似ていると感じたように。

スケルディングらに幾度となく虐げられたであろうテリー・ラトリッジの境遇が、亡き友人のそれに重なって見えたからだ。

※

翌日、軍服を纏って執務室へ入ると、執務室のデスクにメモが置かれていた。

『フラッグスタッフ署より電話　折り返し連絡を乞うとのこと』

マリアたちが早速動き始めてくれたらしい。ジェリーフィッシュ事件以来、ジョンの元へ警察署から連絡が入ることは、基地内でも特に疑問に思われなくなっていた。

受話器を取り上げ、メモを見ずにフラッグスタッフ署の番号をダイヤルする。向こうも向こうで馴染《なじ》みとなったのか、ジョンが名乗ると直ちにマリアへ繋《つな》がった。

『ジョン？　随分早いじゃない……まだ十時にもなってないわよ？』

マリアは案の定二日酔いらしく、声にかすかな掠《かす》れが交じっていた。

「それなりに鍛えられているのでな」

朝四時にホテルをチェックアウトし、ハイウェイ沿いのガスステーションで朝食を見繕《みつくろ》い、八時過ぎに基地へ帰還。前日行えなかったトレーニングを済ませ、今は九時半だ。余裕を見て、戻りは十時頃の見込みと事前に伝えてあったので支障は全くない。「それで、用件とは？」

『送ってほしいものがあるの』

マリアの声から二日酔いの気配が消え失せた。『とりあえず、遺体発見現場周辺の見取り図と、「墓場」の全体図。

できる限り細かいのがいいわ。飛行機がどんな風に並んでて、遺体はどの機体の近くで見つかったか、とか。……ある？　ないなら作って』

4

「ラトリッジ軍曹。疲れているところを申し訳ない。この時間しか都合が合わなくてな」

ジョン・ニッセン少佐の謝罪に、テリーは「いえ、お気遣いなく」と返すことしかできなかった。

忌まわしき遺体発見の夜からおよそ一週間後、深夜零時過ぎ。『飛行機の墓場』の只中だった。

乾いた空気、輝く星々。闇の中にうっすらと浮かび上がる機体の数々。あの夜とほとんど変わらない。

違っているのは、新月でなく上弦の月が西空低く漂っていること。そして同行者――ジョン・ニッセン少佐の存在だった。

自分より何階級も上の、豹のような雰囲気の司令官が、右隣に並んで『墓場』の巡回に付き添っている。

――特別捜査局から協力要請を受けてな。今一度、遺体発見現場の状況を確認したい。

それが少佐の説明だった。

否応《いやおう》なく緊張が走る。そんなテリーを見かねたのか、「身構えなくていい」と少佐が苦笑を漏らした。

「無理を言ったのはこちらだからな。……心配は無用だ。深夜勤務手当は支給される」

冗談か真面目《まじめ》なのか解釈に困る。数瞬の間の後、口から出たのは「解りました」の一言だった。

そっけなさすぎただろうか。暗がりの中、ちらりと横目で窺うと、少佐は気分を害した様子もなく正面を向いている。テリーも視線を前方へ戻した。乾いた地面がライトに照らされた。

無言の道行きが続いた。いくつもの機影がテリーとジョンの脇を通り過ぎていく。沈黙に耐え切れず、テリーは口を開いた。

「少佐――なぜこの時間に視察を？　現場の確認なら昼間の方が行いやすいのでは」

「ギブソン軍曹が命を落としたのは深夜だ。であれば、この時間帯だからこそ見えてくるものがあるかもしれない。当日の巡回ルートを辿ってもらっているのもそのためだ。

当日、遺体を発見するまでに異常な点はなかっただろうか。些細《ささい》な違和感程度のものでも構わない。思い出したことがあれば遠慮なく伝えてもらいたい」

「……了解しました」

異常な点と言われても、何も気付かなかったとしか答えようがない。サソリが潜んでいないだろうかとか、夜の『墓場』は不気味だとか、些細と呼ぶにも値しないことばかり考えていた。

それに、マークの遺体を発見した衝撃で、それ以前の細かな記憶など吹き飛んでいる。今さらあの日をなぞり直したところで、何を得られるとも思えない。

……いや、本当にそうか。

であれば、なぜ、緊張が一向に解けないのか。

自分はどうして、これほどまでに手に汗を滲《にじ》ませているのか。……

「そういえば、貴官はギブソン軍曹の友人だったと聞いたが」

「ええ」

声が上ずった。「訓練兵時代の同期でした。休日には食事に付き合ったり、愚痴を言い合ったり──

あ、その、申し訳ありません。決して少佐のことでは」

「謝る必要はない。上官や軍務のあり方に不満を覚えるのは私も同じだ。昔も今も」

「今も、ですか」

「意外か?」

ジョンの声音は変わらなかった。「私は聖人君子ではない。上層部から見れば私など下っ端もいいところだ。

軍に階級が存在する限り、どの地位に就いたところで『上官《うえ》への不満』はついて回るものだ。軍曹であろうと少佐であろうと、あるいは大将や総司令官であろうと恐らく変わらない。唯一の例外は大統領くらいではないか?」

「……自分には、雲の上の話に聞こえます」

そうか、と少佐は呟いた。

再び沈黙が訪れた。忘れかけていた緊張がぶり返した。

気付けば、あの場所に近付きつつあった。――テリーが無線で異変を伝えた、忌まわしき場所。

数百メートル先を右に曲がれば、現場が見えてくる。

「もうじきか」

手のひらの汗を拭うこともできず、テリーは角を曲がった。

剝《む》き出しの乾いた土の道が、ライトに照らし出される。いくつもの機体が影となって、道の左右に並んでいる。

マークの遺体が横たわっていたのは、向かって右側の列の半ば。あの夜、自分は声を震わせながら、無線機のマイクを握り締めた。……

「なるほど」

少佐がひとりごちた。

「見えないな。全く」

心臓が凍り付いた。

「貴官は今と同様、軍用車で『墓場』を巡回していたのだろう。ヘッドライトで照らされるのは道の真正面、後はせいぜい左右一列目の機体だけだ。二列目の機体の陰に隠れていた遺体を、貴官はどうして見咎めることができた？」

足がブレーキを踏んだ。

耳障りな音とともに軍用車が急停止した。シートベルトが身体に食い込む。

「どうした、軍曹」

急ブレーキをかけたというのに、ジョンの声にはひとかけらの乱れもない。室内灯が消された暗がりの中、冷徹な視線がこちらに向けられた。

「貴官の証言によれば『巡回中にふと目を向けたら、機体の間に遺体の影が見えた』のだったな。基地内での制限速度は時速三〇キロ、徒歩の八倍近くだ。短距離走に近い速度で走りながら、道の脇の暗闇に隠れた遺体を、『ふと目を向けた』程度でよく発見できたものだな。

それとも、目を凝らしながら脇見運転をしていたのか？　運転席から遠い側――助手席を挟んだ右側の窓を？」

喉を絞め上げられたようだった。

半ば呼吸困難に陥りながら、テリーは声を絞り出した。

「そう、言われましても……速度を落としていましたし……実際に、見たものは、見たとしか」

「嘘だな」

ジョンが断じた。「『墓場』の巡回記録を確認した。直近一年間における貴官の巡回時間は、全当番者の平均値と比較して有意に短い。速度制限の上限近くで、脇目も振らず走行したと思えるほどに。

その貴官が、当日はたまたま、速度を落として入念に周囲を確認していたと？」

血の気が引いた。

そうだ……真夜中の『墓場』はゴーストタウンのように不気味で、自分はいつもさっさと巡回を終わらせていた。まさかこんな形で咎められるなんて。

いや、問題は、巡回のいい加減さを暴かれたことじゃない。

記録を確認した、だって？　まさか。少佐は、初めから――

「にもかかわらず、貴官は件《くだん》の場所で遺体を発見した。いや、そのように緊急連絡した。なぜ貴官にそれが可能だったのか。答えはひとつだ。貴官が件の場所へ遺体を置いたからだ。違うか」

足元が崩れ落ちるという感覚を、テリーは初めて味わった。

どこまで――どこまで知られてしまった。

「小官が、テリーを……ギブソン軍曹を、殺害したと……？」

「いや、貴官にはアリバイがある。

ギブソン軍曹の死亡推定時刻は深夜零時から午前一時。一方、貴官は零時にシフトを引き継ぎ、午前一時三十分に建屋から巡回へ出発している。貴官がギブソン軍曹を殺害したとすれば、巡回に出る前の建屋の中か、その周辺だけだ。

であれば、貴官が遺体を件の場所まで運ぶには、巡回に用いる軍用車へ遺体を載せるしかない。しかし建屋には警備兵がいる。彼らの目を盗んで遺体を積み込むなど危険極まりない。

貴官はただ、遺体を移動させただけだ――本来の死亡現場から別の場所へ。

巡回の最中、貴官は『墓場』のある場所でギブソン軍曹を発見した。そして件の場所まで遺体を動かし、あたかもその地点で発見したかのごとく振舞った。これが事実だ」

「……い」

脂汗《あぶらあせ》がこめかみを伝うのを感じながら、テリーは必死に顎を動かした。「意味が、理解できません。

小官が遺体を発見できたはずがない、と仰ったのは少佐ではありませんか。それなのに……小官が、やはり遺体を発見したと⁉　どこで！」

「T字路だ」

ジョンの一言がテリーの心臓を撃ち抜いた。

「常に脇目も振らず巡回を済ませていたのであろう貴官が、道脇の奥の遺体に目を留められたはずがない。だが唯一、そんな貴官でも遺体を発見できる場所がある。

それがT字路だ——縦棒に当たる道の下から上へ軍用車を走らせれば、横棒の道との突き当たりにヘッドライトが照射される。その光の中で、貴官は真正面からギブソン軍曹を発見した」

※

ああ——そうだ。

近道の誘惑を振り払いながら、自分は巡回を進めていた。

何度か道を折れ曲がり、T字路に差し掛かったとき——ヘッドライトが、突き当たりの奥、戦闘機の列の隙間に影を映し出したのだ。

地面に横たわる、あまりに不自然な人影を。

慌てて軍用車を止め、運転席を降り、懐中電灯を片手に駆け寄った。

最悪の事態が待ち受けていた。

——親友のマーク・ギブソンが、乾いた地面の上で息絶えていた。

※

「理解、しかねます」

　戦線が崩されたのを悟りながら、テリーは反撃を試みないわけにはいかなかった。「小官がT字路で遺体を発見したのなら、なぜ、遺体を動かす必要が？　その場で連絡すればよいではありませんか。……小官が、実際にそうしたように」

「あくまで白《しら》を切るか」

　少佐の声はどこまでも冷徹だった。「ならば貴官の問いに答えよう。真の死亡現場を悟られたくなかったからだ。

　なぜ悟られたくなかったか。ギブソン軍曹の真の犯罪の証拠が、その場に残されていたからだ。横流しではない。ギブソン軍曹は、自らが個人的に犯した罪の証拠を『墓場』の中に隠蔽しようとして、命を落としたのだ。

　貴官はそれを知られまいとして、遺体を別の場所へ移動させた」

　意識が遠のきかけた。

「ギブソン軍曹が基地に戻ったのは二十一時。以後、遺体で発見されるまで、彼に関する目撃証言はない。駐車場に乗用車を停め、更衣室で迷彩服に着替えた後の足取りは、今もって不明のままだ。

　一方、彼の死亡推定時刻は深夜零時から一時。ゲートをくぐってから遺体となるまで、三、四時間もの空白がある。その間、彼は基地内のどこで何をしていたのか？

拘束されていたのではない。彼の遺体からは、サソリに刺された痕と後頭部の打撲以外には何の痕跡も発見されなかった。何者かと争った形跡もだ。

であれば、考えられる解釈は絞られる。彼自身が意図的に、他者に気付かれぬよう身を潜めつつ『墓場』へ向かった。何らかの犯意が存在したと認めざるをえまい」

「……なら……であれば！」

絞り出した声は、今わの際《きわ》の喘《あえ》ぎのようだった。「ギブソン軍曹が、何の罪を犯したのかまでは、断定できないではありませんか。……機体部品の横流しに関わる何かを行っていた可能性も」

「夜に『どこか慌ただしげな様子』で、か？

貴官の言う通り、ギブソン軍曹が横流しに関わる作業を行おうとしたのであれば、二十一時という中途半端な時間に基地へ舞い戻ったという事実自体が不可解だ。

部品の解体作業であれば、勤務後に残業を装うなどすればいい。落とした工具の回収であれば、翌日の勤務の最中にいくらでも機会を作れる。『二十一時に慌てて』基地へ戻る差し迫った理由はない。

あるとすれば、それは横流しではなく、軍務から離れたマーク・ギブソンのプライベートにおいて、そうすべき事象が発生した場合だけだ」

「そうすべき、事象……？」

「ギブソン軍曹には交際相手がいたようだな」

声にならない呻きが漏れた。

「彼の鞄から写真が発見された。彼が女性と二人で並んでいる写真だ。

ところが、彼が死亡したにもかかわらず、軍へも所轄の警察署へも、該当する女性からと思しき問い合わせが一件たりとも入っていない。

可能性は二つ。女性が彼とすでに絶縁していたか──何らかの理由で連絡の取れない状態に陥ったか。

ラトリッジ軍曹。件の女性について、親友のギブソン軍曹から何も聞いていないのか？」

質問ではない、詰問《きつもん》だった。テリーの唇が空《むな》しく上下した。

「ツーソン署には伝達済みだ。件の女性の行方、およびギブソン軍曹の自室および所有物の捜査が開始されている。近日中には何らかの報告がなされるはずだ。

ギブソン軍曹が隠そうとしたのは、血液の付着した凶器や衣類などの証拠品、もしくは女性の身元に繋がる物品──例えば婚約指輪といった装飾品の類だろう。仮に彼女の遺体が発見されても、身ぐるみ剝いで顔を潰せば、捜査の手が直ちに自らの元へ及ぶことはない、と判断したのかもしれん」

遺体──

仮定形とはいえ、確かに『遺体』と口にした。少佐は最悪の事態をすでに想定している。

あのときの自分が、そうであったように。

「なぜ、彼は……わざわざ基地へ、そんな重大な証拠を」

「基地内における捜査権は特別捜査局が持っている。所轄の警察署ではない。貴官も承知しているはずだが？

そして『墓場』には、使用されなくなった軍用機という四千機もの隠し場所が存在する。

その中の一機をピンポイントで調べられる可能性は限りなく低い、と判断したのだろう。財布や衣類は焼却処分できても、貴金属類となると話は別だ。拙速《せっそく》に換金すれば足がつきかねない。遺体とは別々に山中へ埋めるにしても、野生動物や他の何者かに掘り返される恐れはつきまとう。かといって手元に置くのも危険すぎる。それよりは、所轄の警察署の手が及ばず、不審者が容易に入り込めず、かつ自らの目が届く場所――『墓場』に隠す方がよほど安全かつ安心だと考えたのかもしれん。

当然ながら、二十一時に基地へ戻ることの不自然さは、ギブソン軍曹自身も承知していたはずだ。が、一刻も早く証拠を隠したい心理が勝った。

無事に隠し終えた後は、写真を処分し、ほとぼりが冷めるのを待つつもりだった。

しかし、彼の拙《つたな》い工作は思わぬ形で頓挫《とんざ》した」

サソリに刺され、自ら命を落としてしまった。

天罰――と呼ぶべきなのだろうか。

「それで、小官が彼の遺体を発見し……隠蔽工作を引き継いだ、と？　なぜです。仮に……仮に、ギブソン軍曹の行動が、少佐の推測通りだったとして……犯してもいない罪の片棒を、なぜ小官が担《かつ》がねばならないのですか。

彼が小官の友人だから、だと？　お言葉ですが、友人ならばなおのこと、あるがままに報告することがせめてもの」

「いや。貴官が死亡現場を動かしたことはすでに裏付けが取れている。

T字路周辺の機体の表面――正確には遮光布から、貴官の指紋が検出された。深夜の巡回を含む通常の軍務においても今回の非常事態においても、貴官が決して触れたはずのない機体から」

指紋――

そこまで調べ尽くされていたのか。包囲網はとうの昔に完成していたというのか。

「移動後の遺体周辺の機体から、翼の上面が拭われた痕跡が発見されたが——これをギブソン軍曹が行ったと考えるのは不自然だ。

足跡や指紋を拭って消すのなら、機体を降りた後だろう。だが、ギブソン軍曹は自ら降りることなく転落して絶命した。彼は二度手間になるのを承知で、機体に上がる前に翼を拭ったことになってしまう。

正しい解釈はひとつ。翼を拭った痕跡は、遺体発見現場を誤認させるための偽装工作だ」

激しい後悔の念が、今さらのようにテリーを襲った。

どうして余計なことをしてしまったんだ……とっさの偽装が、逆に真相への手がかりになってしまった。

「もっとも、真の現場から、ギブソン軍曹の持ち込んだ物品は発見されなかったが。

回収したのは貴官だな。ブーツの中に隠したのか。それとも何食わぬ顔で迷彩服のポケットに入れたのか。よほど高価な装飾品が含まれていたのか？」

「し……心外です！　小官が、そのような、火事場泥棒に及んだと⁉」

一縷《いちる》の望みを求め、テリーは必死に頭を巡らせた。「では……なおさら、遺体を動かす理由がないではありませんか。

ギブソン軍曹の罪を隠すために遺体を運んだ、と仰いましたが……小官が証拠の物品を回収したのなら、その時点で、彼の罪を隠す目的は果たされ——」

「遺体をどうする」

少佐の一言が、テリーの苦しいあがきをあっけなく打ち砕いた。

「いるはずのない時間帯に、いるはずのない『墓場』の只中で死んでいるのだ。単なる事故と扱われようがないのは誰の目にも明らかだ。遮光布を剝がして機体の中に隠したところで、遠からず発見されるのは目に見えている。

だから貴官は、遺体を件の場所へ動かしたのだ――彼の死を別の犯罪で上塗りするために。

さて、貴官に尋ねよう。遺体の移動先として件の場所を選んだのはなぜだ」

舌が震えた。喉から呻きを絞り出すのが精一杯だった。

知られている……何もかも、全て知られてしまっている。

「真の死亡現場であるT字路周辺は、巡回ルート上、遺体発見現場の先にある。つまり貴官は、巡回ルートを引き返して遺体を移動させたことになる。

なぜだ？　遺体を元の場所から引き離すだけなら、T字路から巡回ルート通りに進んだ先で下ろすのが自然だろう。

わざわざ引き返してまで、件の場所へ――部品の横流しが行われた機体の横へ、遺体を置いた理由は何だ。どうしてその場所を選ぶことができた。単なる偶然と言うつもりか？」

恐怖が限界を超えた。

後先も何もなかった。眼前の脅威から逃れることだけが全てになった。

左手が勝手に動き、シートベルトを外す。上半身の拘束が解ける。助手席でシートベルトを巻いたままのジョンの喉へ、腕を――

行動の選択を誤ったと気付いたのは、後になってからだった。

右腕の動きが停止した。

一瞬だった。ジョンの左手がテリーの右手首を摑んでいた。

驚愕《きょうがく》する間も与えられなかった。右腕を引っ張られる。ジョンが助手席で身体を捻《ひね》る。テリーの腕とジョンの腕が交差する。

顎に衝撃を感じた。

目の前が暗くなる一瞬――獲物を狩る豹のような、しかし苦渋《くじゅう》を帯びた少佐の両眼が、テリーの網膜を焼いた。

※

テリー・ラトリッジの意識喪失を確認すると、ジョンはシートベルトを外し、軍用車を降りた。運転席へ回り、白目を剝いたテリーの身体を裏返す。自分の軍服のポケットからロープを取り出し、軍曹の両手首を背中で縛る。頭部に布袋を被せ、両足首も拘束し、死体のように力の抜けたテリーの身体を担いで後部座席へ放り込む。

一連の作業が終わると、ジョンは運転席に座り、無線機のマイクを手に取った。

「こちらジョン・ニッセン、作戦終了。ラトリッジは拘束した」

『了解。直ちに回収に向かう。その場で待機を』

スピーカーの声に「了解」と返し、ジョンはマイクを置いた。後部座席に注意を払いつつ、シートに身を預ける。

……まずは一区切り、か。

安堵でも疲労でもない、重い溜息が漏れる。よりによって上官を襲撃するという愚挙によって、テリーは自身の罪を認めた。が――片付けねばならない案件は山積している。軍用機部品横流しの全容の解明。マーク・ギブソンが犯した罪の裏付け。何より、ＭＡＳＲＣ内部で行われたはずの横流しに、第十二空軍のテリーが引き込まれた理由の調査。……空軍の不名誉を暴くだけの、何の達成感もない仕事だ。

しかし、だからと言って、黙って見過ごすことなどできなかった。

軍の不正義によって自死へ追い込まれたオリヴァーの境遇を、一時はテリーのそれと重ね合わせていただけになおさら、テリーを巡る醜悪な事態の数々を、指を咥《くわ》えて見逃がす選択肢などありはしなかった。

マリアに感謝すべきだろう。事件の鍵をあっさり拾い上げた彼女の声を、ジョンは思い返した。

（ねえジョン。遺体の見つかった場所って、巡回ルートから割と奥に外れてるわよね。どうやって見つけたの？　地図見てびっくりしたけど、空軍の敷地ってめちゃくちゃ広いじゃない。まさか徒歩で巡回してるの？　そんなわけないわよね。クルマか何かを使ってるんでしょ？

あたしだったら見逃しちゃうわよ。確か、当日は新月で真っ暗だったのよね。……）

迂闊《うかつ》と言う他になかった。自分も特別捜査局も、部品の横流しという不祥事に目を奪われ、遺体発見前後の状況の考察を怠っていた。

テリー・ラトリッジに一度疑いを向けてしまえば、後は、クロスワードパズルのマス目を順番に埋めていくだけだった。真の死亡現場に当たりを付け、マーク・ギブソンの交友関係を洗い直し、テリーの普段の巡回の杜撰《ずさん》さを見出すまで、さほど時間はかからなかった。

……ジョンが目星をつけていた三名だけでなく、テリー自身が横流しに関わっていたらしいことも。

テリーはなぜ、横流しに関わったのか。

なぜ、部品が横流しされた機体の近くへ遺体を動かしたのか。

なぜ、自身が関わる不正行為へ、わざわざ注意を向けさせる危険を冒したのか。

先程の追及では明確な返答を得られなかったが——ジョンには理解できるような気がする。

嫌になったのではないか、何もかも。

ギル・スケルディングとピーター・オッグから長年にわたって恐怖を植え付けられ、恐らくは第十二空軍の立場を使った密輸役として、部品の横流しに加担してしまった自分に。

訓練兵として苦労を共にし、自分と同じ夢を抱いていたはずの親友が、罪人へと転落し、命を落としたという事実に。

入隊前に抱いていたであろう憧れから程遠い、軍の腐った内実に。

ギブソンが何らかの罪を犯したのは隠し通せない。ならばいっそ、横流しの事実を暴露する役目を負ってもらおうと考えたのではないか。

事実かどうかは解らない。ギブソンの不運な死をこれ幸いと、親友自身による犯罪の証拠——凶器や装飾品の類を隠し、代わりに横流しの罪を被せ、アントニー・ワイルズらを売って自分は白を切り通し、ひとり逃れおおせるつもりだったのかもしれない。

何が公となり、あるいはならないかは今後の捜査次第だ。ジェリーフィッシュ事件の真相が未だ伏せられたままの現在、上層部の判断次第では今回の件も世間に公表されず、あまつさえ揉み消される可能性すらある。

……いや、今は考えまい。

自分はただ、一軍人として自らの矜持に従うのみだ。

ふと、二人の警察官の姿が脳裏に浮かんだ。――赤毛の警部、マリア・ソールズベリー。黒髪の刑事、九条漣。

あの二人は何を思い、どんな理由で、警察官という道を選んだのだろうか。

バックミラーにヘッドライトの光が反射した。特別捜査局の車両が近付いてくるところだった。

5

「……ああ、軍《こちら》にも先程連絡が入った。マーク・ギブソンの交際相手と思われる女性の遺体が、ツーソン郊外の山中に埋められているのが発見された。

着衣なし。顔面全体を殴打されていた。身元を隠すためだろう。血のこびりついた石が、遺体とともに埋められていた。

……いや、検死によれば、直接の死因は背後からの刺殺とのことだ。

死亡推定日は五日から十日前。ギブソンが死んだ日と重なる。直前に殺害されたとみて間違いない。

ツーソン署によれば、ギブソンの住むアパートメントで、口論と思しき声がたびたび聞かれていたらしい。部屋の床を調べたところ、血を拭った痕跡が発見されたそうだ。

「……そうだな。計画的な犯行ではあるまい。

ギブソンは昼番を終えた後、アパートメントで交際相手を迎えた。その際に諍いが生じ、手近にあった刃物で発作的に殺害してしまったと思われる。

いや、包丁ではない。サバイバルナイフだ。グリップに血液の付着した痕跡のあるサバイバルナイフが、複数の装飾品と併せて、テリー・ラトリッジのアパートメントに隠されていた。刃の形状も遺体の切創と一致した。

ギブソンはキャンプを趣味としていたそうだ。手の届く場所にナイフを置いて日常的に手入れしていたのだろうな。

交際相手を殺害してしまった後、ギブソンは遺体を山中へ運び、近辺に転がっていた石で顔を潰して埋め、証拠品の類を隠すために基地へ舞い戻った——といったところだろう。

遺体の身元は確認中だが、似た背格好の女性が行方不明になっているとの情報が、フェニックス署のバロウズ刑事から得られた。

サソリの生態研究に携わる大学院生だそうだ。

……偶然とは思うがな。殺害された交際相手の怨念が、ギブソンを刺したサソリに憑依したなど、さすがにオカルトが過ぎる。『天罰が下った』と考えるに留めておこう。

横流しの件も捜査が進んでいる。容疑者は全員逮捕された。公にされるかどうかは不透明だが、軍として懲戒処分を科すのは確定と見ていい。

……もちろんだ、約束を反故《ほご》にするつもりはない。どこまで希望に沿えるかは解らんが——

……今日!?

いや、無茶を言うなソールズベリー警部。こちらにもスケジュールというものがある。君はもう少し世間の常識というものをだな——」

赤鉛筆は要らない

高校時代を思い返すたび、私の脳裏にはひとりの後輩が浮かび上がる。

世間では恐らくありふれた、しかし私にとっては災厄以外の何物でもなかったあの事件と、件《くだん》の後輩の記憶とは固く絡みついていて、いずれか一方だけを都合よく抜き出すなど不可能だ。

だからこの物語は、私の家に決定的な破局が訪れた顚末《てんまつ》であり。

愛すべき――と表現していいのか今はもう解らない――後輩、九条漣《くじょうれん》の断罪の記録だ。


一九七〇年代前半。電卓などの電子機器が一般家庭へ徐々に普及し始め――けれど、個人用の通信端末など夢のまた夢だった時代。遠方とのやり取りは手紙か、一家に一台の黒電話。写真はフィルムから現像し、部屋で音楽を聴く手段はレコードかラジカセだけだった時代。

海の向こうの大国で、気嚢式浮遊艇《ジェリーフィッシュ》が産声を上げようとしていた時代。

そんな、ある冬の物語だ。

1

「ごめんなさいね、本当に」

母が後ろを向き、申し訳なさそうに口を開《ひら》いた。上体をひねる際、傷《いた》む左足に体重をかけてしまったのか、母の眉間に深い皺《しわ》が寄る。「大丈夫？」私は慌てて、左隣から母の身体を支え直した。

「お構いなく。家からさほど遠いわけでもありませんので」

漣が背後から声を返す。親切心を押し付けるでもない、静かな声だった。

右肩には当人の鞄《かばん》。両手にはそれぞれ私の鞄と母のバッグの持ち手が握られている。やや長めに整った黒髪、角長の眼鏡。制服を脱《ぬ》がせてスーツを着せたら、優秀な若手弁護士と名乗っても通りそうだ。受験を控えた年上の私より大人びた雰囲気を漂わせているのが、少し癪《しゃく》に障る。

いや……「大人びた」というより「達観した」と呼ぶべきか。

十年後、あるいは二十年後も、漣の纏《まと》う雰囲気はこのままなのかもしれない。そう考えると、弁護士よりむしろ仙人とでも呼んだ方がふさわしいように思われた。

病院からの帰り道だった。

左足首を負傷した母に付き添い、会計を済ませて病院の玄関を出ようとしたとき、「河野《こうの》先輩？」と声をかけてきたのが、新聞部の後輩の漣だった。

思わぬ場所で思わぬ人物に出会ったものだが、漣の方は、入院中の知人へ挨拶《あいさつ》に行っていたとう。私と母を放っておけなかったのか、それとも別の目論見《もくろみ》があったのかは解らない。漣は、帰る方向が同じということで私たちの荷物持ちを申し出た。

最初は私たちも遠慮したが、タクシーがつかまらず、病院前から同じバスに乗ることになり――なし崩し的に今に至る。

腕時計の針は午後三時。空気は冷たい。濃灰色の雲が空を覆い尽くしている。昼過ぎから雪、と天気予報が伝えていたが、どうやら当たりそうだ。この地方には珍しく大雪になる見込みとのことだった。

バス停から歩くこと十分。ようやく私の家が見えてきた。

高い塀で四方を囲まれた、それなりに大きな家だ。平屋ばかりの家並みの中、母屋《おもや》の一階も見えぬほど背高な塀は目立つことこの上ない。近隣からは揶揄《やゆ》を込めて「お屋敷」と呼ばれているらしい。もっとも、内情は没落貴族に近いのだが、家の恥を吹聴して回る趣味は私にはなかった。

三人で門扉《もんぴ》をくぐる。見慣れた、広い――しかし寂れた庭。

昔はツツジや紫陽花《あじさい》が季節ごとに咲き誇っていたと聞くが、今は、空《から》の植木鉢や花壇の跡、そしてわずかに残る植え込みが、かつての面影《おもかげ》を残しているだけだ。二月に入ったこの時期、梅も椿もない庭で、咲き乱れる花々などお目にかかれるはずもなかった。

門扉と母屋との間に石畳が延びているだけの、空虚な庭。その外れ、母屋に向かって左手の奥に、土蔵に似た小屋が建っていた。

塀より一段背の高い、平屋の小屋だ。私の位置からは東側の白い壁と屋根しか見えない。壁の上部の中央、女子としては比較的大柄な私が手を伸ばしてようやく届くほどの高さに、小窓がひとつ。牢屋のような鉄格子が付いている。

何でも、亡き大叔父が相当な悪戯小僧《いたずら》だったらしく、何度も悪さをしてはあの小屋に閉じ込められていたらしい。だが大叔父もさる者。やがてあの窓から外へ脱け出すようになったため、怒った曾《そう》祖父が鉄格子を取り付けさせたのだそうだ。

門扉に閂《かんぬき》をかけ、母に肩を貸しながら石畳を歩き、母屋に辿り着く。

洋風の二階建てだ。かつては立派な木造のお屋敷だったが、先の曾祖父の代に小屋を残して焼失し、今の形に建て替えられたという。それなりに歴史の刻まれた建物と言えないこともないが、私にとっては古くて居心地の悪い家でしかなかった。

玄関の鍵を開け、「ただいま」と小声で呟《つぶや》きながら扉を開ける——と、見計らったように、父が廊下の陰から姿を現した。

成人男性としてはやや小柄で痩《や》せぎすな背格好。毛玉だらけのセーターの上にジャンパーを羽織っている。薄く染みの付いたズボン。白髪《しらが》の交じった髪は整えられておらず、顎《あご》に無精髭《ぶしようひげ》が生えている。淀《よど》んだ両眼の下に隈《くま》が浮いている。

世間一般の父親像とかけ離れた——そして、近寄りがたい雰囲気を漂わせた人だった。

「遅かったな」

陰気な声だった。お帰り、の一言もない。母の身体がぴくりと震えた。

「診察が長引いたの」

母の代わりに私が答えた。「タクシーもなくて、バス停から歩くしかなかったから。……だから、いいでしょう」

声に険が帯びるのを抑えられなかった。混雑する土曜午後の診察だったからむしろ早いほどなのに、「遅かったな」はない。父は鼻から息を吐き、視線を漣へ向けた。

「で、誰だお前は」

「九条漣と申します」

父の無礼な誰何《すいか》に動じた様子もなく、漣は静かに一礼した。「茉莉《まつり》先輩には部活で大変お世話になりました」

失礼ですが、写真家の河野忠波瑠《ただはる》さんでいらっしゃいますか」

父の表情がわずかに動いた。

「そうだ。……娘から聞いたか」

「『赤い夜』、拝見しました。被写体の痛みを読者に刻みつけるような、出色の作品集だと思います。過去の作品にない試みがなされているのも大変興味深く感じました」

下手《へた》をすれば歯が浮くような世辞と思われかねない台詞《せりふ》も、漣の口から発せられると、地に足の着いた賛辞に聞こえるのが不思議だ。「面白い」父の口元が緩んだ。

「せっかくだ、茶でも飲んでいきたまえ。

由香莉《ゆかり》、何をしている。早く上がれ」

母の返事も聞かずに背を向ける。「……はい」母が俯《うつむ》いた。

父の消えた方向を、私は睨《にら》みつけ——歪《ゆが》んでいたであろう顔を無理やり笑顔に戻し、上がり框《かまち》へ母を座らせた。私の家は基本的に洋風だが、玄関で靴を脱いで一段上がるところは和風の様式が踏襲されていた。

「九条、あなたも入って。遠慮しないでいいから」

しばしの無言の後、漣は「ではお言葉に甘えて」と一礼し——その肩に、白い粒のようなものがはらりと舞い落ちた。

雪だ。

空から降る氷の結晶は、一片《ひとひら》、また一片と静かに数を増していった。

2

「申し訳ありません。押しかける形になってしまいまして」

「気にしないで。

……というか九条。あなた、最初からそのつもりで私たちについてきたのではないの？　父の顔を見に」

「あわよくば、という考えがあったことは否定しません」

正直な奴だ。

一階のリビングだった。レースのカーテンの隙間から窓の外が見える。寂れた庭を、雪が薄く覆いつつあった。

「茶でも飲んでいきたまえ」と言った当の父は、この場にいない。仕事場——一階の一室を改装した現像室——に戻ってしまったようだ。足を怪我《けが》した母にお茶の支度《したく》をさせるわけにはいかなかったが、母は「いいのよ」と言って台所で湯を沸かし、テーブルの上に三人分の湯飲みを並べた。

「でも、珍しいわね」

母が微笑《ほほえ》んだ。久しぶりに見る柔らかな笑顔だった。「初めてじゃないかしら。茉莉のお友達が家に来るなんて。

九条さん、学校での茉莉はどう？　部活では迷惑をかけていなかったかしら」

「正直にお答えしてもよろしいですか」

「九条。それはどういう意味？」

母の笑みが柔らかさを増す。……と、リビングのドアが開き、父が顔を出した。

「由香莉、茶を持って来い」

それだけ言い置いてドアを閉める。私はおろか、自分で招いた漣にすら一瞥《いちべつ》もくれなかった。

和《なご》やかな雰囲気が消え、気まずい沈黙が下りた。

「……ごめんなさい」

父の非礼を詫《わ》びる。漣は「お気遣いなく」と首を振った。いつもと変わらない静かな声が耳に痛かった。

「茉莉」

母が口を開いた。「せっかくだから、お父さんの写真を九条さんに見せてあげたら？」

「母さん？　でも」

「あの人の『茶を飲んでいきたまえ』は、『好きにしてくれて構わない』ということだから。お父さんのお茶は私が用意するわ。足の方は大丈夫。……行ってらっしゃい」

私の父、河野忠波瑠――本名は忠晴というのだが――は、好事家《こうずか》にはそこそこ名の知られた写真家だ。

路地裏や夜の寂れた公園、廃墟ビルといった、陰鬱《いんうつ》な――事件や犯罪の現場に似たきな臭さの漂う写真ばかりを撮り続けている。

半年前に出版された最新の写真集『赤い夜』は、そういった風景の中に、人物——天を見上げる女性や、埃《ほこり》だらけの床に横たわる少女など——を配置した、より異様な雰囲気の作品ばかりを収めた本だった。

私と漣は新聞部だ。新聞が写真や犯罪と無縁であるはずもない。私が河野忠波瑠の娘だという事実は、部内では公然の秘密となっていた。

とはいえ、世間一般での父の知名度はお世辞にも高くない。作品の題材が題材なだけに、写真集の購買層は一部の物好きに限定されているようだ。悪意に満ちた表現をすれば、少数のマニア向けの売れない写真家、というのが、業界における父の立ち位置だった。

幸か不幸か、新聞部の中にもさほど熱烈なファンはいないようで、私は父に関する面倒な質問や穿鑿を受けずに済んできた。

……のだが。


まさか漣が、父の写真集に目を通していたとは思わなかった。

「熱烈なファン、というわけではありませんよ。

こう言ってしまうのは失礼ですが、河野先輩との縁がなければ手に取ることはなかったかもしれません」

「まあ……そうよね」

午後三時十分過ぎ。母の勧めを受け、私と漣は玄関を出て、庭の奥にある小屋へ向かっていた。

広い庭を斜めに横切るように歩く。本当は、母屋の西端にある勝手口から出た方が近いのだが、靴を玄関から持っていくのが面倒だった。

が――失敗したかもしれない。

宙を舞う雪は、明らかに密度を増しつつあった。ローファーの靴底から冷気が染み込む。長い距離を歩くわけではないから、と傘《かさ》は玄関に置いてきたが、小屋の出入口に辿り着いたときには、髪もコートも思いのほか雪にまみれていた。

小屋の屋根は、東西に斜面を向けた切妻型で、端部が四方の壁側にやや突き出ている。軒下《のきした》に入り、口の中で悪態を吐《つ》きつつ雪を払う。と、「先輩、これは?」と漣が出入口のドアを指差した。

和風の小屋に似つかわしくない、真新しい洋風のドアだ。ノブの上部に、十数個のボタンと細長い液晶画面――より正確には『数字や＋－の記されたボタン、および液晶画面のついた板《ボード》のようなもの』――が嵌《は》め込まれている。鍵穴はない。

ボードの上に、透明なプラスチックの平たい箱が被《かぶ》さっていた。雨避《あまよ》けだ。上部だけ蝶番《ちょうつがい》でドアに留められている。

「ああ、これ?　小屋の鍵よ」

「……電卓が埋め込まれているようにしか見えませんが」

「そうよ。本物の電卓だもの」

さすがに言葉を失ったらしい後輩を尻目に、私は雨避けを持ち上げ、ボタンを押した。『８９００』『＋』『７３』――液晶画面に数字と記号が表示されるのを確認し、最後に『＝』ボタンを押す。モーターの駆動音が小さく響く。音が消えたのを合図に、私はノブを回し、ドアを押し開いた。

「父のギャラリーへようこそ、九条」

漣を中へ招き入れ、手探りで電灯のスイッチを入れ、ドアを閉める。三秒後、再びモーターの駆動音が響き、止《や》んだ。

「オートロック、ですか」

ドアを見つめながら漣。その声に珍しく、興味深げな響きが交じっていた。

「父の手製なの。素人《しろうと》仕上げだから見栄えはあまりよくないけれど」

ドアの内側の面、外の電卓ボードのちょうど裏側に当たる位置に、ボードより一回り大きな板がねじ止めされている。板には小さな穴が一箇所開いており、そこから二本のコードが伸びている。

一方のコードは、ドアを横断するように、地面と水平に留め金で固定され、ドアノブの反対側、蝶番のある方の縁のやや手前で緩く垂れ下がっている。コードの先端はプラグになっていて、ドアの近くにあるコンセントに差し込まれていた。

もう一本のコードは、板の穴から斜め上に伸び、上部の蝶番の金具の下に潜り込んでいた。

なるほど、と漣が呟いた。

「答えが特定の数字になるよう、外の電卓ボードに計算式を入力すると、ドアの中に組み込まれたモーターが駆動して、デッドボルトを引っ込めるわけですね。

ドアの開閉状態は、蝶番の曲げ伸ばしによる通電状態の変化で判定し――閉状態になってから一定時間が経過すると、自動的にモーターがデッドボルトを押し出す、と」

「まあ、そういう感じかしら」

驚きを禁じえなかった。父の工作を何日も手伝わされてようやく私が理解した仕組みを、漣は一日で看破《かんぱ》してしまった。

ちなみに、暗証番号の『８９７３』は、私の誕生日である十月二十八日――１０２８の補数《ほすう》に１を足したものだ。中から外に出るときは、普通にノブを回せばデッドボルトが連動して引っ込み、ドアが開く仕組みになっている。

「手製と仰《おっしゃ》いましたね。忠波瑠氏はなぜ、このような仕掛けをご自分で？」

「簡単に言ってしまえば、実益と趣味かしら」

以前は、古い木戸に南京錠《ナンキンじょう》をかけていたのだが、半年前に事情が変わった。家の敷地内に泥棒が侵入したのだ。幸い被害はなかったものの――そもそも盗む価値のある貴重品などないのだが――小屋の南京錠に、こじ開けようとした跡が残っていた。

「そんなわけで、防犯のためにリフォームしたの」

暗証番号も月に一度変えている。父がどうやって設定変更しているかまでは、さすがに知らなかったが。「こういう仕掛けにしたのは……まあ、父の趣味ね。精密機械とか電子機器とか、機械いじりが昔から好きな人だったから」

父が写真家になったのは、機械好きが高じてカメラに手を出すようになったのがきっかけらしい。亡き祖母が生前に話してくれた。

「無駄話はこれくらいにして――一通り案内するわ。そんなに広くないけれど」

小屋の中は、床面積十五畳ほどの空間だった。

ドアから入って左手――鉄格子付きの窓のある側には、天井まで届く棚が二列。物置スペースだ。旧式のカメラに始まり、タイプライター、蓄音機、電卓、ラジオ、テープレコーダー……骨《こっ》董品《とうひん》ともガラクタともつかない機械類が、隅々まで所狭しと並んでいる。

そして、小屋の中央から右手にかけてが、父の作品のギャラリーになっていた。物置スペースとの間は、背の高い衝立《ついたて》で仕切られている。ごちゃごちゃした物置スペースと比べれば、ギャラリーは床が開けている分、開放感がある。今は『赤い夜』に収められた写真を主として、十枚強の作品が壁や衝立やイーゼルに飾られていた。

父曰《いわ》く、画廊に展示する際のイメージ作り——特に、大判に引き伸ばした際にどう見えるかを確認するために、ギャラリーとして整えたらしい。日光を遮《さえぎ》るため、南と西の窓はベニヤ板で塞がれている。ゆくゆくはここを本物の画廊として整える目論見もあるようだが、実現するかどうかは定かでなかった。

床は打ちっぱなしのコンクリートだ。昔は土が剝《む》き出しになっていたが、父が生まれた頃に改装されたという。かつての大叔父の折檻《せっかん》小屋——本来は物置だが——も、今はすっかり様変わりしていた。

空調はない。真冬の今はひどく底冷えして、冷蔵庫の中にいるようだ。が、漣は寒さなど苦にした様子もなく、父の写真や棚の機械へ順繰りに目を向けていた。

「——楽しませていただきました。ありがとうございます」

一通り見物を終え、漣が礼を述べた。

「退屈じゃなかったかしら。作品だって写真集に載っているものばかりだし」

「本を開くのと大判で間近に観《み》るのとでは違いますよ。それに」

漣は物置スペースへ視線を移した。「思いがけないコレクションも拝見できました」

「え、そっち?」

「今後もきちんと保管されることをお勧めします。素人鑑定ですが、その筋には意外と高値で売れるかもしれません」

「……あまり俗っぽいことを言わないでくれるかしら」

いくつもの意味で、とても父に聞かせられる台詞ではなかった。


小屋にいた時間は二十分にも満たなかったが、その間に雪風は強さを増していた。ドアから外へ出た瞬間、幾片もの冷たい雪が矢継ぎ早に頰《ほほ》へ当たった。小屋へ向かう際、私たちの刻んだ足跡が、新たな雪に埋もれ始めている。――凄《すさ》まじいとも呼べる光景を目にして、私は思わず息を止めた。

「先輩、どうしました？」

「ああ、ごめんなさい」

自失から覚め、私は漣を振り返った。「雪がひどくなってきたわ。近道しましょう」

ドアの右へ寄り、漣を外へ促す。ドアが自動で施錠されたのを確認し、私は漣と並んで、玄関ではなく勝手口へ向かった。こちらのルートの方が近い。

ほんの数十歩の距離だったが、母屋には軒下と呼べる部分がなく、私は漣ともども、雪風をまともに浴びる羽目になった。

「傘を持ってくればよかった……一生の不覚だわ」

相合傘をしたかった、とも受け取られかねない迂闊《うかつ》な台詞だったが、漣の口から紡《つむ》がれたのは「先輩の一生の不覚はいくつあるのでしょうね」という無礼極まりない返答だった。

勝手口のドアをくぐり、狭い三和土《たたき》の上で、髪やコートについた雪を払う。漣も同じように身体中を叩いている。靴の中に湿り気を感じた。こんなことなら長靴を履くんだった。

一通り雪を落とし、二人で廊下に上がる。私は三和土から自分と漣の靴を拾い上げた。

「少し待っていて。靴、玄関に置いてくるわ」

すみません、と漣は礼を述べた。

後輩を後に残し、廊下を進む。突き当たりを右に進むとL字の曲がり角。そこをさらに曲がって左手が父の仕事場、右手がリビングと空き部屋だ。今はすべてドアが閉まっている。

足音を立てぬよう、静かに歩を進める。どたばた歩くと仕事中の父が機嫌を損ねるため、こういう歩き方が自然と習慣になってしまった。まるで忍者だ、と自嘲が漏れた。

廊下を直進し、突き当たりの左手が二階への階段。仕事場側の壁際に電話機が置いてある。玄関は右手だった。

玄関の三和土の上に、私と漣の靴を置く。玄関の扉へ向かって左手に、引き戸付きの靴箱が据え付けられている。上には非常用の懐中電灯がひとつ。戸を開けると、二足の黒い長靴が入っていた。

同じデザインのMサイズ。年末のセールで安売りされていたものだ。以前使っていた長靴が穴だらけになっており、大雨の際にまるで使い物にならないということで思い切って買い替えたのだが、父は撮影で家を留守にすることが多く、母は家仕事が中心、私は私でサイズが緩く無骨な長靴を通学に使うのは躊躇《ちゅうちょ》があり――といった具合で、今のところ使う機会がほとんどないまま埃を被っている。

のだが……今日の雪の降り具合ではさすがに出番が来るかもしれない。後で出しておこう。私は靴箱の戸を閉めた。

勝手口へ戻る途中、リビングのドアを開けて中を覗く。

心臓が跳ねた。……母がひどく疲れた表情で椅子に座っている。その左頰に、鞭《むち》で殴られたような細長く赤い腫《は》れが生じていた。

「母さん、大丈夫？」

「……平気よ。足が少し痛むだけだから……心配しないで」

母は視線を逸らし、震え声で答えた。涙をこらえるような微笑みだった。

テーブルの上には、先程一服した際の湯飲みが三つと、恐らく父の分であろう新しい湯飲みが一つ置かれている。父の分は空だ。母のセーターの胸元が湿っていた。リビングの床の一箇所が、薄緑色の液体で濡れている。

どろりとした黒い感情が、胸の奥から湧き上がった。……父だ。

茶が不味《まず》いとでも言って機嫌を損ねたのか。渦巻く憤怒《ふんぬ》を抑え、私は精一杯、優しい声を作った。

「片付けは私がやるわ。だから、少し休んでいて」

ありがとう、と呟く母の姿は、あまりにも弱々しかった。

私は廊下を出て、リビングのドアを閉めた。母のみじめな姿を、少なくとも今は漣に見られたくなかった。

三十分後——午後四時過ぎ。

二階の自室で、私は漣の監視の下《もと》、参考書と格闘を繰り広げていた。

フローリングの八畳間。部屋の中央には花柄のカーペット、その上に脚の短い白塗りの丸テーブル。西側の壁には机と本棚。東側の壁にはベッドとクローゼット。南側の窓には厚めの白いカーテンが引かれている。ベッドの枕元には小さな熊のぬいぐるみ。……自分で評するのも何だが、まあ、一応は女の子らしい部屋だと思う。

唯一無粋《ぶすい》なものといえば、本棚の横に置かれた、無骨な小型のラジカセくらいだ。数ヶ月前の誕生日、父から気まぐれに買い与えられたものだが、これといった音楽の趣味があるわけでもなく、少々持て余している。今はボリュームを絞った状態で、ラジオの音楽番組が流れていた。

男どころか女の友人ひとり入れたことのない部屋だ。日頃から片付けや掃除はしているし、見られて困るものも――少なくとも視界に入る範囲では――置いていないとはいえ、最初は様々な意味で緊張を抑えられなかった。

のだが……今、私が置かれた状況は、色気の欠片《かけら》もない殺伐としたものだった。

「大丈夫ですか、河野先輩」

漣はやれやれと溜息を吐き出した。カーペットに腰を下ろし、答案の書き記されたノートをテーブルに広げ、参考書を横目に赤鉛筆でチェックしている。×印だらけだ。

普段は冷静沈着な漣だが、年がら年中ポーカーフェイスを貫いているわけではない。今は露骨《ろこつ》な呆れ顔だった。

「壊滅的じゃありませんか。受験を目前に控えた時期にこの体《てい》たらくでは、先行き不安と言うほかありませんね」

「余計なお世話よ。これでも模擬試験の成績は悪くなかったんだから」

「古典以外は、ですか」

生意気な奴だ。……とはいえ、苦手科目を後輩から教わっている時点で、先輩の威厳などあったものではないのだが。

カーペットに横座りした格好で、私はテーブルの上の湯飲みに手を伸ばした。すっかりぬるくなっている。半分ほど飲み終え、湯飲みをテーブルの上に戻しながら、私はさりげなく漣の横顔を見つめた。時計に喩《たと》えると、三時ちょうどの長針と短針。それが、私と漣の位置関係だった。

不思議な奴だ、と改めて思う。

リビングから勝手口へ戻った後、母の様子を見られたくなくて、仕方なく二階の自室へ招き入れたときもそうだ。

上着を脱がせて半ば強引にカーペットへ座らせ、「一歩も動いては駄目よ。クローゼットやベッドに触るのも言語道断。いいわね」と言い置き、一階へ戻って母の代わりにリビングを片付け、コートを脱いで腕まくりでお茶の準備に取り掛かり……たっぷり十数分後、二人分の湯飲みと茶菓子をお盆に載せて自室へ戻ってみると、漣は本当に腰を上げた様子もなく、最初に座らせたのと寸分違《たが》わぬ位置で、自分の鞄から出したと思《おぼ》しき文庫本を読んでいた。

高校生にもなれば、年上の女性の部屋に招かれたら色々興味を持ってもよさそうなものだが、この後輩は入部当初から少々変わったところがあった。基本的には真面目《まじめ》で、部活の仕事も完璧にこなすが、たとえ相手が上級生だろうと平気で痛烈な皮肉を飛ばすし、色恋沙汰《ざた》にはまるで無関心だ――少なくとも、私の観測範囲内では。

湯飲みを差し出したときも、私が苦労して淹《い》れた茶を「出涸《でが》らしのような味ですね」と一刀両断してくれた。……自分で飲んでみて、全くその通りだったので何も言い返せなかったが。

そんなわけで、室内が艶《つや》っぽい雰囲気に包まれることもなく、気付けば私の勉強会が始まっていた。

実際のところ、漣の教え方は解りやすく、受験対策としては実に助けになったのだが……先輩としての矜持《きょうじ》はすっかり失われ、私の心には冬の寒風が吹き抜けていた。

「九条。新聞部の様子はどうかしら」

昨年秋に部活を引退した後も、私は部室に何度か顔を出していたが、受験を控えた年明け以降はさすがにご無沙汰になっている。母の怪我がなければ、有能で小生意気な後輩と顔を合わせることはなかったかもしれない。

「ご心配なく。遠上《とおがみ》が上手く回しています」

『伝えるべき事実を伝えること。

事実と、事実に基づいた推論と、根拠のない臆測との区別を明確にすること。

根拠なき臆測や虚偽を決して書いてはならない』……先輩の教えもきちんと守っています」

「あなたは部長になる気がなかったの？　推していた三年生もいたのよ」

嘘ではない。実は私もそのひとりだ。性格はさておき、漣の実務能力は部員の中でも群を抜いていた。が、当人は「補佐役の方が性に合っていますので」と苦笑を浮かべるだけだった。


そのようにして、私と漣の時間は過ぎた。

思えばこれが、生家で私が過ごした最後の心穏やかな時だった。

時計が午後五時を指した頃——呼《よ》び鈴《りん》が平穏を打ち破った。


『あらぁ、茉莉ちゃん？

叔母さんよ。遊びに来たわ。開けてもらえるかしら。兄さんはいる？』

3

夏乃《なつの》叔母の嫌らしい声が、インターホンから響いた。

「あの……今日はどういったご用件で……？」

母が消え入るように問いかけた。頬の腫れは、目立たない程度だがまだ薄く残っている。夏乃叔母は玄関の三和土の上で、「あらぁ」と垂れ気味の目を細めた。濃いルージュを引いた唇に笑みが浮かぶ。

「ご用件も何も、呼び出したのは兄さんの方よ」

バッグから封筒を取り出す。父の字で、叔母夫婦の住所と氏名が記されている。見覚えがあった。一週間ほど前、父に言われて私が投函したものだ。「義姉《ねえ》さん、もしかして、何も聞いてない？　兄さんはいるかしら」

間延びしたソプラノが明らかに嫌味を帯びている。夏乃叔母の背丈はそれほど高くないが、今はむしろ、上がり框に立つ母の方が見下ろされている印象だった。

身なりもそうだ。「夫は……その、仕事で……」と俯く母の服装は――お茶で汚れたセーターはさすがに着替えていたが――上下とも明らかに着古しで、色合いも地味そのもの。一方の夏乃叔母は、赤系統の派手なコートを纏っている。隙間から覗くブラウスやスカートは、上質な生地の新品だった。

「まあ夏乃、そう困らせるな」

夏乃叔母の隣で、やはり身なりの整った小太りの中年男性——洋三《ようぞう》叔父がなだめた。「義兄《にい》さんも忙しかったんだろう。

それはそうと、上がらせていただいても構いませんかな」

洋三叔父の太い声に、母は「は……はい」と身体を震わせた。

叔母夫婦が廊下に上がる。門を開けに外へ出ていた私もローファーを脱ぐ。長靴は靴箱にしまったままだ。無骨な長靴姿を叔母たちに見せるのは激しい抵抗感があった。「茉莉ちゃん、一段と大人っぽくなったわねぇ」含みを持たせたような夏乃叔母のお世辞に、私は嫌悪を押し殺しつつ「いえ、そんな」と笑みを形作った。

「ところで、他にどなたか遊びに来ているの？　見慣れない靴があるようだけれど」

心臓が跳ねる。……漣の靴を出しっぱなしだった。どう返したものか迷っていると、

「お邪魔しています」

当の本人が階段を下りてきた。叔母夫婦に向き直り、自然な態度で一礼する。「九条漣と申します。茉莉先輩には部活でお世話になっています。先輩のご親族の方でしょうか」

「え——えぇ」

出鼻をくじかれた様子で、夏乃叔母は私をちらりと見やった。「佐古田《さこた》夏乃。この娘《こ》の叔母よ。今日は少し用があって、こちらに呼ばれたのだけれど」

声に若干の険が籠《こも》っている。漣は動じた様子もなく「そうでしたか」と返した。

「失礼しました。ご親族の集まりがあるところへ押しかけてしまいまして。……河野先輩、私はそろそろ」

「——待って、九条」

私は後輩を呼び止めた。「外は大雪よ。暗くなってきたし、バスも電車もきっと乱れているわ。……せっかくだから、今日は泊まっていきなさい」

後から思えば相当に大胆な発言だった。漣の両眼が軽く見開かれる。叔母夫婦の顔も微妙に硬くなった。

「もちろん、叔母さまたちも。……母さんも、いいかしら」

短い沈黙が下りた。洋三叔父が漣を値踏みするように見つめ、「……まあ、私は構わんが」と呟いた。

「夏乃。お前はどうだ」

「そうねぇ……こんな天気だし、茉莉ちゃんの可愛い後輩を私たちのせいで追い返しちゃうのは、ちょっと可哀想かもしれないわねぇ」

可愛い後輩、という言い回しに明らかな毒が含まれていた。

「……茉莉が言うのなら」

母が小声で呟く。漣は「では、お言葉に甘えさせていただきます」と私たちへ一礼した。

母が台所で夕食の準備を進める間、叔母夫婦は王族のように、リビングの椅子に腰を下ろしていた。

私は母に何度も「代わるから」と伝えたが、その度に母は「いいのよ。茉莉は座っていて」と首を振った。

料理に没頭することで心労を忘れようとしているかのようだった。「茉莉、料理はあまり得意じゃないでしょ。叔母さんたちの口に合わなかったら……」母の台詞に私は言葉を失った。叔母たちを追い返すべきだったろうか――激しい罪悪感がこみ上げた。

「義姉さん。左足、どうかしたの」

母が足を引きずっているのに気付いたのか、夏乃叔母が問う。母の身体が一瞬強張《こわば》った。

「……階段で、転んでしまって」

「あらぁ、そうなの？　気を付けなさいね」

使用人に呼びかけるような口ぶりだった。私はテーブルの下で両手を握り締めた。

外は夕闇が落ちていた。カーテンの隙間から窓の外が窺《うかが》える。屋敷を囲む塀の外、正門の前を走る道路から街灯が顔を出し、虚無の庭をぼんやり照らしていた。雪は舞い乱れ、一向に止む気配もなかった。私と漣の足跡は、すっかり埋もれて消えていた。

「ところで、九条君だったかな」

私の隣に座る漣へ洋三叔父が水を向けた。下世話な好奇心が半分、部外者への苛立《いらだ》ちが半分といった声だ。「こんな天気では来るのも大変だっただろう。今日はどんな用事だったのかね」

「部活の件で、河野先輩へ早急に確認したいことがございまして」

漣は涼しい顔で返した。「電話口では説明しづらい内容でしたので、ご迷惑かと思いましたが直接お訪ねした次第です。その礼というわけではありませんが、用件が済んだ後は先輩の勉強を手伝っていました」

手伝いどころかしごきに近かったのだが、私は口を挟まなかった。

「部活の件？」

「学内報とはいえ、新聞記事はスピードが命ですので」

漣はふと気付いたように私へ向き直った。「――そういえば、家への連絡がまだでした。先輩、電話を貸していただけますか」

後輩の視線に無言の指示を読み取った。「解ったわ。ついでに客室にも案内しないと」私は椅子を立ち、叔母夫婦に会釈《えしやく》すると、漣を連れてリビングを出た。

「――先輩。一点だけ」

階段の下で電話を終え、二階まで上がったところで、漣が問いを投げた。小さな、けれどはぐらかしを許さぬ声だった。

「私に宿泊を勧めたのは、彼らが来たからですか」

私は目を伏せ、「……そうよ」と声を絞り出した。


河野家は、曾祖父の代までは繊維産業を営んでいてそれなりに裕福な一族だったらしい。が、戦争や時代の変化が、栄華を誇った一族に大きな打撃を与えた。祖父が五十代の頃にはもう、事業を切り売りし、蛸《たこ》が自分の腕を食べるように、過去の資産を食い潰しながら生き永らえるだけの有様だったという。その祖父も六十歳を迎える前にこの世を去った。

残された一族に、かつての栄華を取り戻すだけの才覚を持つ者はいなかった。

特に父は、機械いじりの好きな趣味人で、就職に興味も持たず、ひたすら「資産を食い潰す」側に回っていた。

夏乃叔母は、恋人――佐古田洋三と結婚し、河野家に見切りをつけるように出て行った。二十年ほど前の話だ。

父もやや遅れて結婚し、写真家の道を進んだが、凋落《ちょうらく》を食い止めるだけの収入など得られるはずもなかった。母は、「女は家で男を支えるもの」という思想を骨の髄まで叩きこまれた人だったから、自ら外へ働きに出るなど考えることもできなかったようだ。

私はかろうじて高校へ通えたが、卒業後の金銭的援助は望めない。大学受験に失敗すれば——合格できたとしても、奨学金を得られなければ——働き口を探すことになるだろう。

およその事情を察したのか、漣は私の説明の半ばで口を挟んだ。「彼ら佐古田夫妻が、先輩たちご一家へ金銭的援助を行っているのですね」

頷《うなず》いた。……私にその事実を教えてくれたのは母だ。具体的な金額は聞かずじまいだったが、恐らく相当な額に上ることは想像がついた。ごめんなさい、と涙を浮かべる母の姿が哀れだった。

時代に振り落とされて凋落した河野家とは対照的に、洋三叔父は時代の波に乗って財を成した人だ。色々と後ろ暗いことに手を染めたらしい、との噂《うわさ》も聞くが、父や母と違って商才のある人なのは間違いない。……それを見抜いて彼と結婚した夏乃叔母が、ある意味で一番の賢人かもしれないが。

「つまり」

現在の河野家は、佐古田家からの援助なしには立ち行かなくなっている。しかし……洋三叔父にとって、私たち一家はあくまで他人でしかない。特に父など、洋三叔父の目には、せっかく援助した金を食い潰して道楽にふける不義理者にしか見えないだろう。

例えば今日、援助の打ち切りを告げられたとしても。

あるいは借用書を盾《たて》に取り、これまでの援助金の全額返済を求められたとしても。

彼らがこの家でどんな振舞いをしようとも。

私たちに拒絶の権限はない。できることといえばせいぜい、慈悲《じひ》を求めて彼らの脚にすがりつくことだけだ。

本来なら、曲がりなりにも援助してくれている彼らに感謝すべきなのだろう。だが、事あるごとに夏乃叔母にいびられる母を見せられてきた私には、叔母たちを敬い慕うことがどうしてもできなかった。

父は――叔母夫婦が屋敷を訪れるときは大抵、仕事場や小屋に籠るか、外へ雲隠れしてしまう。今も当然ながら、現れる気配は全くなかった。

「解りました。――佐古田夫妻の振舞いが度を過ごさぬよう、牽制役《けんせいやく》になれということですね」

「ごめんなさい。あなたに頼めた義理ではないのだけど」

後輩を巻き込むのは心苦しかったが、部外者の漣がいれば、叔母夫婦も迂闊には動けないはずだ。彼らが河野家を訪れるのは年に一、二度。半年前にも来訪を受けたが、遅い時間に現れたときは一泊するのが常だった。遠出の際、気安く泊まれる無料宿のように考えているのだろうか。

「元部長の命令です。断るわけにはいきません」

表情を変えずに漣が返す。迷惑げな素振《そぶ》りは欠片もなかった。「ともあれ、事情は把握しました。……申し訳ありません、立ち入ったお話をさせてしまいまして」

「いいのよ。あなたの部屋は……そこでいいかしら」

二階の空き室のひとつ、北側の一番階段寄りの部屋を指差す。「先に戻っていて。荷物は私が運んでおくわ。部屋着も準備するから」

ありがとうございます、と漣は一礼し、階段を下りていった。リビングのドアが開く音、短い会話――漣と夏乃叔母のやり取りだろう――が耳に届いた。

時計の針は午後五時半を回っていた。漣の鞄を私の部屋から客室へ移し、ベッドを整え、漣の体格に合いそうな部屋着を他の部屋から見繕《みつくろ》い――それこそ使用人のように二階を動き回っていると、突然、短い悲鳴が階下から響いた。

慌てて一階へ戻り、リビングのドアを開ける。母が蒼白な顔でリビングの一角を凝視している。母の視線の先で――洋三叔父がゴルフクラブを握り、スイングを繰り返していた。天井の電灯に当たりかねない、乱暴な振り回し方だった。

夏乃叔母はテーブルで漣と向かい合い、素知らぬ顔で湯飲みに口をつけている。牽制役を請け負ったはずの漣は、動く気配がない。身体の震えを辛うじて抑え、私は洋三叔父へ向き直った。

「……何をしていらっしゃるのですか、叔父さま」

「何って、見ての通りよ」

私の詰問《きつもん》に答えたのは夏乃叔母だった。「最近は主人も、コースへ出る暇が全然なくて。こういうときでないと、なかなか練習できないのよねぇ」

「だからといって――」

「そんなに怖い顔しないで、茉莉ちゃん。ここは私の家でもあるんだから。少しくらい構わないでしょ？　いつものことじゃない」

夏乃叔母の顔には笑みすら浮かんでいた。頭に血が上りかけたそのとき、漣が前触れなく口を開いた。

「良いクラブですね。少し年季が入っているようですが。どなたの持ち物ですか」

場違いなほど穏やかな声だった。「あ……ああ」洋三叔父が気を削《そ》がれたようにスイングを止めた。

「こいつは確か、義父――妻の父上のものだったかな」

「あ……ええ、そうだったわねぇ。

私も少しだけ使わせてもらったかしら。形見《かたみ》分けで貰ったけど、夫の家に持っていくのはさすがに忍びなくて、この家に置いてあるの」

洋三叔父の手に握られている忌まわしきゴルフクラブは、トイレの隣の納戸《なんど》にしまわれているものだった。私も幾度となく目にしている。

「持っていくのは忍びない」と夏乃叔母は口にしたが、実際には、古臭いゴルフクラブが性に合わなかっただけだろう。父と母はゴルフに興味がなかったし、私も正直なところ売り飛ばしてしまいたいとすら思っていたが、名目上は夏乃叔母の所有物であり、洋三叔父が来訪の際、先程のように練習と称して振り回すこともあって、小屋にもしまい込めずそのまま母屋の納戸に置いてあった。

そうでしたか、と漣はいかにも興味深げに頷いた。

「お二人ともゴルフがお好きなのですね。失礼ですが、お二人が知り合ったのも――?」

「まあ、な」

洋三叔父が気恥ずかしげに頰を掻《か》いた。「君もゴルフに興味があるかね。私でよければ手ほどきするが」

「申し訳ありません。道具を使うスポーツは苦手でして。

それより、せっかくのご縁です。夕食のお支度が整うまでの間、色々とお話を聞かせていただけませんか」

母が金縛りから解けたように、片足を引きずりながら台所へ戻る。私は慌てて母の後を追った。

振り返ると、洋三叔父がしぶしぶといった顔で、ゴルフクラブを手にリビングを出るところだった。

漣は夏乃叔母と会話を交わしている。

この後輩が当初、洋三叔父の振舞いを止めずにいたのは、最も平穏かつ効果的に場を鎮めるタイミングを見計らっていたためらしい。敢《あ》えて私が来るまで待ち、場が熱くなりかけたところで冷水をかける。……まったく、小憎らしいやり方だった。


食事の準備が整い始めても、父の姿はリビングになかった。

午後六時二十分。いつもの夕食の時間には少し早いが、さすがに声をかけに行かないとまずい。

「呼んでまいります」

コーンスープ入りの皿を載せたトレイを母から受け取り、テーブルに置くと、私は叔母夫婦へ一礼した。漣へ小声で囁《ささや》く。「九条――」

「了解しました。これは私が」

漣が席を立ち、トレイに載った五つの皿をテーブルに並べ始める。「ありがとう」私は礼を述べ、リビングを出た。右斜《はす》向かいにドアが見える。父の仕事場だ。ドアをくぐった先が前室。その奥が現像室だ。

ドアをノックし、前室へ入る。電灯は消えていた。念のためスイッチを入れる。暗緑色の光が灯る。誰もいない。同様に現像室の電灯も点けてみたが、前室と同じ暗緑色の室内を薬品臭が漂うばかりで、やはり父の姿はなかった。

私は仕事場を出て、二階へ上がった。

東西方向に廊下が延び、南北両側に部屋が並んでいるだけの単純な造りだ。廊下は東端が階段と繋がり、西端は窓付きの壁になっている。普段使われている部屋は、南側に並ぶ部屋のうち三つ——父母の寝室、私の部屋、父の書斎——だけ。後は客室という名の空き部屋だ。トイレと洗面所は北側の西端にある。（【図1】）

　父の書斎はトイレの真向かい、南西の角部屋だった。陽当たりの加減が良いということで、現像を終えた写真の良し悪しを吟味する場所を兼ね、父はこの部屋を書斎に充てていた。

　自分の足音を聞きながら廊下を歩き、書斎の前に立つ。ドアノブの下に鍵穴が見える。普段は施錠されていて、鍵を持っているのは父だけだ。

　仕事に集中しているとき、あるいは機嫌を悪くして部屋に籠っているとき、父は声をかけられるのを極端に嫌う。「うるさい、後にしろ」と怒鳴るか無視するかのどちらかだ。私は息を止め、強めにドアをノックした。返ったのは冷たい静寂だった。そっとノブに手をかけたが、ドアは開かなかった。

　徒労感が押し寄せた。……何をやっているんだろう、私は。

　ただの茶番だった。父の姿を目にすることなく、私は書斎の前を離れた。

　結局、私と母と漣、そして叔母夫婦の五人だけで夕食が始まった。午後六時半に差し掛かる頃だった。

　父を連れてこられなかったことを私は

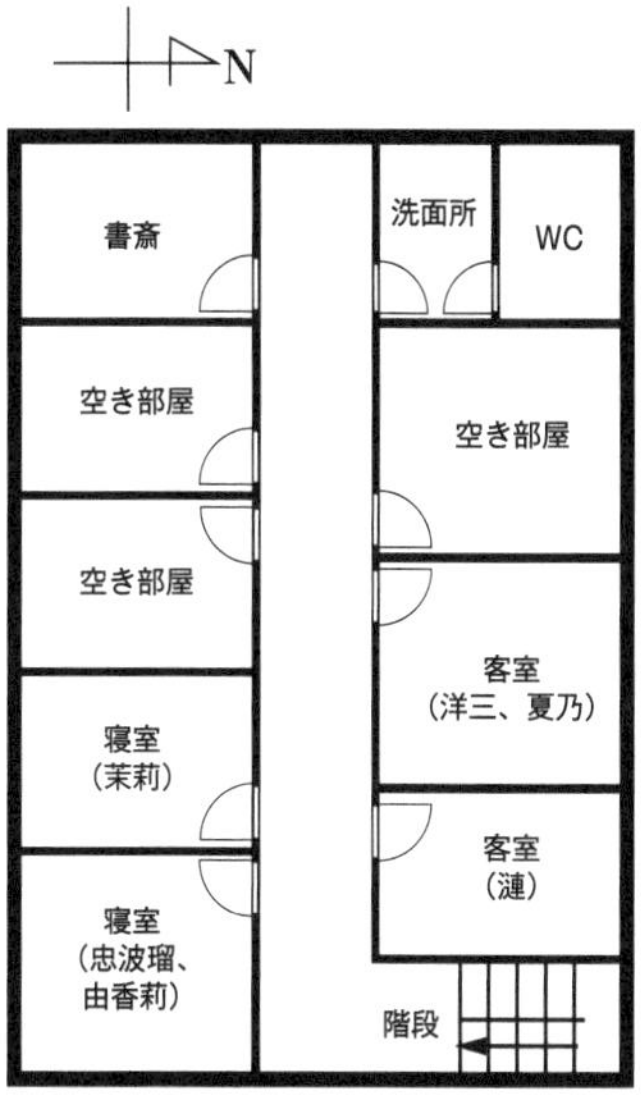

【図1】 2階見取り図

詫びたが、夏乃叔母は「仕方ないわねぇ。兄さんは没頭すると昔からあゝだもの」と呆れ気味に返しただけで、特に機嫌を損ねた素振りもなかった。

夕食は――少なくとも表面上は――平穏に過ぎた。

夏乃叔母は時折、母へ心無い言葉を投げたが、夕食前の漣の牽制が効いたのか、言葉遣いはいつもより棘《とげ》が少なかった。

漣は、洋三叔父や夏乃叔母と如才なく会話を交わしていた。私は合間に口を挟みながら、そっと母の様子を窺った。母は一歩引いた様子でほとんど何も喋《しゃべ》らず、夏乃叔母から毒交じりの言葉を投げられては、痛みをこらえるように笑っていた。


食事と片付けが終わり、母が皆に「お風呂……準備できました」と告げたのは午後八時半だった。

「あら。それじゃ、早速いただいちゃおうかしら」

夏乃叔母は椅子を立ち、洋三叔父へこれ見よがしに艶《なま》めかしい視線を向けた。「あなたも。ほら、行きましょ？」

ゆったりした声に艶がこもる。洋三叔父は一瞬躊躇を見せたが、威厳を保つように咳払いし、「ああ、そうするか」と腰を上げた。

「茉莉ちゃん。部屋着はある？」

「あ、はい……いつもの部屋に」

叔母夫婦の寝泊まりする客室は二階の北側、漣に割り当てた部屋の隣だ。どちらもすでに整えてある。

それにしても、叔母たちが私たちの前で、ここまで露骨に睦まじい様子を見せたことはほとんどない。邪魔な部外者である漣への当てつけだろうか。しかし当人は全く動じた風もなく「お先にどうぞ」と会釈した。夏乃叔母は一瞬だけ頰を引《ひ》き攣《つ》らせたが、再び妖艶《ようえん》な笑顔に戻り、「それじゃ、お言葉に甘えて」と洋三叔父の手を引いてリビングを出て行った。

「ごめんなさい、九条……その」

「構いませんよ。馬に蹴られて死ぬ趣味はありませんので」

やはりこの後輩はどこかずれている。

叔母夫婦が風呂を出たのはたっぷり一時間後、午後九時半頃だった。

彼らが浴室で何をしていたか、さすがにリビングからは聞こえなかった。が、「お先に失礼するわねぇ」と就寝の挨拶をする夏乃叔母の恍惚《こうこつ》とした表情や、洋三叔父の頰の火照《ほて》り具合は、単なる長風呂だけでない何かを嫌でも想像せずにいられなかった。

「九条。その、お風呂だけど……次は私でいいかしら」

叔母夫婦の足音が遠ざかった後、私は漣に問いかけた。そういう行為があったかもしれない場所へ、直後に客人を行かせるのはさすがに気が引ける。漣は私の心中を察したのか、「解りました、お先にどうぞ」と頷いた。

着替えを取りに二階へ上がり、再び一階へ戻って浴室へ。……夏乃叔母もさすがに分別があったのか、そういう行為の痕跡は、目に見える範囲には残っていなかった。

——三十分後、私は入浴を終え、リビングに戻った。

「ごめんなさいね、遅くなってしまって」

いえ、と漣が首を振った。ずっと母に付き添ってくれたらしい。

「母さんは、どうする？」

「そうね……今日はやめておくわ」

母は包帯の巻かれた足首へ目を落とした。痛みの滲《にじ》んだ、しかしどこか呆《ほう》けた返事だった。

本当は安静にしなければいけないはずなのに、普段の倍の量の食事を準備したのだ。私が台所へ立ったところで、母の言う通りろくな料理は出せなかっただろう。それでも——何とかして夕食の支度を代わってあげるのだったと、今さらのように後悔が押し寄せた。

父の分の料理は、台所のテーブルに置いてある。夏乃叔母が言及したように、父はひとたび仕事に集中すると、いくら呼んでも食事に現れない。私と母が就寝した後、深夜過ぎに食事をつまむことも稀《まれ》ではなかった。

漣が会釈し、リビングを去る。——と、漣の足音が浴室の方へ消えるのと入れ違いに、夏乃叔母がリビングに顔を出した。

「あらぁ。茉莉ちゃん、もうお風呂に入っちゃったのね」

「はい。……叔母さまは、どうされました？」

「ちょっと喉が渇いちゃって」

と言いつつ台所に入り、持ってきたのはワインボトルとグラスだった。父がいつも飲んでいるものだ。「義姉さん、おつまみある？」

湧き上がる怒りを抑え、私は母の代わりに「……買い置きの乾き物なら」と言い置き、台所へ向かった。

私の居ぬ間にいびり倒すつもりだったのだろうか。母を二階へ避難させるタイミングを逸したまま、私はリビングに留まるしかなかった。

幸いと言うべきか、三十分後、浴室からリビングへ戻ってくる漣の足音が聞こえた。

「いらっしゃぁい。待ってたわ、漣ちゃん」

虫唾《むしず》が走るような夏乃叔母の呼びかけを、漣は「そうですか、それは失礼しました」と表情を変えずに受け流した。

「ところで、洋三さんは」

「……部屋で休んでいるわ。疲れちゃったのかしら?」

艶を含んだ声で思わせぶりな台詞を口にする。それでも表情を崩さない漣を前に、夏乃叔母はかすかに頬を引き攣らせた。

風呂の火を消し、ガスの元栓を閉めた後も、小宴会——呑んでいるのは夏乃叔母ひとりだったが——は洋三叔父抜きでしばらく続いた。

リビングから明かりが消えたのはさらに三十分後。午後十一時を回ろうかという頃だった。


漣の手を借りて母をどうにか二階の寝室へ連れていき、自室のベッドに潜り込んだ後も、私は眠りに落ちることができなかった。

漣がこの家に滞在していること。叔母夫婦への気遣い。そして……精神的な緊張が抜けてくれない。睡魔は一向に訪れなかった。

漣と母は床に就いたはずだ。勝手知ったる夏乃叔母は、さっさと客室へ戻ってしまっていた。

叔母夫婦の声が耳元に蘇《よみがえ》った——就寝の挨拶を済ませて自室に戻る直前、客室のドアの奥からかすかに漏れ聞こえた会話。

——あいつめ、どこまで人を虚仮《こけ》に……早く例の……

——焦っちゃ駄目よ。今は……

『……天気予報をお伝えします。※※地方一帯では、山間部を中心に引き続き降雪が続いており……』

ラジカセから、地方局のアナウンサーの声が流れる。

眠れないとき、ラジオのチャンネルを適当に合わせ、音量を絞って聞き流すのが、最近の私の癖になっている。

カセットテープでクラシックを流すより、ラジオでノイズ混じりの喋り声を聴く方が眠気を誘われやすいのは、自分でも意外な発見だった。電源を入れっぱなしのまま寝入ってしまい、起きたら電池が切れていた——といった失敗も一度ならず経験している。

とはいえ、今夜は例外だった。『……現在、※※市内全域に……』ラジオの声がやけに耳障りだった。

カーテンを少し開ける。窓の外は闇に覆われていた。街灯の光も今はなく、ただ、ラジカセの電源ランプが、窓際をかすめる幾多の雪の結晶を、ほのかに赤く照らしているだけだ。庭は完全な暗黒に沈んでいた。

静かだった。部屋の鍵はかけているが、漣が今、客室に泊まっているという事実は覆《くつがえ》せない。要らぬ想像ばかりが頭をよぎり、私の目は冴える一方だった。

……どうしろというのよ、本当に。

結局、雪の止んだ深夜一時過ぎまで、私はベッドの中で暗闇を見つめていた。

4

「――先輩、河野先輩――」

……ノックの音が聞こえる。

沼の底から引きずり出されるように、私はベッドから身を起こした。

いつの間にか寝入っていたようだ。……寒い。窓の外の闇は薄らいでいたが、爽《さわ》やかな冬晴れには程遠かった。厚い雲が未だ空を覆っている。

目をこすり、時計を見る。五時五十分。……普段の起床時間よりだいぶ早い。

「河野先輩、起きていますか」

よく聞き知った、そして緊迫感を伴った声とともに、再びノックが響いた。「――九条？」慌てて返事を返す。クローゼットから上着を出して羽織り、鍵を解錠して扉を開けた。一瞬遅れて、暗い廊下に電灯が灯る。いけない、寝起きのひどい顔を見られてしまう――場違いな感情が胸の奥をよぎった。

漣は部屋着の上にコートを羽織っていた。「どうしたの、こんなに早く」私の問いに、後輩は硬い表情で「説明は後です」と返した。

部屋の外へ出る。漣の後ろに母、それと洋三叔父と夏乃叔母が立っている。皆、部屋着に上着を引っかけた格好だ。一様に困惑と緊張の入り混じった表情を浮かべていた。「やっとか」洋三叔父がぼやきを漏らした。

「九条、一体——」

詰問の台詞を飲み込んだ。

いい、いい。

父の姿がない。

私と母、洋三叔父と夏乃叔母、そして漣——それで全員だった。

階段の下り口の脇に、懐中電灯が置かれているのが目に入った。靴箱の上にあったものだ。あれは……しかし漣の言葉が雑念を払った。

「皆さんもついてきてください。詳しい説明はそこでします」


漣に案内されたのは、一階の勝手口だった。

狭い廊下に五人が固まると、さすがに窮屈さを感じる。「どうしたの、こんなところに——」

私の問いは、またも途中で切れた。

勝手口の三和土に、長靴が転がっている。

玄関の靴箱に入れてあった、二足の長靴のうちの一足だ。急いで脱ぎ捨てられたかのように、右足と左足の分がそれぞれでたらめに横倒しになっている。

漣は慎重に長靴をまたぎ越し、勝手口を解錠してドアを開いた。

凍えるような冷気が流れ込み——ドアの外の光景が目に飛び込んだ。


雪の上に足跡が刻まれていた。

『行き』の足跡が二本、『帰り』の足跡が一本――計三本の足跡。外はまだ明るいとは言えなかったが、各々の足跡の向きはどうにか見て取れる。

『行き』の二本はやや重なり、『帰り』の一本は他の二本から少し離れている。どれも深さは同じくらい。足首ほどだ。

私の位置から、各々の足跡のもう一方の端は見えない。が、大体の方向は解った。……父のギャラリーのある、小屋の方向。

漣は簡単に事情を話してくれた。早くに目が覚め、手洗いを済ませて西端の窓を何気なく覗いたところ、雪の上にこれらの足跡が見えたという。

「……これが、どうかしたのかね」

洋三叔父の声がかすかに緊張を帯びていた。

「足跡自体に、一見して異状は見られません。靴底の形も、三和土にある長靴と同じようです。が――皆さんもお察しではありませんか。これらの足跡の意味するところを」

冷気が首筋を撫でた。

……数だ。

誰が何のために、何度、誰を伴って外へ出たとしても、勝手口から出て戻っただけなら、行きと帰りの足跡の本数は同じになるはずだ。

が、実際に刻まれた足跡は、帰りの方が一本少ない。

勝手口から小屋へ向かい、戻っていない人間がいることになる。

母の顔面が蒼白と化した。「……兄さんが？」夏乃叔母の声もかすれている。

恐らく、と漣が返した。

「忠波瑠氏が小屋の様子を見に行かれただけなら、そろそろ暖を取りに戻って来られてもよさそうなものですが」

小屋には空調がない。外も中も、寒さはほとんど変わらないはずだ。

雪の上には、『行き』の一本のほかにもう一往復分の足跡が刻まれている。三和土に転がった長靴。母屋に父の姿はない。

父と、父以外の誰かが小屋へ向かい、父だけが戻っていない――ことになってしまう。

「皆さんの中で、昨夜以降に小屋へ行かれた方は？」

漣の問いに、誰も手を挙げなかった。

漣が視線を空へ向けた。白い結晶が舞い落ちる。また雪が降り始めたらしい。

後から思えば、漣はこのときすでに最悪の事態を思い描いていたのだろう。表情が険しくなった。

「まずいですね。足跡が埋もれてしまう。……先輩、カメラはありませんか。今のうちに写真を」

突然問われ、私は言葉を詰まらせた。頭が上手《うま》く働かない。

カメラ――そうだ、父は写真家だ。仕事道具ならいくらでも家にある。前室へ向かおうとして、私は身体を止めた。

父は、仕事道具を鍵付きの戸棚に管理している。鉄製だから破ることもできない。――鍵を持っているのは父だけだ。

私が告げると、漣は無念そうに眉をひそめた。

「仕方ありません。玄関から回りましょう」

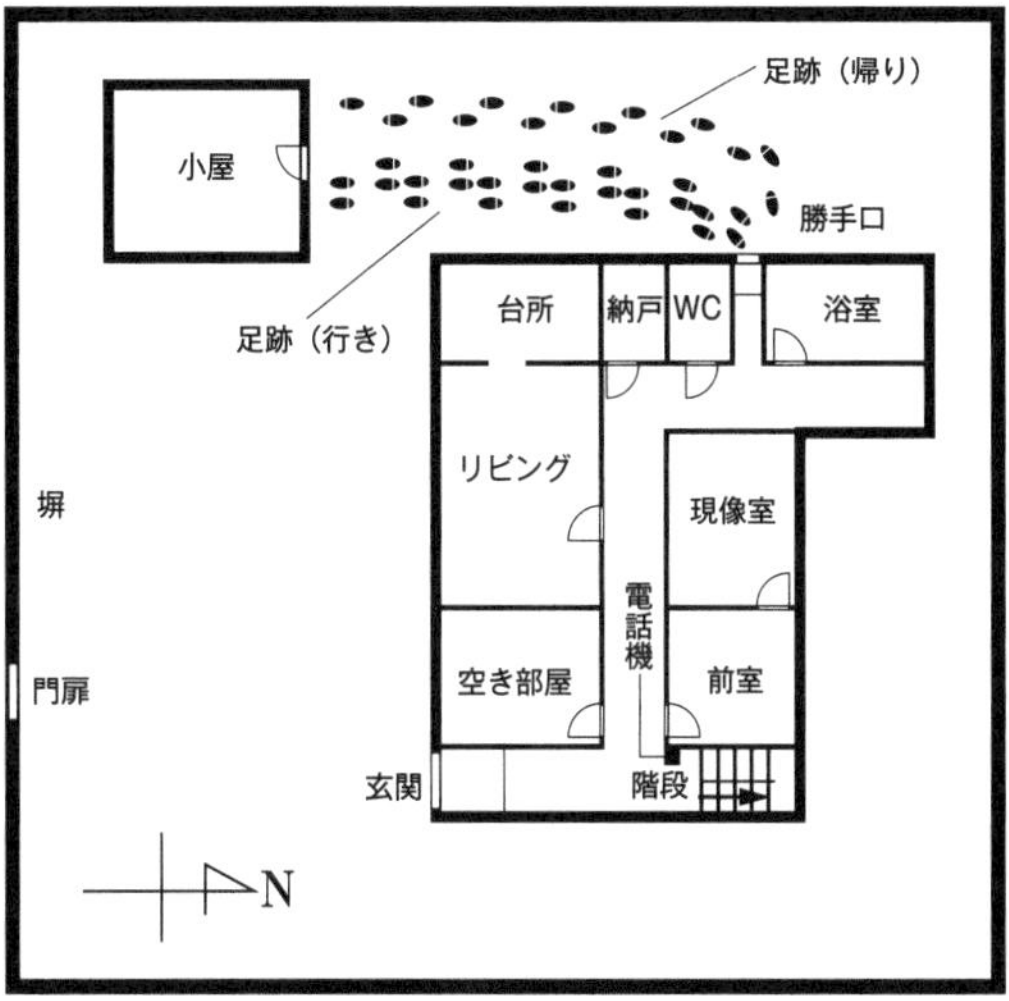

【図2】現場見取り図（敷地全体）

写真家の自宅で写真一枚撮れないとは――という皮肉を、さすがの漣も今は口にしなかった。一番の年少者である漣が指示を出していることに、私たちは疑問を挟むゆとりもなかった。

玄関の扉を開くと、庭は足跡ひとつない雪原と化していた。（【図2】）

靴箱は空っぽだった。――二足の長靴の、残り一足が見当たらない。

母を玄関に残し、私と漣、洋三叔父と夏乃叔母は、それぞれ自分の靴を履いて雪の中へ踏み出した。寒さや冷たさなど気にしてはいられなかった。

どこまでも白い庭を突っ切り、小屋へ向かう。昨晩は風が荒れていたせいか、軒下にまで雪が入り込んでいる。

周囲を見渡す。先程の三本の足跡のほかには、庭にも塀の上にも、母屋や小屋の周囲にも、両者の屋根にも、足跡をはじめとした雪の乱れは確認できなかった。

小屋のドアに辿り着く。足跡の靴底を確認できた。雪は被っていない。……三本とも、勝手口の三和土に転がっていた長靴と同じ形だった。『行き』のひとつ――東側――の右足の前方を、もうひとつ――西側――の左足の踵がわずかに踏んでいる。爪先の右側に踵の左側を重ねた格好だ。

「皆さん、足跡を踏まないよう気を付けてください。……先輩、ドアを」

震えながら頷き、足跡を慎重に避けながら、私はドアの近くに立った。毛糸の手袋をはめた手で、電卓製の入力盤に、暗証番号の式を入力し、『＝』ボタンを押す。

何の反応もなかった。

――え？

もう一度、答えが『８９７３』となるよう式を入力し、再度『＝』ボタンを押す。やはりドアは何の音も返さない。ノブを押し回したが、ドアは開かなかった。

……暗証番号が、変わっている⁉

「何をやっているんだ。適当に『１１１１』とでも入れてみろ」

混乱する私の背後で、洋三叔父の苛立った声が飛ぶ。いい加減なことを、という台詞を寸前で飲み込み、私は半ばやけで『１１１１』『＋』『０』に続いて『＝』を押した。

モーターの駆動音が響いた。

嘘――

愕然《がくぜん》とする私の横から漣の腕が伸び、ドアを開けた。

父が倒れていた。

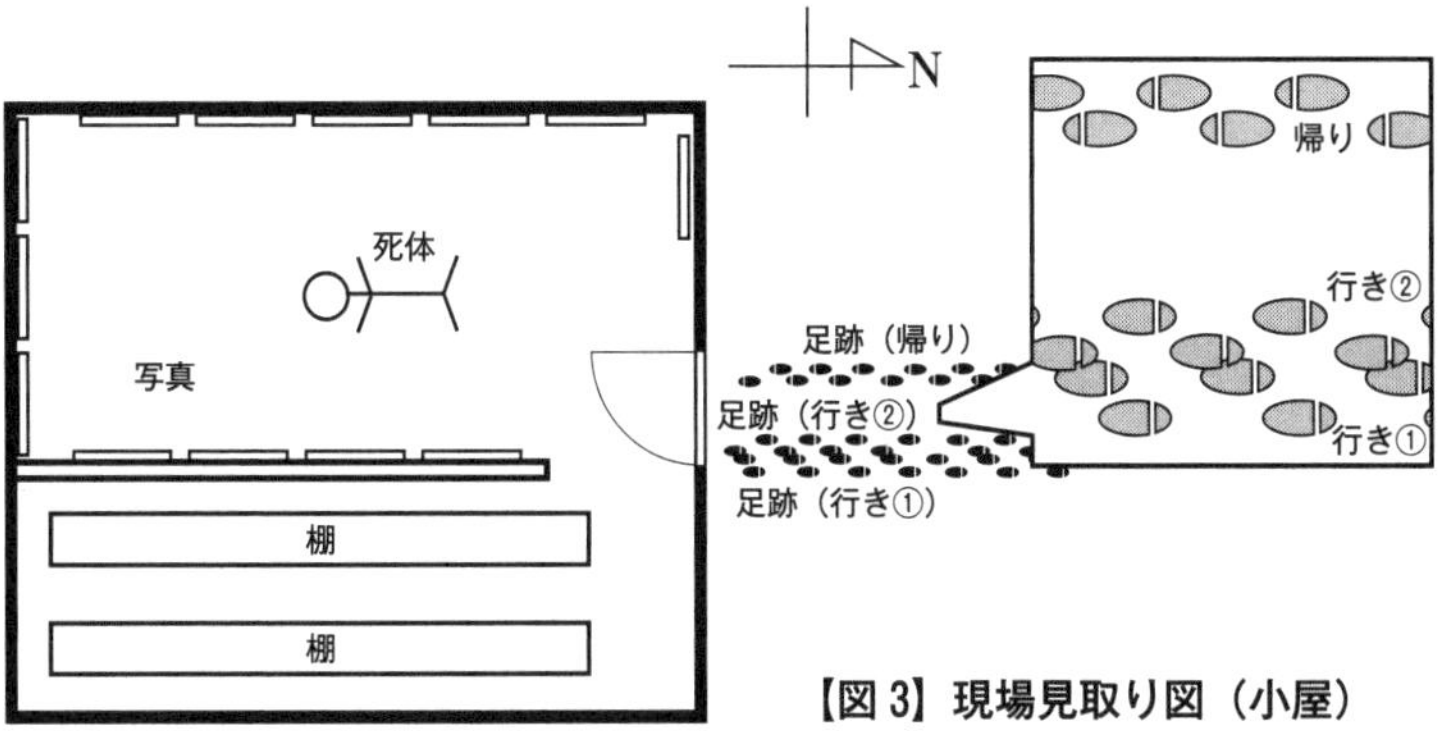

【図3】現場見取り図（小屋）

ドアから入って中央から右手側のギャラリーの、広く空いた床の上。

何枚もの写真に見下ろされながら、私の父、河野忠波瑠が仰向けに倒れている。（【図3】）

ジャンパーに毛玉だらけのセーター姿。昨日と同じ格好だ。両足には、勝手口に転がっていたのと同じデザインの、黒い長靴。

目から光は失せ、肌の色は青白く化し――父は完全に事切れていた。

※

以下はすべて、後で解った話だ。

警察の調べで、父の死は他殺と断定された。

死因は後頭部への一撃。ほぼ即死で、体外への失血は確認されなかった。

検死による死亡推定時刻は、死体発見から五時間以上前――深夜一時以前。ただ、小屋の中がかなり冷えていたこともあり、正確な時刻は割り出せなかったという。

台所に置いていた父の分の食事は手を付けられておらず、解剖の結果、胃の中も空だった。

父が最期に持っていたのは、書斎の鍵を含んだ鍵束とハンカチだけだった。どちらも父のズボンのポケットに入っていた。


小屋のドアに、後から手を加えられた痕跡はなく、小屋の東側の窓も、内側からクレセント錠がかけられていた。

現場に残された三本の足跡は、漣の危惧通り雪を被ってしまい、正確な検証ができなかった。死体発見の直後から雪の勢いが強まったことと、積雪のために警察の到着が遅れたことが影響した。


凶器はゴルフクラブだった。

父の後頭部に穿《うが》たれた打撲《だぼく》痕を精査したところ、納戸にしまわれていたゴルフクラブのうち一本のヘッドと、形状が一致した。

事件発覚の前日に洋三叔父が振り回していたドライバーだった。

5

「状況を確認しておきましょう」

午前六時十分。リビングに戻ると、漣は開口一番宣言した。

重い雰囲気が漂っていた。夏乃叔母と洋三叔父の表情は険しい。一方、母は抜け殻と化したように、呆けた顔で椅子に身を沈めていた。

私は――どんな顔をしていただろう。

目に浮かんでいたのは悲しみか、怒りか。それとも……虚無感か。

警察への通報は済んでいた。が、大雪の影響で到着が遅れる見込みだという。父の死体は、発見された状態のまま小屋に放置されていた。警察が来るまで手を付けるべきではない、という漣の判断からだった。

「状況、と言われても」

夏乃叔母が口を開く。「見た通りじゃないの？　兄さんが、誰かと一緒に勝手口から小屋へ入って――殺されて、誰かがひとりで母屋へ戻った。そうとしか思えないけれど」

緊張が走る。

小屋と勝手口を結ぶ三本の足跡のほかに、怪しい足跡や痕跡は見つからなかった。犯人は母屋にいた人間……私たち五人の誰かということになる。

「残念ながら、話はそれほど単純ではありません」

漣は首を振った。「雪の止んだ後で忠波瑠氏が小屋へ入った、という状況自体がすでに奇妙なのですよ」

「何がだね。犯人が義兄《あに》を言葉巧みに小屋へ連れ込んだだけの話ではないのか」

「そういう問題ではありません。

忠波瑠氏も犯人も、小屋に入るのは物理的に不可能だったはずなのです」

「……どういう意味だ」

「停電ですよ。

大雪の影響で、昨夜二十三時頃から今朝の死体発見の直前まで、この地域一帯に停電が発生していました。

小屋のドアの鍵は忠波瑠氏の手で改造されており、暗証番号を入力してモーターを動かす仕組みになっています。つまり、電力がなければ外から鍵を開けられません。忠波瑠氏も犯人も、小屋の中に入れたはずがないのです」


あ――と誰かが声を漏らした。

……そうだ。

昨夜十一時頃、停電でリビングの明かりが消え、夏乃叔母による小宴会は打ち切られた。

昨晩の夕食時には、街灯が庭を照らしていた。けれど、私が電池でラジオを聴いていた午後十一時過ぎには、街灯の明かりが消え、窓の外は真っ暗になっていた。

今朝、漣のノックで叩き起こされたとき、自室のドアを開けた直後に廊下の電灯が点いた。もし、私の起床前に電気が復旧していたら、私がドアを開ける前に誰かが点けていたはずだ。

恐らく、停電時に誰かがスイッチの入り切りを繰り返し、『入』の状態で放置してしまったのだろう。私がドアを開けたタイミングで電気が復旧し、電灯が点いたのだ。「やっとか」という洋三叔父のぼやきが思い出された。

「それじゃ、小屋のドアの暗証番号が変わっていたのは」

「停電で初期化されてしまったのでしょう」

初期設定の暗証番号が『1111』だったのだ。それを洋三叔父が偶然にも言い当てた。

「一般の施設であれば、非常時にも解錠できるよう物理的な鍵などが準備されたはずです。が、問題のドアは、悪く言えば忠波瑠氏の素人施工。鍵穴がついていませんでした。非常時の対処より、こじ開けられないようにするのを優先したのかもしれませんが」

「待って――九条、ちょっと待って」

私は慌てて口を開いた。「おかしいわ。なら、父はどうやって小屋へ入ったの」

「ドアの間に何か挟んだのか？　停電時にも開けられるように」

洋三叔父も問う。

「だとすれば、その人物は停電が発生するのを予期していたことになります。ありえないとまでは言いませんが、可能性は低いでしょう」

「それなら……ええと」

夏乃叔母の声が困惑に満ちていた。「東側の壁に小窓があったわよね。そこから棒か何かを伸ばして、内側から開けた、とか……」

「それにはまず、停電前に小屋へ入り、中から窓の鍵を開ける必要があります。やはりその人物は停電を予期していたことになりますね。

百歩譲って、そのような行為が行われたとしても、足跡などの痕跡が小窓の周辺に残るはずです。停電発生時にはまだ雪が降っていましたが……痕跡が埋まり切る前に止んでしまうかもしれないのです。そんな不安要素を抱えながら、忠波瑠氏の死体を小屋に入れる必然性があるでしょうか」

小屋の外に死体を放り出せば済んだはずだ——と漣は言いたいのだ。

「では、どういうことかね」

洋三叔父が苛立ち交じりの問いを放つ。「前提が間違っているのですよ」漣は冷静に返した。

「停電中にドアをこじ開けたのではありません。停電が発生する前の段階で、忠波瑠氏の死体はすでに小屋の中にあったのです。

そして雪が止んだ後、足跡だけが偽装された——あたかも雪の止んだ後で犯行が行われたかのように」

皆が静まり返った。

夏乃叔母と洋三叔父が唖然《あぜん》とする中、母は虚《うつ》ろな表情のままだ。漣の話を認識できているかどうかも定かでなかった。

「駄目よ九条、やっぱりおかしいわ。

足跡の本数はどうなるの。二本が犯人の往復分だったとして、片道一本分が余ってしまうじゃない。まさか、犯人は雪が止む前に小屋に行って、足跡が埋まるまで待って、一往復半して——帰りの一本分は後ろ向きに歩いて『行き』の足跡にした、などと言うつもりではないでしょうね。雪がいつ止むかもしれないのに？」

漣はしばし私を見つめ——

「具体的な方法までは解りません」

あっさりと言い放った。

「……はぁ？」

夏乃叔母が間の抜けた声を上げた。「散々理屈をこね回して、肝心な問いには『解りません』？　馬鹿にしているの」

「私は探偵でも何でもありません。事件の捜査は警察の仕事です。ただ、停電中に無理やり忠波瑠氏が小屋へ押し込まれた可能性より、足跡が偽装された可能性の方が遙かに高いのは明白です。具体的な方法は犯人に問い質《ただ》した方が早いでしょう。足跡を偽装する方法は、古今東西の推理小説を読めばいくらでも出てきます」

「なら、その犯人は誰かね」

洋三叔父の詰問に、漣は吐息を漏らしつつ首を振った。

「証拠も揃っていない段階で、警察ではない私に断言などできません。言えるのは――昨夜の二十三時以前にアリバイがなく、かつ、足跡の工作を行うことができた者、もしくは者たちが犯人だ、ということだけです」

漣が夏乃叔母と洋三叔父の視線を交互に受け止める。二人は硬直した。

「な……何。私たちが犯人だと言うつもり？　冗談じゃないわ、アリバイがないのはそこの母娘《おやこ》だって同じでしょ。私たちは小屋のドアの暗証番号なんて知らなかったのよ！」

「残念ですが、暗証番号を知っていたかどうかは決め手になりません。忠波瑠氏が小屋の中にいた以上、彼自身がドアを開けた可能性は大いにありますし――でたらめにボタンを押したら偶然開いたということもありえます。先程、貴女《あなた》のご主人が言い当てたように」

叔母夫婦が揃って青ざめた。

「逆にお尋ねします。

忠波瑠氏に呼ばれてこの家へ来た、と昨日仰いましたね。にもかかわらず貴女がたは、忠波瑠氏が顔を出さないことに苛立つ気配もなく、私たちの前では顔を見に行こうとすらしませんでした。
「貴女がたがこの家を訪れた本当の理由は何ですか？」

※

叔母夫婦が逮捕されたのは翌月の末だった。

漣はそれと前後して、私たちの住む地を離れていった。……詳細な事情は知らない。新聞部の部長役を固辞したことを思うと、恐らくかなり前から決まっていたことなのだろう。入院中の知人へ「挨拶」に行っていた、という言葉を思い出した。

私は結局、受験自体を諦《あきら》めざるをえなかった。

しばらくして、母が突然亡くなり——私は生家を手放して、呪われた地を去った。

漣から手紙が届いたのは、それから長い時が過ぎた後——一九八三年の冬だった。

6

『拝啓

突然のエアメールに驚かれたかもしれません。こちらも母国語で手紙を書くのは久しぶりで、いささか緊張しております。乱文乱筆ご容赦《ようしゃ》ください。

本来なら、こちらの近況を詳しくお伝えしたいところですが、長くなりそうなので手短に済ませます。ご存じの通り、私は、先輩の御父上が亡くなられた事件からしばらくして彼《か》の地を離れ、今は封筒の裏面に記された地に落ち着いています。平穏とは言い難いものの、幸いにして大過なく過ごしております。

さて、右記の事情により、私は事件の捜査状況や先輩の近況を、長い間把握することができずにいました。随分後になってようやく、所轄の警察署などを通じて、先輩の現住所も含めた詳細を知ったのですが――その顚末は、私の予想とは大幅に異なるものでした。

そこで、私は事件の当事者のひとりとして、あのとき語ることのできなかった「臆測」を以下に書き記します。誤っている部分がありましたら、適宜訂正の赤鉛筆を入れるなりしていただければ幸いです。

河野先輩――

忠波瑠氏の死体を小屋に隠し、足跡を偽装したのは貴女ですね。

何を根拠に、と思われたかもしれません。逮捕されたのは佐古田夫妻ではないか、と。

河野家へ借金の返済を迫ろうとしていた彼らが、逆に、贈収賄《ぞうしゅうわい》の現場を忠波瑠氏に隠し撮りされ、脅迫され――口封じと証拠隠滅《いんめつ》のために殺害したのではないか、と。

確かに、情況証拠と物的証拠は、佐古田夫妻に不利なものばかりだったようです。

洋三氏から省庁の幹部職員への金銭受け渡し現場を撮影したフィルムが、忠波瑠氏の貸金庫から発見されたこと。

洋三氏から忠波瑠氏への口座振込の額が、事件の約一年前を境に顕著に増加していたこと。

凶器と認定されたゴルフクラブから、洋三氏の指紋だけが――スイングの練習で付いたものだという氏の主張は、事実上無視されたようですが――検出されたこと。

夫妻が貴女の家を訪れてから、翌朝、忠波瑠氏が遺体で発見されるまでの間、彼ら二人――特に、洋三氏のアリバイにかなりの空白があったこと。

私の入手した資料を見る限り、当時の所轄の警察署にとって、佐古田夫妻を殺人者と名指しするにはこれらの事実だけで充分だったようです。

停電と足跡の矛盾についても、行きの二人分は二人でつけ、帰りは洋三氏が夏乃夫人を背負って帰った、と強引に解釈したようですが――

それが事実でないことは、河野先輩もご存じのはずです。

三本の足跡はどれも同じ深さでした。上記の方法で夫妻が足跡を偽装したとすれば、帰りの足跡は行きの二本より、素人目にも解るほど深くなっていたはずです。が、当時私が見た限り、そのような違いは見受けられませんでした。

もっとも、警察が現場に到着した頃には、新たな雪が足跡に降り積もってしまい、詳細な検証が困難になっていたことも、誤認を招く一因となったようですが。

彼らは本当に犯人だったのでしょうか。
そうではない――と、私は考えています。

佐古田夫妻はなぜ、停電が発生する前――二十三時以前の段階で、忠波瑠氏の死体を小屋へ置き去りにする必要があったのでしょう。

夫妻が来訪してから停電が起こるまで、母屋のリビングには常に人がいたのです。リビングからは庭が丸見えです。もし誰かがカーテンの隙間から外を覗いて、小屋を出入りする場面を見てしまったら――万一の可能性を彼らは考慮しなかったのでしょうか。そのようなリスクを冒してまで小屋に行く必然性があったのでしょうか。玄関から出て、小屋の真逆《まぎゃく》――敷地の北東の隅にでも、死体を雪に埋めて隠した方が、人目の付きにくさという点では安全だったはずです。

また、なぜゴルフクラブが凶器に使われたのでしょう。

打撲痕は忠波瑠氏の後頭部にありました。つまり忠波瑠氏は、ゴルフクラブを握った犯人に背を向けていたことになります。

部屋に籠っている最中に背後から襲われたのでしょうか。いえ。防犯のために手製で暗証番号式の解錠システムを構築するほど、用心深い人です。部屋に籠っている間、忠波瑠氏はドアを施錠していたはずです。無言の侵入者の気配――足音やドアの軋《きし》みなどに鈍感だったとも思えません。

となると、犯人は忠波瑠氏を何食わぬ顔で誘い出し、油断した隙を突いて背後から襲ったことになりますが――そのような場面でゴルフクラブを使うでしょうか？

どう考えても、ゴルフクラブは奇襲用の武器にふさわしくありません。隠し持つのも難しいですし、堂々と手に握っていたら忠波瑠氏も警戒するでしょう。殴り倒す際に物音を聞かれる可能性もあります。それよりは、紐や刃物を隠し持つ方がよほど確実です。

彼らが全くの無実だったと述べるつもりはありません。

入浴を終えた夏乃夫人がリビングに現れ、皆が釘付けにされている間、洋三氏が顔を見せなかった点は確かに不自然です。が、彼らは忠波瑠氏の殺害まで目論んでいたわけではなく、脅迫の種となったフィルムを探していただけでしょう。

忠波瑠氏が一向に姿を見せず、代わりに部外者の私がいたことは、彼らに混乱と自制を強《し》いたかもしれません——何かの罠ではないか、と。家捜しの間に忠波瑠氏と出くわさなかったとしても、それは混乱に拍車をかける結果にしかならなかったでしょう。洋三氏や夏乃夫人の振舞いも、今思えば疑心暗鬼の裏返しだったと思われます。

事件の半年前、小屋に忍び込もうとした賊も、恐らく彼らだったのではないでしょうか。ちょうど同じ頃、佐古田夫妻は河野家を訪れていたそうですね。時期は合います。


話を戻します。

佐古田夫妻には、二十三時以前に小屋へ行く必然性も、ゴルフクラブを凶器に使う必然性もありません。しかし現実は違いました。

なぜか——という問いに恐らく意味はありません。逆に考えるべきではないでしょうか。

犯人はどうしても小屋へ行く必要があったのだ、と。——忠波瑠氏の死体が人目に触れぬよう、最も安全と思われる小屋へ隠すために。

犯人はゴルフクラブを選択したのではなく、たまたまゴルフクラブを手に取ってしまっただけなのだ、と。

犯人は佐古田夫妻でない、とすると、残る容疑者は三人しかいません。私か、由香莉夫人か――貴女か。

公平を期すために、ここで私自身の容疑を晴らします。

死体発見時、勝手口に長靴が転がっていました。つまり犯人は長靴のある場所を知っていたことになります。

しかし私には、停電で小屋が閉ざされる二十三時までに、長靴の存在を知る機会がありませんでした。家に招かれてからは貴女や由香莉夫人につきっきりでしたし、入浴時も、私が玄関へ寄り道せず浴室へ向かったことは、貴女も足音で察していただいたかもしれません。

本題に入ります。

私が最初に違和感を覚えたのは、小屋のギャラリーを拝見した後、先輩とともに勝手口経由で母屋へ戻ったときです。河野先輩は私を勝手口に待たせ、ひとりで靴を玄関へ置きに行きましたね。

なぜ、私を連れて行かなかったのですか。

私を連れて玄関へ行き、靴を置いてそのまま一緒に二階へ上がる。この方が自然だったはずです。二階へ続く階段と玄関とは目と鼻の先だったのですから。玄関へ靴を置くために、わざわざ私を待たせて勝手口と玄関とを往復する必要はありません。

貴女は確認したかったのではありませんか――リビングのドアが開いてはいないかと。

ドアから、忠波瑠氏の死体が丸見えになってはいないかと。

貴女は見てしまったのではありませんか。

小屋を出た直後、母屋のカーテン越しに――由香莉夫人が忠波瑠氏を撲殺する瞬間を。

だから、貴女は私を勝手口へ留め置き、ひとりで玄関へ――正確には、リビングへ向かったのです。

リビングの状況を確認し、恐らく自失していたであろう由香莉夫人に落ち着くよう言い含め、リビングのドアを確実に閉めるために。


今思えば、母屋へ戻る際、貴女が玄関でなく勝手口を選択したのも、その方がカーテンの隙間からリビングを覗かれる危険が少ないと判断したからではないでしょうか。玄関ルートでは、リビングの真正面を大きく横切ることになりますから。

リビングを確認し、勝手口へ戻った後、貴女は私を二階の自室へ招き、絶対に一歩も動かぬよう命令し――お茶の準備と称して一階へ下り、凶器を片付け、忠波瑠氏の死体を小屋へ隠したのです。

二足の長靴のうちの一足を死体に履かせたのも、恐らくこのタイミングでしょう。後で死体が発見された際、忠波瑠氏が何も履いていないのは不自然ですから。

死体の運搬は、貴女には重労働だったはずです。足を怪我している由香莉夫人の手を借りることはできなかったはずですから。が、母屋から小屋までは数十歩。貴女は女性としては大柄で、忠波瑠氏は男性としてはやや小柄で痩せていました。死体を背負って運ぶのは不可能ではありません。所要時間は十分程度だったと思われます。

雪は降り続いていましたが、あのときの貴女はまだコートを着ていました。コートはリビングで乾かし、髪を充分に払えば、自分が再び外へ出たことは隠し通せます。仮に私に咎《とが》められたら、例えば「ゴミを出しに行っていた」などと言い逃れるつもりだったかもしれません。

このときの貴女にとって、一番の危険要因は私でした。カーテンを開けて外を覗かれたら一巻の終わりだったはずですから。だから貴女は「一歩も動くな」と命じたのです。私を北側の空き部屋に招き入れれば済んだ話ですが、それはそれで不審を招きかねないと判断したのでしょう。この時点ではまだ、私が宿泊する話は挙がっていませんでした。

もっとも、貴女にとって幸運なことに、当時の私は貴女の指示を律義に守り、窓の外を覗くことはありませんでした。もし覗いていたら――私の命はなかったかもしれませんね。いえ、これはさすがに冗談です。

死体を運び終えた後、貴女は由香莉夫人に再度他言無用を言い聞かせ、二階へ戻って私にお茶を振舞いました。

あのときのお茶の味を、私は今でも鮮明に覚えています。

失礼ながら、まるで出涸らしのような、お世辞にも美味《おい》しいとは言えない味でした。当然かもしれません。急須《きゅうす》の茶葉を取り換えて淹れ直す余裕など、貴女にはなかったでしょうから。

貴女が忠波瑠氏を殺害したのでは、と考えたことは一度もありません。

私が母屋にいる状況下で、物音を聞かれるかもしれない殺害方法――ゴルフクラブでの撲殺

――を貴女が選んだとは思えませんから。

佐古田夫妻が犯人でないのなら、忠波瑠氏を殺害できたのは、誰にも物音を聞かれることなく忠波瑠氏を殺害するタイミングがあった人物――私と貴女が小屋にいる間、母屋で忠波瑠氏とふたりきりだった人物――由香莉夫人だけです。

夕食の準備の際、由香莉夫人はコーンスープを五皿しかリビングに出しませんでしたね。あのときはまだ、貴女が忠波瑠氏を呼びに行く前でした。氏が夕食に現れるかもしれないのに、なぜ彼の分を含めた六人分を用意しなかったのでしょう。

忠波瑠氏がリビングに現れることは決してないのだと、彼女はすでに知っていて――無意識に氏の分を選り分けてしまったのではないでしょうか。

なぜ彼女が夫を殺害したのか。殺害前後の状況はどんなものだったのか。真実は私にも解りません。ですが想像はできます。

由香莉夫人は、忠波瑠氏から日常的に暴力を振るわれていたのではありませんか。

夫人の足の怪我は、階段で転んだのではなく、忠波瑠氏に負わされたのではありませんか。

佐古田夫妻が訪れた際、由香莉夫人の頬に細長い腫れが薄く残っていました。あれは、ゴルフクラブの柄で頬を殴られた痕だったのではありませんか。

であれば、凶器がゴルフクラブだったことも説明がつきます。

忠波瑠氏に殴られた後、由香莉夫人はゴルフクラブの片付けを命じられ――積もりに積もった負の感情がついに、夫人の理性の箍《たが》を弾《はじ》き飛ばしてしまったとしたら。

忠波瑠氏も、まさか従順な由香莉夫人がそのような行為に出るとは思いもよらず、背を向けてしまったのでしょう。

凶器の処理――指紋を拭い、納戸に戻す作業――は、貴女が死体を片付ける際に行ったはずです。実際にはその後、洋三氏が偶然にも凶器のドライバーを握ってしまったわけですが……氏の指紋しか検出されなかった点については、貴女がた一家の誰もゴルフを趣味としなかったこと、また、ゴルフクラブを度々掃除していたという貴女の証言から、大きな不自然とは見なされなかったと聞き及んでいます。

由香莉夫人は、事件の数ヶ月後に首を吊って亡くなられたそうですね。

お悔やみの言葉はここには記しません。今さらお伝えしたところで、貴女には痛烈な皮肉にしかならないでしょうから。

ただ――貴女が忠波瑠氏を憎んでいなかった、とも思いません。

貴女は貴女で、母を虐《しいた》げる忠波瑠氏をいつか葬《ほうむ》り去れたら、と考えていたのではないでしょうか。たとえ本気ではなかったにしても、忠波瑠氏を殺害するための計画を、様々に思い描いていたかもしれません。でなければ、両親が殺し殺されるのを目撃した後、機敏に立ち回ることなどできなかったはずです。

夕食前、忠波瑠氏を呼びに行く場面でも、貴女は慎重に、氏を探す際に自分が取るであろう行動をなぞりました。足音やノックの音も、階下へはかすかに響いていました。貴女がそのように、あえて強めに響かせていたのかもしれませんが。

残る大きな疑問はひとつ――貴女がどうやって、足跡を偽装したのかという点だけです。

実のところ、私が今までこの手紙を出さずにいたのは、右記の疑問が最後まで解けずにいたからに他なりません。

が、先日、詳細を伏せた上でこの事件を職場の上司に語ったところ、彼女は一晩であっけなく足跡の秘密を解きほぐしてしまいました。

以下に記すのは、彼女が私に語った内容の概要です。

ポイントは二つです——「行き」の二本の足跡が接近していたこと。両者の足跡が同じ形だったこと。

これらの制約条件さえ受け入れれば、片道一回で二人分の足跡を作ることができるのです。

方法は単純です。共犯者も特別な道具も一切必要ありません。

左足から踏み出したとして——左、右、と最初の二歩をつけた後、右足を斜め後ろに引き、二人目の一歩目をつけます。左足も動かして二人目の二歩目をつけ——今度は大きめに左足を開き、一人目の三歩目をつけ、右足を運んで一人目の四歩目をつけます。先述と同じように二人目の三歩目と四歩目をつけ……後は、同様の手順を繰り返すだけです。(【図4】)

小屋まで辿り着いたら、そのまま普通に歩いて戻れば、「二人分の行きと一人分の帰り」の足跡が残ることになります。

これが可能なのは、佐古田夫妻を除けばただひとりです——足を怪我しておらず、かつ長靴の所在を知っていたはずの人物。

河野先輩、貴女だけです。


停電が起きた後、私は貴女と一緒に、靴箱の上にあった非常用の懐中電灯を使い、由香莉夫人を二階へ運びました。懐中電灯はその後、二階の階段の近くに置いていましたが——その懐中電灯を、貴女は足跡の工作の際に用いたのでしょう。闇の中では足跡の位置が摑めなかったはずですから。

雪が止んだのは深夜一時、皆が寝静まったであろう時間帯です。私と佐古田夫妻の客室は北側。また、敷地の周囲は高い塀で囲まれています。母屋からも外からも、懐中電灯の光を目撃される危険は決して高くありません。

忠波瑠氏の死体を、小屋ではなく、例えば母屋の現像室などに隠し、私と佐古田夫妻を宿泊さ

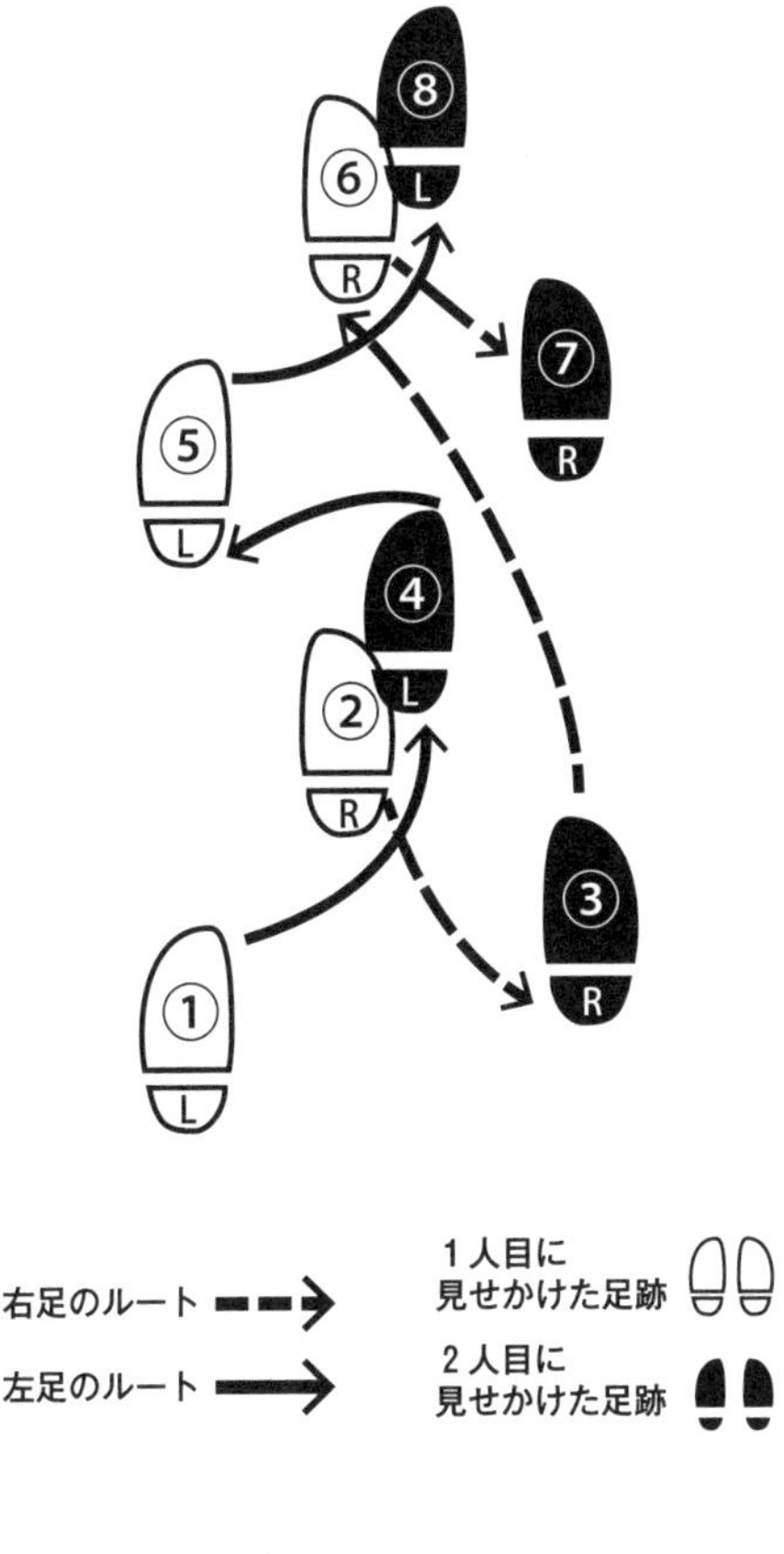

【図４】足跡工作の手順

せずに追い返し、後で死体を庭に埋めてしまえば——右記の手間をかけることなく、当面の危機をやり過ごせたでしょう。

しかし、恐らく忠波瑠氏の手紙を盗み読むなりして、夫妻の来訪を知っていたであろう貴女にとって、その選択肢は無意味でした。忠波瑠氏に呼び出されながら顔を見ることなく追い返され、直後に氏が行方不明になったとなれば、佐古田夫妻が遅かれ早かれ貴女がた母娘に疑惑を抱くのは目に見えています。たとえ「急用で外出した」などの言い訳でその場をしのげたとしても。

貴女にとって、残された選択肢はひとつだけでした——いっそ夫妻を巻き込んで事件化し、容疑を拡散させること。

だから、貴女は死体を小屋へ隠し、夫妻と私を宿泊させたのです。小屋は空調がなく、冷蔵庫並みの寒さでした。死亡推定時刻をごまかすにはもってこいです。

第三者の私を巻き込んだのは、夫妻を牽制させるほか、事件発覚後に夫妻が抱くであろう嫌疑を、少しでも私の方に向けさせる意図があったのでしょう。そのためには、私のアリバイが確実に存在しない時間帯へと犯行時刻を絞らせる必要があります。だから貴女は、皆が寝静まり、雪が止んだ後、先述の方法で足跡と犯行時刻を偽装したのです。

余談ですが、忠波瑠氏が彼らを呼び付けたのは、援助金の増額を要請するためだったのでしょう。氏の作風が変化したのも、「犯行現場を隠し撮りする」という経験が影響したものと思われます。

ただ、停電が貴女の目算を狂わせました。

暗証番号が初期化されることまではご存じなかったようですが——電力がなければ小屋のドア

が開かないことは、貴女も承知していたはずです。しかし、足跡を残さなかったら残さなかったで、真の犯行時刻が佐古田夫妻の来訪前である可能性を指摘されかねません。足跡を偽装しつつ、一刻も早く停電が復旧してくれることを祈るしかなかったでしょう。

現実には、停電は翌朝まで続き、貴女の賭けは失敗に終わりましたが――結果として佐古田夫妻が逮捕されることになりました。


以上が、事件に関する私の臆測です。


便箋《びんせん》も残り少なくなりました。

佐古田夫妻の裁判はまだ続いているようですね。

彼らに真相を問われたとき、私は回答を避けました。貴女がた一家を――貴女を、自らの手で破滅に追い込むのが恐ろしかったからです。犯人を逮捕するのは警察の仕事だ、記者は臆測で物事を述べてはならない、という言い訳がましい思いもありましたが、それは恐らく、大きな過《あやま》ちでした。

たとえ佐古田夫妻に贈収賄の罪があったとしても、どれほど由香莉夫人を蔑《さげす》んだとしても、忠波瑠氏殺害の罪まで負わされる謂《いわ》れはないはずです。私は目の前の現実から逃げ、結果として、彼らを破滅させようとしているのかもしれないのです。

私を断罪できるのは――私の臆測の真偽を審判できるのは、河野先輩、貴女ひとりです。

どうなさるかは、すべて先輩にお任せします。

また逃げるのか、と叱責されるかもしれませんね。しかし、私の手元には何ひとつ証拠がありません。母国の裁判所や警察へ、海越しに横槍を入れたところで一蹴《いっしゅう》されるだけでしょう。無能な後輩だと、どうぞ笑ってやってください。

末筆ながら、ご自愛のほどお祈り申し上げます。

敬具

一九八三年二月四日

九条漣

河野茉莉様

』

レッドデビルは知らない

レッドデビルは知らない

あたしの部屋の戸棚に、一体の人形が置いてある。

J国のキモノを着た少女の人形だ。埃《ほこり》を被《かぶ》ったガラスケースの中から、散らかった部屋を毎日飽きもせず、冷ややかな目で見つめている。

あたしには全く似つかわしくない異国の人形。けれどあたしは、これを捨てることがずっとできずにいる。

今は遠くへ行ってしまった、唯一無二の親友だった少女を思い出させる人形を。

これは、そのキモノ人形にまつわる物語――ではない。

『彼女』があたしの手元に渡るきっかけとなった、そして、あたしの人生を大きく変えることになった、忌まわしき事件の記憶だ。

1

顔を撫で回すこそばゆい感覚に、マリア・ソールズベリーは瞼《まぶた》を開けた。

爽やかな草の匂いが鼻腔《びこう》をくすぐる。聞き馴染《なじ》んだ声が、そよ風に乗って耳元に届く。

「おはよう、マリア」

朧《おぼろ》な視界が徐々に焦点を結ぶ。声の主――ハズナ・アナンが、長い黒髪を左手で押さえながら、悪戯《いたずら》っぽい微笑を浮かべていた。どこから抜いてきたのか、名も知らぬ細い草を右手に持っている。

「そろそろ起きないと。もう昼休みよ？」

「……ああ、ハズナ……」

上半身を起こし、頭を振って眠気を振り落とす。授業をさぼって木陰で寝転んでいたのだと思い出すのに、しばしの時間が必要だった。「昼休みなら寝かせてよ。午後の授業まで……だいぶあるじゃない」

腕時計を覗きながら欠伸《あくび》を漏らす。ハズナが苦笑した。

「駄目よ。その調子だと放課後まで寝過ごしちゃいそうだもの。

ほら、サンドイッチ作ってきたから。一緒に食べましょ」

ハズナが右手の草を芝生に置き、入れ替えるようにランチボックスを掲げる。だから、と返そうとした矢先、女子学生にあるまじき大音量で腹の虫が鳴った。頬《ほほ》に血が上った。

ハズナが吹き出し、ランチボックスの蓋を開ける。炒《い》り卵にハム、レタスにトマト。色鮮《あざ》やかな具を挟んだサンドイッチが収まっていた。トーストの断面も並べ方も、ハズナらしく綺麗に整っている。「はい」と差し出されたウェットティッシュを受け取りつつ、マリアはばつの悪さを咳払《せきばら》いでごまかし、サンドイッチの一切れへ手を伸ばした。

――G州アトランタ市郊外、ハイスクールの裏庭。敷地の角に植えられた大樹の下だった。

春の木漏れ日が穏やかに降り注ぐ。制服のスカートの下は柔らかな芝生。昼休みの喧騒《けんそう》も、ここからは遠くにしか聞こえない。

　絶好の休憩スポットだった。他に来客はない。半年ほど前のとある一件以降、ここが『赤毛の悪魔《レッドデビル》』の根城《ねじろ》だとハイスクール中に知れ渡り、誰も寄り付かなくなった――と、マリアはルームメイトから他人事《ひとごと》のように聞いている。

　唯一の例外がハズナだった。

　緩やかに波打つ長い黒髪。柔らかな印象の顔立ち。小柄な身体を包む制服にはわずかな乱れもない。成績も優秀で、名門と評されるこのハイスクールにあって常に上位を維持している。編入直後から大小様々な揉め事に巻き込まれている問題児のマリアとは、あらゆる意味で正反対の少女だ。

　そんなハズナと、いつからこうしてサンドイッチを摘《つ》まみ合う間柄になったのか。正確な日付は覚えていない。昨年の編入からしばらく過ぎたある日、何の気なしに足を向けたこの裏庭で、ハズナが他の生徒たちから虫けらのように追い払われようとしていたのを目撃し、首謀格と思《おぼ》しき男子生徒の股間を蹴り上げ――そして停学明けに彼女から礼を言われ、少しずつ話をするようになった。

　気付けば、牢獄のようなハイスクールの中、ハズナはマリアにとって数少ない、というよりほぼ唯一の、親友と呼べる存在になっていた。

　J国風の響きを帯びた、美しくも耳慣れない名前に、舌がもつれそうになったのが遠い昔のようだ。ハズナ自身はU国の生まれだが、「両親の祖国ではそれほど珍しい名前でもない」らしい。

「そういえば、マリア」

　空《から》になったランチボックスへ――中身の三分の二はマリアの胃袋に収まった――マリアの鼻を

くすぐった草を入れ、蓋を閉じながら、ハズナが問いを投げた。制服のブレザーにはひとかけらの食べ落としもない。胸元やスカートがパン屑《くず》まみれのマリアとは大違いだった。

「この前の物理のテスト、結果はどうだった？」

噎《む》せた。今、最も触れられたくない話題だった。

「あー……ま、まあ、そこそこだった、わよ」

「具体的には？」

ハズナがぐっと顔を近付ける。「白状しなさい、マリア・ソールズベリー。物理のテストのスコアはいくつだったの」

黒曜石のような双眸《そうぼう》に見つめられ、マリアは「……赤点」と口を割らざるをえなかった。

「あと四日しかないじゃない、追試まで」

ハズナが嘆息した。「仕方ないんだから……午後はちゃんと授業に出て、放課後もしっかり勉強すること。解らないところは私が見てあげるから」

「えっと、今日はその、夕方から用事が」

「何の？」

ハズナが微笑《ほほえ》む。先程とは似て非なる、静かで威圧感漂う笑みだ。「マリア、どこのクラブにも入ってないし、そもそも寮暮らしでしょ？　留年しちゃうかもしれない瀬戸際に、まさか遊びの用事なんて入れてないよね。

今日、午後の授業が終わったら図書室に集合。解った？　もし来なかったら、二度とサンドイッチを作ってあげないから」

最大の殺し文句が飛び出した。マリアは呻《うめ》きつつ、「……イエス、マム」と返すしかなかった。

「よろしい」

我が子を叱《しか》り終えた母親のごとくハズナが頷《うなず》く。『赤毛の悪魔』も彼女の前では形無しだ。

……というより、すっかり餌付《えづ》けされていないだろうか。

予鈴《よれい》が鳴り響いた。休息は終わりだ。観念しつつマリアは立ち上がり、胸元とスカートの前後を払った。

と、ハズナの両手がマリアの腰へ伸びた。

はみ出ていたブラウスの裾《すそ》がスカートの中に押し込まれ、慣れた手つきで整えられる。

「ちょっ、ハズナ⁉」

マリアの抗議を、黒髪の親友は「ほら、動かないの」と制し、マリアの襟元《えりもと》へ手を移した。しなやかな指がブラウスのボタンを留め、リボンを締め直す。

「いつも言ってるでしょ、せめて身だしなみくらいきちんとしてって。先生たちの印象も変わるし――マリアは美人でスタイルもいいんだから、ちゃんとしてたら男の子たちが絶対放っておかないと思うんだけど」

「今さら遅いわよ」

首回りが非常にむず痒《がゆ》い。「そもそも、見てくれだけで言い寄る野郎どもなんてまっぴらごめんだわ」

「そうやっていつまでも選《え》り好みして、婚期を逃しても知らないよ?」

からかうような笑みとともに、ハズナの右手がリボンから離れ、マリアの髪へ――正確には、左耳の横で斜めに天を向いている寝癖の先端へ触れた。

「これを直すのはまた今度ね。……さ、行きましょ」

ハズナが足元のランチボックスを拾い上げ、制服のスカートをふわりと揺らした。「了解」マリアは彼女の隣へ並んだ。

一九七〇年、春。

前年には人類初の月面着陸が世界を沸かせ——しかし、個人用の通信端末はまだSF小説の中にしかなかった時代。遠方の知人とのやりとりは手紙か固定電話にほぼ限られ、気嚢式浮遊艇《ジェリーフィッシュ》はまだ概念すら世に知られていなかった時代。

息苦しさと苛立《いらだ》ちと、束の間の安らぎが繰り返されるハイスクールの日々。長く短い牢獄のような時間が終われば、その後は適当に就職するか進学。得難い友人と暇を見て旅行に出かけ、色色とトラブルに巻き込まれつつも、いずれは家庭を持つか、あるいは気ままな独身生活か——

そんな風に自分の人生は過ぎていくのだろうと、このときのマリアは信じて疑わなかった。

※

見た目だけは古めかしくご立派な、煉瓦《れんが》造りの校舎に沿って校庭を歩く。

玄関が近付くにつれ、ランチボックスの取っ手を握るハズナの指に、力がこもっていくのをマリアは見て取った。震えを抑え込むような動作だった。

「ハズナ——」

「大丈夫……大丈夫だから」

静かな声で、ハズナが笑みを形作る。

二人で並んで玄関へ足を踏み入れた瞬間、周囲の生徒たちが一斉に視線を投げつけた。好意の欠片《かけら》もない、侮蔑《ぶべつ》と嫌悪の視線だった。「おいでなさったぜ、『黒炭《こくたん》の魔女』……」「『赤毛の悪魔』もご一緒か……」「お似合いね。はみ出し者同士……」悪意に満ちた囁《ささや》きが飛び交う。

「あんたら」

近くの生徒へ踏み出しかける。「マリア、やめて」ハズナが小声でマリアの袖を引いた。

「私は平気。……いつものこと、だから」

「けど」

ハズナが無言で首を振る。苦痛と悲しみに満ちた笑顔だった。吐き出しかけた言葉をマリアは飲み込むしかなかった。

そう、いつものことだ。

漆黒《しっこく》の髪。色付いた肌。裕福な白人の子女が多く集まるこの名門ハイスクールにおいて、ハズナはある意味、マリア以上に異端な存在だ。教師たちの間でさえ露骨な白人至上主義がはびこる閉鎖空間で、ハズナが他の生徒たちから悪意を浴びせられない日はなかった。

奥歯を噛み締めつつ、マリアは周囲を睨《にら》みつける。目の合った生徒たちが次々と視線を逸らし、取ってつけたような慌ただしさで散っていく。

そんな中、小柄な少年が、数十歩離れた位置からマリアたちを見つめていた。

珍しくひとりきりだ。陰気な、それでいて鋭く、どこか哀れむような視線。ハズナが耐え切れなくなったのか、「……ジャック」とかすかな震え声を漏らす。

と、少年は不意に背を向けて歩き去った。

追いかける間もなかった。二人きりになると、マリアは忌々《いまいま》しさと苛立たしさを息に込めて吐き出した。ハズナが申し訳なさそうに目を伏せた。

「ごめんね。私」

「謝らないでよ。それこそ今さらだわ」

俯《うつむ》くハズナの手を、マリアは強引に引いた。「それより急がないと。午後の授業はちゃんと出ろ、と言ったあんたが遅刻してどうするのよ」

「そう、だね」

ハズナの口元がかすかに緩んだ。

2

「……だから、『力の釣り合い』の問題は、その物体に『加えられる』力だけをピックアップするの。過不足なく、方向も考えた上で。

今回の問題は摩擦《まさつ》ありだから、箱に加えられるのは、重力と、斜面からの反発力と、斜面との間に働く摩擦力ね。

ポイントは三つ。重力は三角関数を使って、斜面の垂直方向と平行方向の二成分に分けられること。摩擦力は接触面と平行に、物体が動こうとする方向とは逆向きに働くこと。斜面からの垂直抗力は、作用反作用の法則から、重力――ここでは垂直方向の成分ね――と常に等しくなるから無視できること……つまり、斜面に平行な方向の力だけ考えればいいわけね。

で、その平行方向に関しては、摩擦力μ《ミュー》Nと、重力の平行方向成分mg $\sin\theta$《サインシータ》との釣り合いになるから、箱が滑り始める角度θは――マリア、聞いてる?」

「え?」

手を鉛筆で突かれ、マリアは慌てて顔を上げた。「あ、うん。聞いてたわよ。それで?」

「嘘おっしゃい。思いっきり居眠りしてたくせに」

ハズナが呆れ顔で睨む。……完全にばれている。

――放課後の図書室。

窓際の小さな丸テーブルで、マリアはハズナから力学のレクチャーを受けていた。

日差しはない。本の日焼けを防ぐためか、窓は全て北向きだ。鼻をくすぐるかすかな黴《かび》の臭い。絶妙な薄暗さが実に眠気を誘う。

図書室は閑散としていた。テーブルに陣取っているのはマリアたちだけ。出入口脇のカウンターで、図書係の女子生徒がペーパーバックを読んでいる。小声で会話を続けるマリアとハズナへ、視線を向ける様子はない。本に没頭しているのか、それとも『赤毛の悪魔』に恐れをなしているのかは定かでなかった。

と、ハズナが眉根を寄せた。

「私の説明、そんなに解りづらかったかな」

「そ、そんなことない」

全力で首を振る。「ハズナのせいじゃないわよ。数式を見ると眠くなるのは、何というか、こう……あたしにかけられた呪い、のような?」

「誰にかけられたの。その呪い」

黒髪の親友に笑みが戻った。「で、真面目《まじめ》な話、どの辺が解らなかった?」

「最初からといえば最初から、なんだけど」

マリアは顎《あご》に指を当てた。「そもそも摩擦係数って何? 重いほど物が動かしにくくなるのは感覚的に解るけど、その力がどうして、摩擦係数と垂直抗力――だっけ?――の掛け算だけで決まるのよ。同じ重さなら、細いドラム缶より太いドラム缶の方が、床に触れる部分が広いから動かしにくくなりそうなもんじゃない?」

ハズナが目をしばたたいた。……馬鹿らしい質問だったろうか。

マリアの不安を察したのか、今度はハズナが「違うわ」と首を振った。

「むしろ逆。とてもいい質問だなと思って」

「え?」

「実は、摩擦という現象は、一般に思われるほど単純じゃないの。

『摩擦力は物体にかかる垂直抗力にのみ比例する』というのは、あくまで実験的に、ある範囲まではそのような結果が得られるというだけ。なぜそんな関係が成立するかは諸説あって、統一的な見解は物理学的にも未だに得られてないの。

一番有力なモデルは、分子レベルでの真の接触面積は見かけの接触面積よりずっと小さくて、単位面積当たりの荷重《かじゅう》が大きくなるほど真の接触面積が大きくなるから……というものね。ただ、真の接触面積は見かけの接触面積より決して大きくならないから――箱があまりに重くなると比例関係は成り立たなくなってしまうわ。

それに、床面に蠟《ろう》が塗られていたらつるつる滑っちゃうよね。接触面の分子状態が変われば、摩擦力も簡単に変わってしまう……基本的な設問では『床との摩擦は考えなくてよい』なんて注釈が入るでしょう?

摩擦というのは、それだけ移ろいやすい現象なの。『摩擦力＝摩擦係数×垂直抗力』という公式はあくまで、実験事実を基にした、計算上の方便に過ぎないのよ」

流れるような説明だった。へぇ、とマリアは間抜けな声を漏らした。

「結構いい加減なのね、摩擦って」

「そうとも言える、かな。テストを受ける側から見たら」

ハズナが苦笑を返す。……それにしても。

「さすがね、そこまでしっかり理解するなんて。あたしにはとても辿り着けない境地だわ。頭の出来が根本的に違うのかしら」

「そんなことないよ。半分以上は専門書からの受け売りだもの。

それに――マリアだって負けてない。ううん、ちゃんと勉強したらきっと、私よりずっといいスコアが取れるはずだよ」

「赤点追試常連のあたしが？　それはないでしょ」

マリアの自嘲に、ハズナが首を振った。

「あなたには本質を見抜く力がある。さっきの摩擦の話だってそう。大切な事柄に目を向けられる才能、って言ったらいいのかな。……あなたは、あなた自身が考えるよりずっと知的で、凄い人なんだよ」

買い被りすぎだわ、と返そうとして、マリアは口を閉ざした。

黒髪の親友の瞳に、冗談の色は欠片も見出せない。強い確信のこもった視線だった。

「ハズナ――」

「とはいっても、『ちゃんと勉強したら』の話だけどね」

ハズナの表情が緩んだ。昼間見せたのと同じ悪戯っぽい笑みだった。「ほら、今は追試対策。さっき教えた通りに解いてみて。五問正答するまで帰さないからね」

頬が引《ひ》き攣《つ》った。十五時半。無慈悲な拷問は始まったばかりだった。

※

閉室時刻ぎりぎりでノルマをクリアし、疲労困憊《こんぱい》しつつ二人で校舎を出る頃には、夕闇が空を覆いつつあった。

ハズナと並んで帰り道を歩く。マリアは女子寮、ハズナは遠方の家族と離れてアパートでひとり暮らし。寮の近くにバスストップがあって、遅い時間でも十五分から三十分単位で市街地行きのバスが走っている。途中まで帰り道は一緒だ。

もっとも、マリアはハズナのアパートへ遊びに行ったことがない。過去に水を向けたが申し訳なさそうな顔で断られた。傍若無人《ぼうじゃくぶじん》やら『赤毛の悪魔』やらと呼ばれて久しいマリアも、親友の意向は無視できず、大人しく引き下がるしかなかった。

いつだったか、ハズナに訊いたことがある——どうしてこんな学校に入ったのか、と。

自由の国を標榜《ひょうぼう》し、『人種のるつぼ』と呼ばれるU国だが、白人でない人々への差別や偏見は、少なからぬ地域で深く根を張っている。先住民族《ネイティブ》から土地を奪い、一世紀前まで奴隷《どれい》をこき使っていたお国柄だ。白人とそれ以外の人種とを区別する数々の法律が、公民権運動を経て撤廃されたのは、ほんの数年前の出来事でしかない。

もちろん、いわゆる有色人種への偏見がさほど無い地域もある。白人以外の人々が社会的に成功し、認められた例も多い。

が、このハイスクールは未だに白人至上主義の巣窟《そうくつ》だった。ハズナのような娘が入学すればどうなるか、彼女の家族も解らないではあるまいに。

（解らなかったの、父も私も）

マリアの問いへ、ハズナは寂しげな笑みを返した。（父としては、娘《わたし》に箔《はく》をつけるために行かせたかったのだろうけど）

聞けば、ハズナの父親はハイスクールの内実を深く調べることなく、『わが校は自由と平等を重んじ――』という宣伝文句を真に受けてしまったらしい。一代で財を成したという才覚の持ち主も、娘の教育に関しては脇が甘かったということか。ハズナが生まれ育ったのは、比較的リベラルな雰囲気の地域だったという。近隣の州の『自由を重んじる伝統校』もきっと同じだと、疑いすらしなかったのかもしれない。

そもそも、白人至上主義に凝り固まったハイスクールが、ハズナの入学をよく許可したものだが――寄付金さえ頂戴《ちょうだい》できれば後はどうなろうが知ったことではないということか。大した『自由を重んじる』校風だ。

もっとも、異分子という意味ではマリアも似たようなものだ。

ごく普通のU国人家庭に生まれ、学校の成績も至って平凡――というより低空飛行――だった自分が、なぜこんな格調高い伝統校に籍を置いているのか。

思い当たる節がないわけではない。十年生の頃、新任の男性教師がマリアの尻を触ってきたことがあった。

すかさず教師の鼻柱へ右ストレートを叩きつけ、病院送りにしてやったところまでは良かったが、これが引き金となり、マリアの知らないところで親族会議が開かれた——らしい。どんな一悶着《ひともんちゃく》があったかは定かでないが、ともかくマリアは進級と同時に、実家から遠く離れたハイスクールへ押し込まれることになった。

親族のひとりによると、マリアの大伯父に当たる人物がこのハイスクールのOBだという。身も蓋もない表現をすれば、『顔もよく知らない遠縁の親戚のコネでエリート校へ転入した前科者』というのがマリアの立場だった。

格式高い学校へ入れさえすれば、問題児がレディに生まれ変わるとでも考えたのだろうか。だとしたら見込み違いもはなはだしい。どれほど立派な厩《うまや》に放り込もうと、暴れ馬がサラブレッドになることはない。編入早々『赤毛の悪魔』呼ばわりされているマリアを、親族一同は今頃どう思っているのだろうか。

マリア自身、脱走してやろうと何度思ったか解らない。いっそ退学沙汰のトラブルを起こしてしまえばと、危険な考えが頭をよぎったこともある。実行せずにいるのは、その筋の親族に強く釘を刺されたのがひとつと——ハイスクールに留まる理由ができたからに他ならない。

そもそも、自ら騒動を起こす趣味もなかった。

親族も他の生徒も、教師さえも、マリアを明らかにトラブルメーカーと見なしている。だが本人にしてみれば、教師の鼻を——文字通りの意味で——へし折った件もハイスクールでの停学沙汰の数々も、元を正せばトラブルが向こうからやって来たのであって、自ら種を蒔《ま》いたことなど一度もない。なのにどうして、諸悪の根源のごとき扱いを受けねばならないのか。

と、ハズナにぼやいたら、黒髪の親友は困り顔で返した。

(でもマリアって、ちょっとやりすぎというか……火の粉を振り払う勢いで、火元そのものを叩き壊しちゃうところがあるでしょ？

ここへ来ることになったのも、過去に色々ありすぎて、教師の件が『最後のひと藁《わら》』になっちゃったんじゃないかな)

全く反論できなかった。

……その親友は今、マリアの隣を歩いている。

無意識に、マリアの唇から問いがこぼれ落ちた。

「ハズナは、学校を辞めたいと思ったこと、ある？」

「あったよ」

親友は静かに返した。「一度や二度じゃなかった。……でも、今はあまり思わないの。父に迷惑をかけられないし、それに」

言葉が途切れた。しばらく待ったものの、ハズナの口から続きが語られることはなく、代わりに照れくさげな問いが返った。

「そう言うマリアは？」

「同じよ。編入したての頃は、脱走してやると思わない日はなかったんだけど。あたしも随分丸くなったもんだわ」

どうして、と尋ねられてさらりと答えられる自信はなかった。幸い、ハズナもそれ以上は訊かずにいてくれた。

と——

「おや。『赤毛の悪魔』がこんな時間にお帰りか」

聞き覚えのある声が、背後から響いた。

振り返ると、男子生徒が二人、こちらに向かって歩いてくる。整った顔立ちの長身の少年がひとり。二人分の鞄とテニスラケットを両肩にかけ、長身の少年の斜め後ろに付き従う、陰気な雰囲気の小柄な少年がひとり。クラブ活動の帰りらしい。両者の制服のネクタイに、それぞれ同じデザインのネクタイ留め《タイバー》がついている。正方形にカットされた緑色の石――翡翠《ひすい》らしい――付きの、細長い銀色のタイバー。両者の主従関係を表すように、石のサイズは長身の少年の方が大きかった。

とっさにハズナを背中にかばいつつ、マリアは声を投げつけた。

「何の用よ、ヴィンセント」

「用？　僕が君に用があるとでも？」

長身の少年――ヴィンセント・ナイセルが肩をすくめた。

街灯の光の中、やや長めの金髪が浮かび上がる。青い瞳。モデル雑誌の表紙から抜け出たような整った容貌。制服のジャケットやシャツやスラックスには、余分な皺《しわ》も汚れもない。外見だけなら『王子《プリンス》』という形容がよく似合う男だ。

実際、ヴィンセントは、地域を代表する資産家の息子だと聞いたことがある。父親が、コンピュータや家電をはじめとした電気製品の大手製造会社の社長で、所轄《しょかつ》の警察にも顔が利く存在だという。

マリアやハズナと同学年。しかしヴィンセントのハイスクールでの地位は、マリアたちの対極だった。

「それとも、自分が目にした客観的な事実を口に出して、何か悪いことがあるのかな」

「あんたの言動そのものが害悪だわ」

「『赤毛の悪魔』には言われたくないね」

ヴィンセントが溜息を吐《つ》いた。「まったく惜しいよ。君も普段から行儀良く身なりを整えていれば、少しは目をかけてやらないこともなかったんだけど」

「こっちから願い下げだわ、あんたに品定めされるなんて」

嫌悪を込めて叩き返す。同じような台詞《せりふ》でも、ハズナに言われるのとヴィンセントから吐きかけられるのとでは天と地の差があった。「用がないならさっさと消えなさい。それとも、股の間をもう一回蹴り上げられて地面に這いつくばりたい？　あのときみたいに」

ヴィンセントの顔色が変わった。余裕ある王子の仮面が剝《は》がれ、傲慢《ごうまん》な御曹司《おんぞうし》の素顔が覗く。

「お前——」長身の少年が踏み出しかけるのを、背後の少年が「坊っちゃま」と引き留めた。

「おやめください。このような者と関わってはなりません」

淡々とした声だった。ヴィンセントは一瞬、憤怒《ふんぬ》の視線を少年に向け、我に返ったように息を吐いた。

「そうだな、僕としたことが。……行くぞジャック」

ヴィンセントは、小柄な少年の制服の襟首《えりくび》を指でなぞると、マリアたちに一瞥《いちべつ》すら投げず、横を通り過ぎて歩き去る。

小柄な少年——ジャック・タイが後に続いた。

昼休みの終わり、玄関でマリアたちを見つめていた少年だった。あのときは主人の命令でこちらの様子を窺《うかが》っていたのだろうか。

茶色の縮れ毛に黒い瞳。容貌は陰気、というより特徴に乏しく摑みどころがない。ヴィンセントの付き人のように、ハイスクールの内外で行動を共にしているが、マリアたちと同学年の彼が、どのような経緯でヴィンセントと主従のような間柄になったかは知らなかった。

通り過ぎる間際、不意にジャックがこちらへ視線を投げた。

侮蔑の色すらない、哀れみと寂寥《せきりょう》を帯びた目だった。マリアの背後で、ハズナがかすかに息を乱す。

一瞬の交錯だった。ジャックは再び主人の方を向いて去った。足音らしい足音のしない歩き方だった。

……まったく、しつこいにも程がある。

彼らの背中が夕闇に消えたのを確認し、マリアは身体の力を抜いた。裏庭での一件以来、ヴィンセントには幾度となく、侮蔑と怨嗟《えんさ》交じりの言葉を投げつけられている。背後の親友へマリアは向き直った。

「もう大丈夫よ、行きましょ」

「うん……ありがとう」

俯きながら、ハズナが声を絞り出す。先程までの穏やかな表情は消え失せていた。玄関で悪意の声と視線を浴びせられたときよりも、小さく暗い声だった。

奥歯を噛み締めた。いつもこうだ。傍《かたわ》らにハズナがいたというのに、あいつらはマリアにしか声と視線を向けなかった。あたかもハズナがこの世に存在しない――存在するに値しないかのように。

それが、ハズナの精神を最も効果的にいたぶるやり方なのだと、あいつらは熟知しているに違いなかった。

マリアはハズナの手を掴み、やや強引に引っ張りながら歩き始めた。「マリア――⁉」困惑を帯びた声に敢《あ》えて言葉を返さず、マリアは手に力を込めた。あんたはここにいる――心の中で強く念じた。

黒髪の親友から言葉はなかった。マリアの手が柔らかく握り返された。

数日にわたるハズナの指導のおかげで、追試は無事に切り抜けられた。

「落第すれすれじゃない。ちゃんと自習した？　私と一緒のときだけじゃなくて」

答案用紙に記されたスコアを、ハズナは吐息混じりの声で評し、次いで温かい笑顔をマリアに向けた。「でも、頑張ったねマリア。次の日曜日にお疲れ様会をしましょ。

そうね……公園でピクニックなんてどうかな。ティーセットを持って行って、ランチ兼お茶会をするの。サンドイッチも、いつもより腕によりをかけてあげる。どう？」

反対する理由など皆無だった。

※

しかし、この日の約束が果たされることはなかった。

土曜日の昼過ぎから、雲が空を厚く覆い始めた。

『快晴』のはずだった週末の天気予報は、当日になって手のひらを返したように『夕方から雨』。日曜日も終日降り続く見込み――と、寮の食堂のテレビで、ニュースキャスターが大げさに憂鬱《ゆううつ》顔をひけらかした。

3

曇《くも》り空に悪態を吐くなんて何年ぶりだろうか。

洗面所から寮の部屋に戻ると、マリアは椅子に腰を落として窓を睨みつけた。十六時。雲はマリアの凝視など歯牙《しが》にもかけず、偉そうに空に居座っている。

青空の断片すら見えなかった。この空模様では、明日の公園でのピクニックはお流れになる可能性が濃厚だ。

ハズナと二人だけのことだ。日を改めるのは簡単だし、いざとなったらショッピングモールのフードコートで、という手もある。

なのに、こうも気が滅入るのはなぜなのか。ピクニックが中止になってがっかりする年齢はとっくに過ぎたはずなのに――

「どうしたの。ミス・ソールズベリー」

耳元でいきなり声をかけられ、マリアは飛び上がった。

「セ、セリーヌ⁉」

「珍しいこともあるものね……『赤毛の悪魔』が窓を見つめて物思いにふけるなんて」

マリアのルームメイトにしてF国からの留学生、セリーヌ・トスチヴァンが、薄茶色の両眼を細めた。

　腰まで伸びたブルネットヘア。よく観察して初めて解る程度の薄い笑み。全般的に表情の変化に乏しく、一部で『人形』と評されるセリーヌだが、三ヶ月間ルームメイトとして接してきたマリアは、彼女が心のない人形では決してないことを知っている。今の彼女の微笑も、マリアには意味するところが手に取るように読めた。明らかにこちらをからかって楽しんでいる。

「いつからそこにいたのよ」

「つい先程。……気付かなかった？」

　気配すら感じなかった。いつもながら心臓に悪い娘《こ》だ。

　セリーヌはマリアから離れると、反対側の壁際にある机へ向かった。両手に小包を持っている。彼女宛には荷物がよく届くが、マリアのところには年に一、二通の手紙しか来ない。小包など受け取ったためしもない。名門ハイスクールには何でも揃っているだろうから荷物は要らないだろう、と実家の両親は能天気に思っているらしい。

　ルームメイトは自分の椅子に座り、慣れた手つきで小包を解いた。中から木箱を取り出し、蓋を開けて中身を机の上に置く。Ｊ国のキモノを着た黒髪の女の子の人形だった。薄く開かれた両眼が何とも不気味だ。

「セリーヌ。ひとの趣味をどうこう言いたくないけど、それ何体目？　飽きないわね」

　彼女の机には、すでに十体以上の人形が並んでいる。当人曰《いわ》く「世界各国の民芸品」らしい。貿易商の父親を通じて入手しているという。衣装や造形はてんでんばらばらだが、どれもこれも無表情で気味の悪い目つきをしているのは共通していた。

「十三人目。なかなか切りの良い数字ね」

「そんなこと言うのはあんたか悪魔崇拝者くらいだわ」

「あら。『赤毛の悪魔』らしくもない台詞」

セリーヌが薄く笑む。あたしだって好きで呼ばれてるわけじゃない――とマリアが返す前に、セリーヌはキモノの人形へ向き直り、うっとりした様子で黒髪を撫で始めた。反論のタイミングを逸し、マリアは溜息を吐いた。

代わりに訊いてやった。

「いくらしたの、それ」

「さあ……詳しくは知らないけれど、それなりに値が張ったのではないかしら。『夜中に髪が伸びる逸品』らしいから。素敵ね、美容師さんごっこができるのよ？」

「呪いの人形じゃない！　そんなのと同じ部屋で寝起きさせられるあたしの身にもなりなさいよ！」

「まあ、何て言い草かしら。『そんなの』なんて」

ルームメイトは眉をひそめ、キモノの人形の頭をこれ見よがしに撫でた。「本当に不憫《ふびん》な娘《こ》……こんなところまでミス・アナンに似ているのね」

「まで」とは何よ、目つきからして全然違うじゃない――と言いかけてマリアは口をつぐんだ。周囲の生徒たちから嫌悪と忌避《きひ》の視線を浴びせられるハズナの姿が、キモノの人形に重なった。

「ああもう、悪かったわよ」

頭を掻《か》き毟《むし》る。まったく、調子が狂うことこの上ない。

「良かった。……それじゃ、仲直りのしるしに、この娘をあなたの枕元に置いておくわね」

「そこまでは言ってないでしょ！」

かつてセリーヌと同部屋になった生徒たちが全員、二ヶ月ともたず「部屋を替えてくれ」と寮長に懇願した——という逸話をマリアは思い出した。

もっともマリアとて、セリーヌを悪く言える立場ではない。編入早々に不本意な異名を冠されてからつい三ヶ月前まで、ルームメイトにことごとく逃げられたのは自分も同じだったのだから。

マリアとセリーヌが同室になったのは、良く言って「毒をもって毒を制す」の産物だった。

こんなことなら、ハズナを強引にでも寮に引き込むべきだったろうか。

彼女がルームメイトになってくれれば、少なくともこれまでよりは心穏やかな寮生活を送れるに違いないのだが——

と思いかけ、マリアは首を振った。自分は良くても、他の生徒らと密に接する機会が学校以上に多いこの寮で、ハズナがどんな目に遭うか解ったものじゃない。彼女が苦しみを味わうのはハイスクールの中だけで充分だ。自分の慰《なぐさ》めのためだけに、親友を第二の地獄へ招き入れることだけはしたくなかった。せめてハイスクールの外では、ハズナに安らぎの時間を持っていてほしかった。

あるいは、マリアの方が寮を出て行ければいいのだが、近隣の不動産物件は家賃が高い。実家からの仕送りも微々たるものだ。たとえアルバイトをしたところで手を出せるものではなかった。いっそ、ハズナからアパートの場所を聞き出して転がり込もうか、とも一度ならず考えたが、家賃の半分も払えないのではさすがに気が引けた。……

「また考えごと？」

再び耳元で囁かれ、マリアは悲鳴を上げた。「あら、可愛らしい声」セリーヌの平坦なソプラノに、明らかな愉悦がこもっていた。

「あんたねぇ、いきなり耳元で話しかけるなってあれほど」

「問いかけたくもなるわ。愛しのルームメイトが、私を差し置いて別の女のことを考えているんですもの」

心臓が跳ねた。

読心術者かあんたは、と返しかけて口を閉ざす。セリーヌの視線は、つい先刻まではうって変わった真剣味を帯びていた。

「ミス・ソールズベリー。今さら遅いかもしれないけれど、ミス・アナンに深入りしない方が身のためよ。……でないと、あなたはいつか、辛い思いを味わうことになる」

「どういう意味よ。あんたがそんなことを言うなんて思わなかったわ」

マリアの知る限り、セリーヌは、ハズナに偏見を持たないごく少数の人間のひとりだった。選択している授業があまり被っておらず接点が少ない、という事情を割り引いても、セリーヌがハズナを『黒炭』呼ばわりしたり、侮蔑の視線を投げたりする場面を見たことがない。親しい間柄とはおよそ言い難いが、逆に虐めに加担することもなかった。

無関心に近い中立。それが、ハズナに対するセリーヌの立ち位置だったはずだ。それだけに先程の台詞は聞き捨てならなかった。

「そうではないわ」

マリアの内心を察したように、セリーヌが首を振った。「ミス・アナンを悪く言いたいわけではないの。私が問題にしているのはあなた自身のことよ、ミス・ソールズベリー」

「あたしが巻き込まれるから？　それこそ今さらだわ。周りの連中を叩きのめしたくなることはあっても、あの娘《こ》の横にいて苦痛だと思ったことなんてない」

「ミス・アナンが、あなたのそばにいつまでも居てくれる――そんな保証がどこにあるのかしら」

　息が詰まった。

「あなたがどんなに望んでも、周囲の状況や環境が許してくれるとは限らない。あなただって、ミス・アナンを四六時中守ってあげられるわけじゃないでしょう？

　あなたの手の届かないところで彼女が深く傷ついたら、あなたはきっと、取り返しのつかないほどの苦しみに苛《さいな》まれる。……それが解らないあなたではないはずだけど」

「……余計なお世話よ」

　心の奥底に押し込んでいた不安を容赦《ようしゃ》なく抉《えぐ》り出され、マリアは精一杯の反論を絞り出すしかなかった。

「それで、先程から何を物思いにふけっていたのかしら。ミス・アナンに約束をすっぽかされた？」

「ご想像にお任せするわ」

　正直に答えるのは癪《しゃく》に障った。

　約束が流れるだけなら、ここまで気が沈んだりしない。改めてセッティングし直せば済むことだ。しかし――

　ハズナから連絡がない。

　予定が変わるような何かがあったら、今日の夕方頃には寮へ電話をくれる約束だったのだが。

　昨日の親友を思い返す。「日曜日、楽しみね」と微笑んでいた。いつも通りのハズナだった。

　放課後、いつものように帰り道を途中まで一緒に歩き、マリアは寮へ、ハズナはアパートへと別れ……

その後、本当に「何か」あったのか。電話もかけられないほどの。急病にかかったのか。それとも強盗に襲われたのか……不吉な想像ばかり膨らんでしまう。

「それほど不安なら、いちいち人の心を読むんじゃないわよ」

「セリーヌ、ミス・アナンへ電話をかければ良いのでは？」

「読んでいるのはあなたの表情。心ではないわ」

「……こっちから連絡できるなら、最初からしてるわよ」

ハズナの住居の電話番号はマリアも知っている。が、過去に一度だけダイヤルを回したものの、話し中の信号音さえ鳴らなかった。その理由を、ハズナは目を伏せながら語った。

――コードを抜いてるの。ちょっと……悪戯電話が多くて。

当人は言葉を濁《にご》していたが、それらが「悪戯」という表現で片付けられるレベルでないことは、マリアも察していた。コードを抜くほどだ、よほどひっきりなしにかかっていたらしい。

白人でないというだけで電話もまともに使えない。これが、自由の国とやらの、少なくとも一地域に巣くう現実だった。

ハズナと電話で話せるのは、彼女が電話のコードを繋《つな》ぎ直すか、あるいは公衆電話へ行くかして、マリアのいる寮へかける場合だけだ。病気なら病気でその旨《むね》一声聞ければ、要らぬ想像を巡らせずに済むのだが。

ハズナのアパートを直接訪ねるのが一番手っ取り早いとは理解していた。親しくなって間もない頃、部屋を見てみたいと持ちかけたこともある。

が、親友の反応は思いがけないものだった。表情に暗い影が差し、静かな、申し訳なさそうな、しかし固い謝絶の言葉が返った。「あまり片付いてなくて」ということだったが――ハズナが近

隣の住人から歓迎されていないらしいことは理解できた。マリアを余計なトラブルに巻き込ませたくないのだ、ということも。

マリアがハズナと顔を合わせるのは、ハイスクールの中か、外出許可が下りて街中へ出かけたときだけだ。マリアの知るプライベートでのハズナは、決まって清楚《せいそ》な白いワンピースを着ていて、二人して歩いていると否《いや》が応《おう》でも視線を集めた。……

ふと見ると、セリーヌが自分の机に戻り椅子に座って、手を動かしていた。

勉強ではない。裁縫用具を机に置き、白い布を鋏《はさみ》で切っている。人形集めの趣味が高じたのか、セリーヌは最近、着せ替え用の衣装まで自作するようになっていた。

が、今作っているのは衣装ではないようだ。丸い頭の下にスカートを直接くっつけたような、シンプル極まりない小さな人形らしきもの。

マリアが見ている間に、セリーヌは人形の『髪』を赤いペンで塗り、二つの点と横棒一本――目と口らしい――を描き、『首』に巻き付けた糸をカーテンのレールへ結んで人形を吊るした。

「何よそれ。新手の呪い？」

「『テルテル坊や』、だったかしら。J国のおまじないだそうよ。こういう形の人形を窓辺に吊るして、晴天を願うんですって」

「……へぇ」

首吊り人形で太陽のお出ましを祈るとは、随分と悪趣味な風習だ。というよりも、

「何で髪が赤く塗られてるのよ。あたしに死ねっていう暗喩？」

「あら。晴れてほしくないの？　あなたの願いのつもりだったのだけれど」

完全に見透かされている。涼しい顔を崩さないセリーヌに、マリアは「うるさいわよ」と悪態

を吐いた。

※

『テルテル坊や』のまじないは効かなかった。

雨粒が食堂の窓を濡らし始めたのは、外界に闇が落ちた十九時頃だった。

「あら残念。モデルの人徳が良くなかったのかしら」

「作ったのはあんたでしょうが」

食堂の一角で夕食を終え、黒色の炭酸飲料を胃に流し込みながら――飲食物のメニューがそれなりに充実しているのが、この寮の数少ない長所のひとつだ――セリーヌ相手にくだらないやりとりを交わす。その間にも、マリアの焦燥《しょうそう》は果てしなく膨らんでいった。

広い食堂に、他の生徒の姿はない。土曜日が休日となっているせいか、週末は帰省する者も多く、土曜夕刻の食堂の利用率は低いのが常だ。

数少ない『居残り組』のひとりにしてルームメイトのセリーヌは、テーブルの向かいでトマトジュースを口に運んでいる。マリアは窓辺へ視線を移した。

水滴が静かに窓を伝う。雨の降り具合はさほどでもないが、長雨になりそうな雰囲気だ。明日の晴天は望めそうにない。延期なら延期で、ピクニックのスケジュールをハズナと早いところ相談したかったが――

肝心のハズナから、今もって連絡がない。

どうしたのだろう。いくら体調が芳《かんば》しくなくても、ハズナの性格ならいい加減、何らかの連絡があっていい頃だ。

まさか、本当に、彼女の身に何かが……？

「ああもう！」

マリアは椅子を蹴って立ち上がった。我慢の限界だ。「セリーヌ、ごめん。先に部屋へ戻ってて」

「それは構わないけれど」

セリーヌは無表情を崩さぬまま、マリアを静かに見据えた。「先刻の忠告を忘れては駄目よ。ミス・アナンにあまり深入りしすぎては――」

「余計なお世話よ」

食堂の出入口へ向かおうとするマリアの袖を、セリーヌが音もなく摑んで引っ張った。

「ちょっと⁉　だから邪魔は」

セリーヌは無言でテーブルを指差した。空の皿やコップの載ったトレーが置きっぱなしだ。

「忘れ物。……急ぐなら二ドルで片付けてあげるけれど」

食後の食器類は自分で返却棚へ戻すのが、寮の食堂のルールだ。この守銭奴《しゅせんど》め。マリアは自身の分のトレーを引っ摑み、壁際の返却棚へ突っ込んだ。

食堂を飛び出し、玄関前のロビーを突っ切って寮長室へ向かう。めったに行かないし入りたくもない場所だが、寮で電話機が置いてあるのは寮長室だけだ。

と、ノイズ混じりの館内放送が鳴り響いた。

『マリア・ソールズベリーさん。至急、寮長室まで――』

ノブを摑んでノックなしにドアを開く。白髪《しらが》の女性が、マイクの前で驚いたようにマリアへ目を向けた。

「おや、随分早いお出ましね。あなたにしては」

六十代の白髪の女性――寮長がマイクのスイッチを切り、驚きと皮肉交じりの声を発する。挨《あい》拶《さつ》する間も惜しく、マリアは本題を切り出した。

「今の呼び出しは？」

「マリア。最低限の礼儀はわきまえなさいとあれほど」

寮長は眉根をひそめ、次いでマリアのただならぬ様子に気付いたか、説教を止めて机を指差した。「――あなたへ電話よ。ハズナ・アナン嬢から」

寮長の言葉が終わる前に、マリアは机へ駆け寄り、保留状態の受話器を摑んだ。

「もしもし⁉」

『マリア――』

受話器越しの声は雑音混じりで、どこか疲れているようだったが、間違いなく聞き覚えのあるハズナの声だった。

「どうしたの、連絡もなしだなんて。風邪？

ああ、具合が悪いなら無理に答えなくていいわ。とりあえず明日のことなんだけど」

『ごめん……ピクニックは、もう無理……かな』

「別にいいわよ、来週でも再来週でも。あんたの具合が良くなってから予定を練り直しましょ」

返事はなかった。

「ハズナ？」

返事はない。聞こえるのはただ、雑音の海から浮かんでは消える、喘《あえ》ぎとも嗚《お》咽《えつ》ともつかない息遣いだけだった。

――ぞわりとした感覚が背中を走った。

おかしい、様子が変だ。

今さっき、ハズナは何と言った。「もう無理」？

「どうしたの。本当に具合悪いだけ？」

『マリア――私……』

ぶつり、と通話が途切れた。

あまりに唐突な切れ方だった。「ハズナ……ハズナ⁉」慌てて呼びかけたが、耳に響くのは無慈悲な通話終了の信号音だけだった。

反射的にフックスイッチを叩き、部屋着のポケットからメモ帳を取り出す。ページをめくり、ハズナの電話番号を探してダイヤルする。通話が切れた理由を詮索する余裕はなかった。今の電話はハズナからかかってきた。コードは繋がっているはずだ。いざとなったらこちらから電話してみるつもりだったが、こんな形でメモ帳を開くことになるとは思わなかった。

ハズナは出なかった。

話し中の信号音すら聞こえない。……コードが抜かれている。

そんな――

さっきまで通じていたのに。こちらがダイヤルを回すまでの間に引き抜いたのか。

それとも、ハズナの部屋ではなく、どこかの公衆電話からかけていたのか。すぐコイン切れになるほど遠方の？　まさか。ハズナがこんな時間に遠出なんて。

……それとも。

「マリア、どうしたのですか。そんなに大きな声で」

寮長がいぶかしげに問いかける。マリアは受話器を本体に叩きつけ、メモ帳をポケットに押し込んで寮長室を飛び出した。

「待ちなさい、どこへ行くのです！」

慌てた声が背中に聞こえる。「野暮《やぼ》用よ。外出届は後で出すから！」マリアは振り向きもせず叫び返し、傘立てから傘を摑むと、玄関の扉を開けて雨の中へ駆け出した。

※

四十分後、マリアは、繁華街の外れの道端に立っていた。

息が荒い。両脚と心臓が悲鳴を上げている。全身から大汗が噴き出していた。膝《ひざ》から下は雨でずぶ濡れ。シューズは泥まみれだ。寮の近くのバスストップで、ちょうどやって来たバスに飛び乗り、アパートの最寄りと思しきバスストップで降りてから、ひたすら走りっぱなしだった。

ハズナの住所はメモ帳に記していたし、街へ入ってバスを降りてからも、通り《ストリート》の名称は標識で解る。さほど時間もかからず駆けつけられるはずだった。

が、夜の闇と雨は、街の景色を一変させていた。曲がるべき角を間違え、行きつ戻りつを繰り返す羽目になった。ハズナとの遊び歩きで土地勘をそれなりに身に付けたつもりだったが、あくまで「それなり」のレベルでしかなかったことを思い知らされた。

特に、ハズナの住む地域一帯は、彼女に訪問を拒絶されたこともあってか、全く足を向けたことがない。周辺の街並みなど記憶の片隅にすらなかった。

長い道迷いの末、ようやく辿り着いたハズナの住居は――闇と雨のヴェールを纏《まと》った五階建てのアパートは、マリアが漠然と思い描いていたイメージとは似て非なるものだった。

タイルで装飾された外壁、それぞれの階に並ぶ窓。一階の中央に、出入口と思しき両開きの門扉《もんぴ》がある。道路から門扉までは、五、六段の短い階段を上るだけ。さほど珍しくない造りのアパートだ。

しかし、建物全体の印象は、築何十年過ぎているのかと疑いたくなるほどみすぼらしいものだった。

外壁のタイルは何箇所かがはげ落ち、内側のコンクリートが剝《む》き出しになっている。割れと錆《さ》びだらけの雨樋《あまどい》。門扉へ続く階段――こちらもコンクリートだ――は端の所々が欠け、罅《ひび》が走っている。何より、明かりの点いた窓が数えるほどしかない。電灯の落ちた窓も、大半は作り付けらしきブラインドが下りているだけで、カーテンは引かれていないようだ。かなりの部屋が空《あ》き部屋になっているのではないかと思われた。

門扉の脇のプレートには、メモに記されたのと同じアパート名が刻まれている。……間違いではなかった。ここ
がハズナのアパートだ。

アパートの両隣は雑居ビル。いずれもコンクリート造りで、壁は罅と染みだらけだ。向かって左手のビルに至っては、あちこちの窓が割れ、壁にスプレーで卑猥《ひわい》な落書きが施されている。明らかに廃ビルだ。マリアが走ってきた通りの脇では、子象の棺桶のように大きなダストシュートから、ゴミ袋が溢れ出ている。

繁華街とスラムとの曖昧《あいまい》な境界。それがハズナの住処《すみか》だった。

名門ハイスクールの女子生徒がひとり暮らしをするのにふさわしい場所ではなかった。……他のアパートから——理由をこじつけて——契約を拒否され、ここへ流れ着いたに違いない。ハズナがマリアの来訪をかたくなに拒んできた理由を垣間見た気がした。

マリアは意を決し、短い階段を上ってアパートの門扉を開けた。

ロビーを通り過ぎ、門扉の真向かいにある階段を駆け上がる。管理人室と思しきロビー脇のブースから、老年の白人女性が胡散臭《うさんくさ》げな視線をマリアに向けていたが、気にかける余裕はなかった。

息を荒らげながら、ハズナの部屋のある四階まで上がる。廊下は薄暗い。細長い天井に、蛍光灯がまばらに配置されているだけだ。

廊下を挟む二つの壁に、各部屋のドアが並んでいる。階段のある側——アパートの裏手側に六つ。真向かいの道路側に七つ。

直線状の廊下の両側に各々七つ、計十四の区画を並べ、裏手側の中央の区画に階段を、それ以外の区画に部屋を割り当てた形だ。フロアの構造は至ってシンプルだった。

ハズナの住む四一〇号室は、階段のすぐ隣。裏手側に向かって左から三番目の部屋だった。ドアの前に立った瞬間、マリアは絶句した。

『GET AWAY, ×××× WHORE!』

——『出て行け、××××売女《ばいた》!』。

卑猥な四文字言葉を含んだ文章が、鉄製のドアに黒スプレーで大きく殴り書きされている。

見れば、ドアの至るところに、落書きを消した痕跡が残っている。『B——』『FU—』『PIG』といった文字列の数々がうっすら読み取れる。書かれては消し、また書かれては消し……そんなことが何度も繰り返されてきたのだ。

拳を握り締める。嫌がらせを繰り返す輩《やから》への怒りもさることながら、ハズナを能天気に放り出してきた後悔が、今さらのようにマリアを飲み込んだ。

何が「安らぎの時間を持っていてほしかった」だ。ハイスクールの中にも外にも、ハズナが安らげる場所なんてどこにもなかったんじゃないか——

いや、今は後悔に浸っている場合じゃない。ドアの脇のネームプレートを確認し、マリアはドアを叩いた。

「ハズナ、あたしよ。大丈夫⁉」

返事はない。

「ねえハズナ、いるの？　いるなら返事して！」

再びドアを叩く。やはり返事はない。ノブを摑んだが回らず、押しても引いても開かなかった。

「ハズナ、開けて。お願いだから——」

「うるせえ！」

隣室——四〇九号室から怒鳴り声が飛んだ。「しつこいぞ。こっちは寝てんだ、いつまでもドッタンバッタンしてんじゃねえ！」

「やかましいのはあんたよ！　こっちは緊急事態なの。もういっぺん口を開いたら股間を蹴り潰すわよ！」

相手は黙り込んだ。マリアはドアに向き直り、ハズナへもう一度呼びかけた。

返事はなかった。……再三の呼びかけにもかかわらず、ドアの奥からは返事どころか、物音ひとつ聞こえなかった。

居ないのか。あの電話の後、自分が訪れるまでの間に部屋を出て行ってしまったのか……それとも。

そんな――

不吉な予感が心臓を鷲摑《わしづか》みにした。マリアは踵《きびす》を返し、再び階段を駆け下りた。途中の踊り場で、住人と思しき中年女性から咎《とが》めるような視線を投げつけられたが、構ってはいられなかった。

一階へ取って返し、出入口の脇の管理人室へ駆け寄る。ロビーに面した壁にガラス窓が並んでいる。部屋の内側で、先程見かけた老女が暇そうに座っていた。

「おばちゃん、開けて」

マリアは管理人室の窓を叩いた。老女が顔をしかめながら窓を開けた。

「何だい、嬢ちゃん」

「お願い、四一〇号室を開けて」

「は?」

「四一〇号室よ!　ハズナが返事をしないの。合鍵があるでしょ。一緒に来てドアを開けてほしいのよ」

「え、何だって?」

耳が悪いのか、老女が眉根を寄せる。

「四一〇号室の友達が返事をしないのよ!　合鍵があるなら開けて!」

「あんた、どこの誰だい。押し売りならお断りだよ」

駄目だ、埒《らち》が明かない。マリアは老女に背を向けてアパートを飛び出した。

雨は降り続いていた。傘を開く手間も惜しく、マリアはアパートと雑居ビルの間の路地へ入り込んだ。

アパートの裏手に回れば、ハズナの部屋の電灯が点いているかどうか解るはずだ。窓明かりの有無だけで彼女の所在を確かめられるわけではなかったが、管理人の老女との押し問答で時間を食い潰すのに比べれば遙かにましだった。

狭い路地を通り抜け、アパートの裏手へ出ると、そこは開けた空間だった。

土と砂利《じゃり》の感触。背の低い雑草が方々に生えているのが、かろうじて見える。

空き地だろうか。両脇は雑居ビルらしく、非常階段と非常口の扉をぼんやりとだが確認できる。どちらのビルも無人のようで、非常口から光は一切確認できない。

空き地の奥は深い闇。街灯の光も、家々の窓明かりも見えない。木の葉らしき影が、遠くで風に揺れている――ようだ。

雑居ビル群の只中《ただなか》に、ぽっかりと開けた空間。ただ、全くの更地ではなく、トタン造りらしき平屋の建物が、アパートに寄り添うように建っている。

「寄り添うように」とは誇張でも何でもなく、暗がりの中ではアパート裏手の一階の壁から突き出ているようにしか見えない。近付いて確認すると、アパートとの間隔は二メートルもなかった。ろくに掃除されていないのか、空き瓶やゴミ袋らしき影が、細長い隙間に散乱している。

屋根もトタン製らしく、雨粒に叩かれる音が、終わりのないドラムロールのように響く。廃墟の真っ只中に放り出されたような、不安を煽《あお》り立てる雨音。水滴が雨樋を伝って流れ落ち、地面に大きな水溜まりを作っている。

建屋《たてや》の奥行き――アパートに対して垂直方向の壁の長さ――は、およそ三、四メートル。壁伝いに正面へ回り込む。建屋の幅――アパートに対し平行方向の壁の長さ――は、アパートのそれの半分ほどだ。

トタンの壁は、出入口らしき扉がひとつ。さらに窓が何枚か取り付けられている。中の様子は真っ暗で解らない。工房だろうか。それとも資材置き場か――

いや、今はハズナの安否だ。マリアは傘を開き、建屋から十数歩離れ、振り返ってアパートを仰ぎ見た。

窓と、簡素な柵造りの白く小さなベランダが、規則正しい間隔で外壁に並んでいる。

四一〇号室――四階の、向かって右から三番目――の窓に、光はなかった。

窓は閉ざされている。ブラインドも下りているようだ。部屋の中からは、光の一粒も漏れてこなかった。

そもそも、明かりの点いている部屋が少ない。五階は両端の二部屋、四階は向かって左から二番目の一部屋。先刻、怒鳴り声の飛んできた四〇九号室も、「寝ていた」の言葉は本当だったらしく電灯が消えている。三階と二階の窓はすべて真っ暗。一階は窓自体が存在しなかった。

遊びに出ている住人が多いのか、単に空き部屋だらけなのか。しかし余計な穿鑿をしている暇はなかった。ほんの四十分前にハズナから電話があったにもかかわらず、彼女の部屋に電気が点いてないとなると――しかも通話の唐突な切れ具合を考えると――事態は、取り越し苦労で済まされる範囲を逸脱していた。

電話を切ったのは――コードを抜いたのは、ハズナ本人なのか？

そもそもあの電話は、本当に彼女の自室からかかってきたのか？

解らない。けれど確かめなくては。

管理人の老女に部屋を開けさせる。それが無理でも、ハズナがアパートにいるかどうかを無理やりにでも聞き出す。……あまり成果は期待できないが、何もせずアパートを立ち去るという選択肢だけは存在しなかった。

水溜まりを踏み散らしながら、元来た路地へ入りかけたそのときだった。


ガラスの砕ける音が聞こえた。

ほぼ同時に、鈍い衝突音。


脚が急停止した。

……今のは何。肉の塊《かたまり》が窓に突っ込んだような、異様な音は。

視線を巡らせる。目が慣れてきたのか、裏手に入った当初よりは明瞭《めいりょう》に、アパートやトタンの建屋、空き地の様子が見える。割れた窓はない。地面に倒れている人間もいない――少なくとも、マリアの視界の範囲内では。

アパートの住人が顔を覗かせる様子もなかった。トタンを打つ雨音にかき消されて聞こえなかったのか。それとも、さっきの音はただの幻聴だったのか。

……違う。

何かの気配がする――建屋の中か外か、少なくとも近くに。

いくばくかの逡巡《しゅんじゅん》の後、マリアは意を決し、トタンの建屋に駆け寄った。

壁沿いに歩を進める。アパートに面していない三方の壁の周囲を順に巡ったが、窓は割れておらず、人の姿もない。

窓のひとつに顔を寄せ、水滴を拭《ぬぐ》って覗き込む。朧げではあるが、中の様子が見て取れた。

作業場のようだ。工具置き場らしき棚の影が、壁際にぼんやりと見える。

中央の床は広く空いていた。マリアは目を凝らし——心臓が凍りついた。


人が仰向けに倒れている。


ガラスの破片が身体の下敷きになっている。黒っぽい液体——血だろうか——が床へ染み出し
……天井から雨が降り注ぎ、液体を洗い流している。

天窓だ。

アパートに向かって下るように、傾斜をつけて造られたトタン屋根。その一角の天窓が破れ、大穴が開いている。床に倒れた人影のほぼ真上だ。割れた窓の縁から、あるいは破れた部分を通って直接、雨が建屋の中に落ち、人影と周囲の床を濡らしていた。

彼女は服を着ていなかった。

一糸纏わぬ肌に——華奢《きゃしゃ》な腕に、慎ましい胸のふくらみに、滑らかな腹部に、しなやかな脚に——水滴が跳ねる。薄く開かれた両眼は、雨が伝っているというのに瞬《まばた》きひとつしない。

暗がりの中だったが——苦痛と悲哀の表情がわずかに刻まれていたが、柔らかで繊細なその顔立ちは見間違えようもなかった。

「ハズナ！」

馬鹿な……そんな。

どこから落ちたのか。屋上か。それとも、あたしの呼びかけやノックにも応えないで、灯りの消えた部屋に籠っていたのか？

いや、今はそれどころじゃない。

マリアは出入口に駆け寄った。開かない。窓枠に手をかける。こちらも施錠されていた。傘を閉じ、両手で水平に持ち、先端を窓枠の横、クレセント錠の近くのガラスに叩きつける。

ガラスに罅が入った。もう一度突きを食らわせる。ガラスが砕け、クレセント錠の近くに穴が開いた。マリアは傘を放り出し、ガラスの穴から手を差し入れ、鍵を外した。割れたガラスの縁の一箇所が服の袖を裂き、腕の皮膚《ひふ》を薄く切る。血が袖に滲《にじ》むのも構わず、窓を開けた——その瞬間だった。

大きな足音が背後に響いた。

反応が遅れた。

ハズナに気を取られていただけではない。疲労と雨の冷たさが、マリアの身体能力を自覚以上に削り取っていた。

背中の何者かを視界に入れるより早く、脇腹に棒の先端のようなものが押し付けられ、衝撃が全身を焼いた。

力が抜け、窓から手が離れ、泥だらけの地面に仰向けに倒れ込む。

痛みすら感じなかった。耳の奥で足音が遠ざかり——マリアの意識は途切れた。

※

目覚めたのはベッドの上だった。

白い天井、瞬《またた》く蛍光灯、消毒液の匂い。寮のベッドとは違う、硬い枕とスプリングの感触。

身体が思うように動かない。右腕をはじめ、脚や脇腹に痛みが走る。不快な気だるさと吐き気。火照《ほて》りと悪寒《おかん》。熱が出ているらしい。

上半身を起こす。たったそれだけの動作がひどく体力を奪う。視線を下へ向けると、身を包んでいたのは普段着でなく、パジャマに似た薄手の水色の服だった。服の上に白い毛布が掛けられている。右腕には包帯が巻かれていた。

病院――？

あたしは、一体……

脇腹にずきりと痛みを覚えた瞬間、マリアの記憶の蓋が開いた。

ハズナから電話があって、アパートへ駆けつけ、ドアの前でいくら呼んでも返事がなく、裏手の平屋の建物の中にハズナが倒れていて……助けようと窓を破った直後、何者かに襲われ――

「ハズナ⁉」

そうだ、呑気に寝ている場合じゃない。早くハズナのところに行かなくては。

毛布を撥ね除《の》け、上体をふらつかせながら素足を床に下ろしたとき、ドアの開く音が聞こえ、

「マリアさん⁉」と慌てた声が響いた。

「駄目です、無茶をしてはいけません」

制服姿の若い女性警官だった。立ち上がろうとするマリアの両肩を押さえ、ベッドへ押し戻す。

「離して……！」抵抗しようとしたが、身体に力が入らず、マリアはあっという間に横たえられ、毛布をかけ直されてしまった。

「大人しくしてください。いいですね」

諭すような、どこか同情を帯びた一瞥を投げ、女性警官はドアを開けたまま外の廊下へ消えた。

……どうして、警察がこんなところに。

女性警官の姿は見えなくなったが、廊下から話し声が聞こえる。近くにいるらしい。見つからずに逃げ切るのは難しそうだ。

病室の窓に目を移す。外は深い闇。雨粒がガラスを伝っている。救急車のサイレンが、窓の外、それもかなり下の方から響いた。……この病室が何階にあるかは解らないが、地表からの距離はだいぶありそうだ。窓から逃げ出そうにも、今の体調では間違いなく墜落する。

墜落――

床に倒れているハズナの姿が、再び脳裏に蘇《よみがえ》る。柱時計は二十三時半を回っていた。彼女は無事なのか。自分は誰に襲われたのか。意識を失った後に何があったのか……疑問と焦燥ばかりが募る。

と、廊下から足音が響き、ひとりの中年男性が、先程の女性警官を従えて入ってきた。

「よりによってお前か……マリア」

男が吐息を漏らし、ベッドの脇の椅子に腰を下ろす。大柄な体軀《たいく》。糊《のり》の利いたスーツにシャツ。短めに整えられた明るい茶色の髪。青い瞳と彫りの深い顔立ちは、若い頃ならさぞ異性の目を惹いただろうと思わせる。

しかし今、男の顔はひどく老け込んでいた。両眼の下に隈《くま》が浮かび、疲労の色濃い表情を浮かべている。

「フレッド――」

「伯父さまと呼べ、と言っているだろう」

G州アトランタ市警本部所属、フレデリック・ソールズベリー警視の声は、顔と同様に疲れが滲んでいた。

※

ごく平凡な家庭に生まれ育ち、ハイスクール二学年目で教師を病院送りにしたマリアを、G州の名門校に押し込めた首謀者のひとりが、伯父のフレデリックだった。

マリア自身は悪事を働いた覚えなどひとつもないのだが、噂とは、大仰《おおぎょう》な尾ひれを付けてキメラのように飛び回るものだ。何がどう伝わったか知らないが、遠く離れたG州に住む父方の一族は、マリアを手の付けようがない暴れ馬と認知してしまったらしい。「最良の環境で再教育を施す」ため、マリアは実家から引き離され、伯父の目の届く名門ハイスクールへ押し込まれることになった。

自分のあずかり知らぬところで勝手に話を進められ、マリアは猛反発したが、かなり鷹揚《おうよう》なところのある両親は「十代のうちに違った世界を見るのもいいんじゃないか」「そうね。あんたみたいな娘《こ》が名門校に通えるなんて、こんなチャンス二度とないわよ」と、抽選で海外旅行が当たったような口ぶりで、遠方の親族からの提案をあっさり了承してしまった。

以来、フレデリックはマリアのいわば監視役だった。姪《めい》がトラブルを起こす——マリアの認識ではあくまで「巻き込まれる」だが——たびに、親族代表として、時には警察官として叱りつける。それが、父方の伯父とマリアとの関係だった。

が——

※

「弟たちも今回ばかりは心配していたぞ。少しはおれの苦労を考えてくれ」

「ちょっと、実家に連絡したの⁉　何を勝手に」

「しないわけにはいかんだろう」

フレデリックは言葉を切り、視線を床に落とし、再びマリアの方を向いた。「娘が、殺人事件に巻き込まれたかもしれないとあっては」

殺人事件——⁉

「待って……それじゃ、ハズナは」

声が震える。伯父は無慈悲に首を振った。

「死因は、頭部への強い打撃による脳出血。……彼女の住むアパートの裏でお前たちが発見されたときは、すでに手遅れだった。

現時点では、ほぼ他殺と見て捜査が進んでいる」

死因——手遅れ——

ハズナが……ハズナが、死んだ⁉

「会わせて」

マリアは身を起こし、フレデリックに詰め寄った。「ハズナに会わせて。今すぐ！」

「駄目だ。事件の重要参考人を、おいそれと自由にさせることはできん。少なくとも病院《ここ》にいる間は監視を付けさせてもらう。事情聴取も受けてもらうことになる」

絞り出すような声だった。傍らの女性警官が表情を引き締める。

ハイスクール内のトラブルで説教を受けたときとは、明らかに雰囲気が違っていた。苦渋と緊迫感に満ちた、重い沈黙。

……まさか。

「あたしを疑ってるの⁉　馬鹿なこと言わないで。どうしてあたしがハズナを」

「容疑が固まったわけじゃない。おれだって、お前が殺人に手を染める人間だとはこれっぽっちも信じちゃいない。

しかし、お前の関係者が二人も死んでいる以上、簡単に無罪放免と決めつけることもできないんだ。実のところ、おれがこうしてお前と話すこと自体、問題視されかねない状況だ」

二人⁉

どういうこと。自分が見たのはハズナだけだ。もうひとりの死体なんてどこにもなかった——はずだ。

「我々が、通報を受けてあなたたち三人を発見したのは、今から一時間半前、二十二時頃のことです」

女性警官がフレデリックの後を継いだ。「あなたは負傷し昏倒《こんとう》していましたが、幸い、命に別状はありませんでした。ですが……

他の二名――ハズナ・アナン、およびジャック・タイは、すでに心肺停止状態でした。どちらもアパート裏の廃屋の中で――

マリアさん、どうされました。マリアさん⁉」

4

それからの一日二日は、大波に押し流されるように過ぎた。

思いもよらない事実を聞かされた衝撃か、それとも疲労が極限に達したのか、フレデリックと女性警官との対面のさなか、マリアは強烈な眩暈《めまい》と悪寒に襲われ、ベッドに倒れ込んだ。

後で聞いたところによると、そのまま意識を失い、半日以上も眠り込んでいたらしい。一時は三十九度近い発熱があったという。目を覚ましたのは翌日、日曜日の夕方近くだった。

熱は下がったが、気だるさは抜けず、食欲も出なかった。何より、胸にぽっかり開いた見えない大穴は、たかが半日で埋まる代物ではなかった。

ハズナが……死んだ。

牢獄のようなハイスクールで、自分と親身に接し、世話を焼いてくれた無二の親友が。

嘘だと思いたかった。何かの間違いだ、そんなことがあるはずない、と。

しかし、あの夜に目撃したハズナの姿は――トタンの建屋の中、降り注ぐ雨に瞬きもせず、輝きの消え失せた瞳で血を流して倒れていた親友の姿は――夢や見間違いでは片付けられない生々しさで、マリアの記憶に焼き付いていた。

さらに、警察の事情聴取が、こちらの体調や精神状態などお構いなしに行われ、ハズナの死を否応なしに突き付けた。

逆に、ジャック・タイの死はひどく現実感に乏しかった。いなくなって悲しむ相手ではなかった、ということもあるが、あの夜、マリアはジャックの顔を見ていない。そもそも、ジャックがハズナのアパートの近くで死んでいた理由すら、当初は見当もつかなかった。

病室を訪れた捜査官たちへ、マリアは奥歯を噛み締めながら――「問題視されかねない」の言葉通り、伯父は顔を見せなかった――土曜日の夜の出来事をありのままに伝えた。

寮でハズナから不穏な電話を受けたこと。胸騒ぎがしてアパートへ駆けつけたものの、ドアに鍵がかかっていて返事がなかったこと。アパートの裏手に回って窓を見たら部屋の電気が消えていたこと。天窓の砕ける音を聞き、トタンの建屋の中を覗いたらハズナが倒れていたこと。助けようと窓を破った直後、背後から何者かに棒のようなものを押し付けられ、激痛とともに意識が遠のき……気付いたらベッドの上だったこと。

事情聴取は、間を置いて執拗《しつよう》に繰り返された。「ハズナ・アナンの生死までは確認しなかったのだね」と問われたときは、危うく我を失うところだった。

精神的拷問に近い事情聴取の中、マリアは、事件に関する大小様々な情報を得た。特に、ジャック・タイに関するそれは、控えめに言って耳を疑うものだった。

「ジャックが、ハズナの恋人!?」

「その可能性が濃厚だ。知らなかったのかい」

聴取に当たった若い捜査官は、マリアの反応にやや驚いたようだった。「例のアパートの管理人――君も覚えているだろう、一階の管理人室の婆さんだ――が、アパートに出入りするジャック・タイの姿を、数ヶ月前から度々目撃していたらしい。事件当日も、君の来る二時間ほど前――十七時四十五分頃に、彼が手土産《てみやげ》らしき大きなデパートの紙袋を持って、アパートへ入るのを見ている」

捜査官によれば、ハズナの住む四一〇号室からジャックの指紋も検出されたという。ドアや壁や窓、テーブルに食器……そして、ベッドからも。

決定的だったのが、ジャックのズボンのポケットから、四一〇号室の鍵が発見されたことだった。ハズナの部屋にジャックが頻繁《ひんぱん》に出入りしていたことは、目撃証言からも物的証拠からも確実だ――とのことだった。

「そんなの……ハズナからは、一言も」

「彼女がハイスクールでどんな扱いを受けていたかは、セリーヌ・トスチヴァン嬢などから我々もすでに聞き込んでいる。ハズナ・アナンの親友である君と、ジャック・タイを付き従えていたヴィンセント・ナイセルが、ひどい犬猿の仲だったことも。

二人の恋愛関係が事実だとしたら、君の敵方との恋だ。とても君には打ち明けられなかったのかもしれない」

マリアがハズナの家を訪れるのを、彼女はすまなそうに、しかし頑《かたく》なに拒んでいた。自分の住居のありさまを見られたくなかっただけではなく、マリアがジャックと鉢合わせしてしまうのを恐れていた、ということなのか。

数日前の記憶が蘇る。玄関でマリアたちを見つめていたジャック、声を漏らすハズナ。すれ違い際に視線を投げるジャック、息を乱すハズナ。……あれらは嗜虐《しぎゃく》や恐怖の動作ではなく、恋人同士の密《ひそ》かなやりとりだったのか。

ジャックの死の状況も知らされた。

トタンの建屋の中、ハズナと並ぶように倒れていたという。砕けたガラスの破片が遺体の下敷きになっていた。死因もハズナと同様、頭部への強い打撃による脳出血。

二人の死亡推定時刻は、遺体発見のおよそ一時間から三時間前――土曜日の十九時から二十一時の間。ジャックの方がやや遅れて死亡したと思われる、というのが検死官の見解らしい。

マリアがハズナの電話を受けたのが十九時頃。天窓を突き破って建屋の中に倒れる彼女を目撃したのが十九時四十分過ぎだから、辻褄《つじつま》は合う――ハズナに関しては。しかし。

「あたしが見たときには、ジャックの姿なんてどこにも」

「そこだ」

捜査官が声を低めた。「事件当日の君の行動は、ハイスクールの寮長やセリーヌ・トスチヴァン嬢、アパートの管理人、四〇九号室の住人などの証言、および電話の通話記録から、ほぼ裏付けが取れている。

だがそれは、君が管理人との一悶着の後、アパートを飛び出すまでの話だ。以降――裏手に回ってからの出来事は、実のところ君ひとりの証言しかない。それ以外の手がかりと言えばせいぜい、君の身体の傷と、君の傍らに転がっていた傘と家畜誘導棒《キャトルプロッド》くらいのものだが、これらとて君の証言を完全に裏付けてくれるわけじゃない」

キャトルプロッド――文字通り、家畜《キャトル》に刺激を与え誘導《プロッド》するのに使われる棒状の道具だ。捜査官によれば、現場で発見されたのは電気式のもので、先端に据え付けられた電極を押し当てて相手を感電させることができる。バッテリー内蔵式、さらに大きさも杖程度なので持ち運びも難しくない。

あの夜、自分の意識を奪ったのは、キャトルプロッドの電撃だったのか。よく感電死せずに済んだものだ――いや。

「あたしの自作自演だって言いたいの⁉　ふざけないで。何のためにそんな」

「残念だが、自作自演の疑いを完全に晴らせるだけの証拠は見つかっていない」

捜査官は無慈悲に告げた。「脇腹の傷も、自分で付けられないことはない位置だ。むしろ、二人の死に関しては不可解な点がいくつも見受けられる状況でね。

ハズナ・アナンの腕や胴体の皮膚には、縛られたような跡や細長い擦《す》り傷が残っていた。死の直前に拷問らしきものを受けていた可能性がある」

拷問⁉

「それとアトランタ市警《う ち》の検死官によれば、二人の頭部の打撲は、四階から飛び降りたにしては損傷が小さいらしい。『一メートルの高さから落ちても打ち所が悪ければ人は死ぬ』そうだから、例えば建屋の屋根の上で足を滑らせた線も一概に否定できないが――彼らの死は、平たい鈍器による撲殺の可能性がある」

ハズナは、先に殺害されてから突き落とされた、というのか。

「そもそも、だ。

例のトタンの建屋は元々、建築資材の加工場でね。アパートの裏手にくっつけるように建てられたのは、空きスペースを可能な限り広く取って、資材のストックや運搬車両の出入りを容易にするためだったらしい。アパートの一階には部屋がないから、近付けて建てても別に構わないだろうと安直に考えた節もあったようだが」

「それがどうしたの」

「証人がいないいないんだよ。

建築資材置き場兼加工場の騒音のおかげで、アパートの裏手側、特に二階から三階の住人が相次いで転居し、数年前からはほぼ空き家状態が続いていたそうだ。家賃を下げても、入居したと思ったらすぐ出て行ってしまうといった具合でね。

二ヶ月前にも、二階の一番安い部屋に入居者があったが、半月足らずで解約してしまったらしい。管理人の婆さんから散々愚痴《ぐち》を聞かされて……おっと、これは余談か」

捜査官の言わんとすることを、さすがのマリアも理解していた。

天窓の砕ける音も、ハズナを見つけたときのマリアの叫びも、マリアがガラスを叩き破る音も——事実上、誰の耳にも届いていない。

仮に届いていたとして、マリアの証言を裏付けるほど明瞭には聞こえていない。そして目撃者もいない。

アパートの裏手に回ったとき、二階と三階には窓明かりが全く無かった。住人が少ないのだろうかと疑問に思っていたが、本当に無人状態だったのか。

一方、住人の残る四階から上へは、地表の物音など満足に届かなかった。雨が降り続く中、わざわざ窓を開けて外の様子を窺《うかが》う物好きもいなかった。アパートの両隣に雑居ビルが建っていたが、こちらも事情は似たようなものだったに違いない。

「もっとも、裏手の敷地そのものは、一ヶ月前に所有者の建設会社が手放して、資材置き場としてはすでに使われなくなっていたらしい。例のトタンの建屋も放置状態だった。とはいえ、跡地に新しく雑居ビルを建てる計画があるらしく、騒音を嫌ってかアパートの新規入居者は相変わらずゼロに等しいようだが」

アパート自体もあの古さだ。いつ取り壊されてもおかしくない建物に、好き好んで入居する人間はめったにないということか。

「さて、話を戻すが——

これまでに得られた手がかりを基に、事件を再構成した筋書きのひとつはこうだ。

あるとき、君はハズナ・アナンとジャック・タイとの関係を知ってしまう。親友が敵方と通じていたと知り、裏切られたと感じた君は、二人の殺害を決意。土曜の夜、ハズナ・アナンから電話をかけさせ、彼女のアパートへ向かう。同じく彼女の部屋へ来ていたジャック・タイとも、言葉巧みに窓際へ誘い、隙を見て突き落とす。その後、四一〇号室のドアの前、および管理人室で芝居を打ち、アパートを出た後、頃合いを見て通報し、自分も襲われたふりをして建屋の外へ横たわる——」

「冗談じゃないわよ！」

頭に血が上った。「何よその、三流推理小説まがいのシナリオは。どうしてあたしがそんな下《へ》手《た》な芝居を打たなきゃいけないの」

大体、キャトルプロッドはどこで用意したのか。あらかじめどこかに隠していたとでもいうのか。

「落ち着くんだ」

捜査官がなだめた。「『筋書きのひとつ』と言っただろう。細部に無理があることは我々も理解している。我々が言いたいのは、そのように曲解する人間も皆無じゃないということだ。

それに、君の証言が全て正しいとしたら――君が裏手へ回っているときに、ハズナ・アナンがアパートから天窓を突き破って建屋の中へ墜落し、その直後に何者かが君を襲い……発見されるまでの間に、今度はジャック・タイがハズナ・アナンの後を追って建屋の中へダイブしたことになる。こちらはこちらで道理が合わない、というより、各人の動きが意味不明な筋書きになってしまう」

絶句した。

確かに妙だ。ハズナが墜落したとき、マリアを襲った人間はすでに、アパートの裏手のどこかに潜んでいたはずだ。ハズナの死が他殺だとしたら、そいつにハズナを突き落とせたはずがない。となると複数犯だと考えるしかないが……マリアが裏手へ回ったタイミングをわざわざ狙ってハズナを突き落とし、マリアを気絶させるという面倒な手間を踏んだ理由が解らない。

一方、百歩譲ってハズナが自殺したか、あるいは誤って転落したのだとしたら、マリアを襲った人間はたまたまあの場に隠れ潜んでいたことになってしまう。

それに――

「ジャックがハズナの後を追って飛び降りたなんて、どうして言い切れるの。

天窓の真下にはハズナがいたのよ。そこへ飛び降りたらぶつかってしまうじゃない」

「ほぼ真下ではあったが、ぴったりというわけじゃない。ハズナ・アナンが倒れていたのはアパート寄り。一方のジャック・タイは空き地寄りだった。

それと、『後を追って』というのは検死官の見解からの推測だが、『飛び降りた』という部分についてはそれなりに根拠がある。

君の来る二時間前に彼がアパートを訪れた、という話は覚えているだろう。ところが、彼がアパートを出て行く姿は目撃されていない。

例のアパートには非常階段がない。外へ出る手段はふたつだけだ。階段で一階へ下り、管理人室の前を通って玄関から出るか――窓から直接飛び降りるか。

そして前者は、管理人の老女が明確に否定している。『出て行く姿を全く見なかった』と」

「信用できるの？　耳の遠いお婆ちゃんの証言でしょ」

「聴力は衰えていたが、視力は落ちていなかったよ。少なくとも階段を行き来する人々を判別できる程度には。筆談での受け答えもちゃんとしていた。法廷での証言能力は充分にある。

アパートの屋上は施錠されていて出入りできない。そして四一〇号室の窓は、閉められてはいたものの、鍵がかかっていなかった。建屋の砕けた天窓は、四一〇号室のほぼ真下だ。……不自然さは残るが、ジャック・タイは窓から外へ出たと考えるしかないんだよ」

※

マリアが退院したのは火曜日。忌まわしき土曜日から数えて三日後だった。

医師によれば、腕と脇腹の傷はさほど深いものではなく、時間が経てば痕は残らないだろうとのことだった。

マリアの両親は見舞いに来なかった。ほったらかしにされたわけではなく、伯父のフレデリックが「事件が落ち着くまで接触は控えた方がいい」と止めたらしい。お節介もいいところだったが、ありがたくもあった。今の精神状態で両親と対面したら何を口走ってしまうか、マリア自身も解ったものではなかった。

ハズナの両親とも、未だ顔を合わせていない。

G州に来ているはずだが、やはり警察に止められたのか。彼らが病室を訪れることはなく、逆にマリアも、彼らの宿泊先を教えてもらえなかった。

寮に帰り着いたのは、午後の授業が始まる頃だった。普段は口やかましい寮長も、このときばかりは「ハズナさんのことは……残念だったわね」と沈痛な表情で呟《つぶや》くだけだった。

後で知ったのだが、寮長は事件のことを知り、病院へ駆けつけようとしてくれたらしい。が、「面会謝絶」を理由に止められたということだった。……

部屋へ戻ると、窓際の『テルテル坊や』は片付けられていた。今さら授業へ出る気も起きず、マリアはベッドへ倒れ伏した。

まだ明るい窓の外をぼんやり眺める。脳裏に浮かぶのは、もう永遠に手に入らなくなってしまった、ひとときの安らぎの記憶だった。

――そろそろ起きないと。もう昼休みよ？

――サンドイッチ作ってきたから。一緒に食べましょ。

……ハズナ。

あたしはどうすればいい。

あんたのいなくなった、ゴミ溜めのようなハイスクールで、あたしはこれから、何を頼りに過ごしていけばいいの。

最後の電話があった夜、もっと早く駆けつけられたら……もっと周囲に気を配れたら、あんたを助けられたかもしれないのに。

寂寥と後悔の中、マリアの瞼が落ちた。


目を開けると、窓の外はすでに夕闇が落ちていた。

寝入ってしまったらしい。のろのろと身を起こすのを見計らったように、部屋の端から声が響いた。

「不用心だわ、ミス・ソールズベリー。お昼寝するときはせめて鍵を閉めないと」

「……セリーヌ」

人形のような表情で椅子に座るルームメイトへ、マリアは言葉を返し――瞬間、いつかの台詞が脳裏に蘇った。

――ミス・アナンが、あなたのそばにいつまでも居てくれる――そんな保証がどこにあるのかしら。

――あなたの手の届かないところで彼女が深く傷ついたら、あなたはきっと、取り返しのつかないほどの苦しみに苛まれる。

マリアは床を蹴り、セリーヌの襟首を掴んだ。

「あんたなの⁉　あんた、全部解っていて、あんなことを――あんたが！」

「落ち着きなさい」

短く静かな声だった。「あの日の夜から月曜日の朝まで、私はずっと寮から出なかったわ。寮長や他の生徒も証言してくれる。

それに、私は予言者でも呪術師でもない。あのような形でミス・アナンに不幸が訪れるなんて想像できなかったし、ましてや望んでも呪ってもいなかった。……それを解ってくれないあなたではないでしょう？」

マリアの手から力が抜けた。セリーヌは自分の両手をマリアの右手に添え、そっと包んだ。

「よく考えなさい、あなたが何をしなくてはいけないか。

ミス・アナンの一件を、私は大まかにしか知らない。あの夜のことを最も詳しく語れるのは、ミス・ソールズベリー、あなただけなのよ。……後は、言わなくても解るわね」

頰を平手打ちされたようだった。


何をしなくてはいけないか、だって？

決まってるじゃないか。そんなこと。


あの夜の真相を暴く。それ以外に何があるというのか。

ハズナがどうしてあんな目に遭わなきゃいけなかったのか。忌まわしき土曜の夜、彼女に何があったのか。全てはまだ闇の中だ。

もし、ハズナの死が何者かに強《し》いられたものなら。

その何者かを陽《ひ》の下《もと》に引きずり出し、相応の報いを受けさせる。でなければハズナが救われない。何より、自分を許すことができない。

「戻ってきたようね、『赤毛の悪魔』が」

セリーヌが唇をわずかに緩めた。「なら早速始めましょう。話を聞かせていただける？　名探偵の助手くらいなら、私にも務まると思うわ」


これまでに見聞きした事柄を、マリアはセリーヌに一通り語った。

部外者に漏らしてよいものか、という思考は早々に蹴り捨てた。セリーヌは事件の証言者のひとりだし、何より彼女の目が据わっていた——話を聞くまで逃がさない、と。マリア自身、誰かに語って聞かせることで事件を整理したい思いもあった。

マリアが語り終えると、セリーヌは見計らったように切り出した。

「ミス・ソールズベリー、まず確認したいことがひとつ。

あなたは犯人ではないのね？」

「そこから⁉」

「大事なことよ。土台が誤っていたら全てが崩れてしまうもの。

もちろん、愛しのルームメイトがそんな真似をするはずがないと、私は信じているけれど」

ありがたくて涙が出そうだ。

「あたしは誰も殺してない。ハズナもジャックも。二人が付き合ってたという話だって、事件の後に初めて聞かされたくらいよ」

セリーヌは頷き、右手の人差し指を立てた。

「とすると、まず浮かび上がってくるポイントがひとつ。あなたの証言と、実際の現場の状況との矛盾。つまり」

「ジャック・タイね。

あたしが意識を失うまでの間、あいつはどこにいたのか。あたしが気絶した後、ジャックはいつ、どうやって死んだのか」

最も単純に考えれば、ジャックはハズナとともに四一〇号室にいて、マリアの訪問をやり過ごした後、最初にハズナが窓から飛び降り、間を置いてジャックが後を追ったことになる。

が、この場合、マリアをキャトルプロッドで気絶させた人間の正体が説明できない。人を感電させる物騒な凶器を持ち歩いていた者が、たまたまアパートの裏手をうろついていたなどという偶然があるものか。念のため捜査官に探りを入れたが、そのような通り魔事件は報告されていないとのことだった。

「キャトルプロッドの出処《でどころ》は判明したのかしら」

「街中で売ってる店はなかったらしいわ。指紋も採取できなかった。雨で流されたのか、拭い取られたのかは解らないけれど。

ただ、ジャックの実家が牧畜を営んでいたらしいの。帰省か何かの際に、あいつが実家の物置をあさったという線はあるかも……セリーヌ？」

ルームメイトの顔に、珍しくきょとんとした表情が浮かんでいる。マリアの呼びかけに、セリーヌは「いえ」と首を振った。

「随分細かいところまで把握しているなと思って。あなた、意外と警察官に向いているのではないかしら」

「あたしが？　冗談にも程があるわ。捜査官からの又聞きよ、ほぼ全部」

「又聞きのレベルを逸脱しているように思えるけれど。仮にも事件の重要参考人であるあなたに、そこまで細かい情報を警察が教えてくれるものかしら」

「……口の軽い捜査官だったんでしょ、きっと」

受け流しながら、単なる口の軽さだけでは片付けられないと、さすがのマリアも悟っていた。

捜査官が情報を流してくれたのは、恐らく、警視である伯父の意向だ。身内が関わる事件の捜査には加われない、という警察の不文律をどこかで聞いたことがある。捜査に直接関われない代わりに、できる限りの情報を姪《マリア》へ伝えるよう働きかけてくれたのかもしれない。

「話を戻すわよ。

ハズナの墜落と、あたしが襲われたことが、単なる偶然の一致だったとは思えない。犯人はあたしにハズナの遺体を見せたかったのよ。そして目的を果たしたところで、あたしの意識を奪った。……何のためにそうしたかったかは解らないけど」

ハズナからの電話の切れ方がかなり不自然だったのは、そうすればマリアが不安に駆られてハズナの元へ向かうだろうと、犯人が読んでいたからに違いない。

犯人がハズナに電話をかけさせた。彼女の傍らで会話を聞き、途中で通話を切った――

セリーヌは無言だった。素人《しろうと》考えだったろうか、と不安に駆られていると、ルームメイトはマリアの心を読んだように「そうではないの」と首を振った。

「大筋は間違っていないと思うわ。ただ、気になることがあって。

ミス・アナンは、どこからどうやって墜落したのかしら」

「どこから、って」

四一〇号室の窓からでしょ、と返しかけ、マリアは重大な齟齬《そご》に気付いた。

違う……おかしい。

自分がアパートの窓を確認し終えてから、トタンの建屋の天窓が砕ける音を聞くまで、ほんの十秒足らずしかなかったのだ。路地へ戻る際も、アパートの窓は視界の片隅に入っていた。その間にハズナが窓を開けて飛び降りを試みたなら、わずかなりとも動きを捉えることができたはずだ。

にもかかわらず、自分は何も気付かなかった。……室内からブラインドを除けて窓を開け、ベランダを乗り越えて飛び降りるまで、どんなに素早く動いても三、四秒はかかる。いくら周囲が暗かったとはいえ、全く何も捉えられなかったはずがない。

そういえば捜査官も話していた。四階から飛び降りたにしては損傷が小さい、と。

ハズナが墜落したのは、本当に四一〇号室からだったのか？

「ミス・アナンは、発見されたとき――何も身に着けていなかったそうね」

セリーヌが珍しく言い淀《よど》んだ。「雨の降る中……あらかじめ窓からベランダに出て、かがみ込むなどして身を潜めていたのかしら」

「ベランダは柵状よ。それにあのとき、あたしは四一〇号室の窓をかなり注意して見た。ハズナがベランダにいたら、絶対に気付いたはず」

「そうすると……ひどい想像になるけれど、ミス・アナンの意識をあらかじめ奪うなりしてベランダにもたれさせ、下から紐などで引っ張り落とした、といったこともなさそうね」

論外だ。ハズナの身体をベランダの柵からはみ出す形で置かなくてはならない。なおさら気付かなかったはずがない。

「四一〇号室でなかったとしたら、屋上かしら……けれど、施錠されていたのよね」

「屋上の鍵は、他の部屋の合鍵を含めて管理人室で保管されていたそうよ。管理人のお婆ちゃんがずっと中にいたし、過去に鍵が盗まれたこともない、って」

アパートの住人の誰かが犯行に関わっていて、管理人の隙を突いて合鍵を持ち出し、複製を作って元に戻した、という線もゼロではないが……そんな手間と危険を冒すより、隣の廃ビルから突き落とす方が簡単だし、容疑者の範囲をアパートの外へ広げられたはずだ。

四一〇号室でも屋上でもないとしたら、傷の件を脇に置いても可能性は絞られる。五階からか、空き部屋だらけの三階もしくは二階からか。ロープなどを使えば、四一〇号室から他の階のベランダへ移動するのも不可能とは言えない。

けれどよく考えれば、仮にマリアの目を欺《あざむ》いてベランダに隠れ潜めたとしても、飛び降りるにはベランダから身を乗り出さねばならないのだ。話は何も変わっていない。

そもそも、ハズナの飛び降りと犯人の襲撃が偶然でないのなら、ハズナは犯人の命令に――一糸纏わぬ格好で他の階のベランダへ移動し飛び降りろという命令に――唯々諾々《いいだくだく》と従ったことになってしまう。馬鹿な、どんな催眠術だ。

ハズナは、自分の意思で飛び降りたのではない。

意識を――ひょっとしたら、命をも――奪われ、何らかの方法でトタンの建屋に叩き落とされたとしか考えられない。

犯人はどうやってハズナを墜落させたのか。紐で引っ張り落としたのでないとしたら、どうやって――

「ミス・ソールズベリー。ひとつ確認が」

セリーヌが沈黙を破った。「アパートの裏手に建っていたという、トタンの建屋のことなのだけれど。

裏へ回ったとき、あなたはその建屋の屋根に、どれだけ注意を払っていたかしら。

例えば、何者かが屋根に身を伏せて潜んでいたとして——あなたは気付くことができた？」

思いもよらない問いだった。

「……どういうこと」

「『ミス・アナンは天窓を突き破って建屋の中に落ちた』。この前提がそもそも正しいのかどうか、疑問に思って。

仮に、ミス・アナンがあらかじめ、建屋の中、天窓の真下に横たえられていて……屋根に身を伏せた犯人が、あなたの動きを見計らい、天窓だけを叩き破ったとしたら。

ミス・アナンは墜落死したのではなく、警察が可能性として触れたように、平たい鈍器のようなものであらかじめ命を奪われていたとしたら。

あなたの見聞きした光景とも整合するのではないかしら」

声が出なかった。

確かに、セリーヌの推論と、あの夜の出来事とはほぼ一致する。ハズナの墜落する場面を、マリアが捉えられなかった理由も説明が付く。マリアがハズナを目《ま》の当たりにして動揺している間に、犯人が地上へ飛び降り、キャトルプロッドで意識を奪ったとすれば。

あのとき聞いた足音も、屋根から飛び降りた際の着地音だったとすれば説明がつく。ハズナを目撃する前に感じた気配も、屋根に潜んでいた犯人のそれだったとすれば。

が——

「セリーヌ、それは無理」

マリアは首を振った。「あんたの推論が正しいなら、天窓のガラスはハズナの身体の上にだけ降り注いでなきゃいけない。

けれど実際は違った。ガラスは、ハズナの身体の下にもあったのよ。

ハズナの身体が上から天窓にぶつかって、そのままガラスを下敷きにして床に落ちた。この順序でないと筋が通らないの」

それに、ハズナの身体から血が流れ始めていた。事前に建屋の中に寝かされていたのなら、血は流れ出ないか、最初から血溜まりが生じていたはずだ。

セリーヌは両眼を開き、続いて自嘲するように首を振った。

「駄目ね。やっぱり私は、名探偵の器じゃないということかしら」

「そうでもないわよ。あんたの指摘通りだわ。……あたしはあのとき、屋根の上までは気を配ってなかった。

穴が開くほど注意深く見たのは、四一〇号室の窓だけ。他の階――特に二階と三階は、窓明かりがないのを一通り眺めたくらいだし、トタンの建屋に至っては、壁の窓をざっと確認しただけで、屋根の上なんて見てないに等しかった」

そもそも、建屋の屋根は、アパートに向かって下り坂になる形で斜めに造られていた。建屋の正面、つまりアパートの裏手の壁に向かって立てば、屋根は陰に隠れて見えなくなってしまう。何者かが狙撃兵よろしく伏せて潜んでいたとしても、気付くのは難しかっただろう。

唯一気付く機会があったとすれば、建屋の側面――アパートの裏手の壁に対して垂直方向の壁――に回ったときだが、平屋とはいえ建屋の高さはマリアの身長を上回る。よほど遠く離れない限り、屋根に人影があるかどうかなど解らない。犯人が腕を振り上げても見えなかったかもしれない。

セリーヌが胸の下で両手を組んだ。

「犯人はキャトルプロッドを懐《ふところ》に入れ、屋根の上であなたを待ち構えていた……けど、そうすると、犯人が隠れているすぐ近くを、ミス・アナンが上から天窓へ飛び込んだことになるわね。それはそれで不謹慎というか、シュールな光景だけど」

まったくだ。思い浮かべることさえハズナに対する冒瀆《ぼうとく》としか思えない――

背筋をぞくりとしたものが走った。

……まさか。

頭を振る。しかし、一度浮かび上がった想像は、マリアの脳に憑依《ひょうい》したまま離れてくれなかった。

「ミス・ソールズベリー？」

セリーヌが顔を覗き込む。「あ、ううん、何でもないわ」マリアは慌てて返す。ルームメイトは不審げな瞳を向けていたが、「ならいいのだけれど」と感情の失せた顔に戻った。

「もう少し絞り込みが必要ね。……ミス・ソールズベリー、事件の直前まで、ミス・アナンはどこにいたのか解るかしら。

実は、事件の前にどこかへ出かけて戻らなかった、といったことは？」

「なかったわ。

ハズナが最後に目撃されたのは、前日の金曜日の十七時。アパートの階段を上っていくのを、例の管理人のお婆ちゃんが一階で目撃したそうよ」

捜査官から聞いたところによれば、その三時間後――金曜の二十時、ジャックがアパートを訪れている。

ジャックは一時間ほどでアパートを去ったそうだが……その間、二人が何をしていたのか、想像したくもなかった。

「ミス・アナンとジャック・タイのことは、週明け早々からハイスクール中で噂になっているわ。馴《な》れ初《そ》めは何だったのか、どこまで深い関係だったのか、エトセトラ。……皆、よほど意外だったのね」

二重の意味で聞きたくない話だった。「とにかく」とマリアは話を戻した。

「警察の話だと、事件前にハズナが目撃されたのは金曜の夕方が最後。翌日の夜に建屋の中で発見されるまで、ハズナの姿を見かけた人間はいなかったらしいのね。管理人どころか、アパートの住人の誰も。

土曜の夜にあたしが電話を受けるまで、ハズナはアパートに籠りきりだったのよ」

「本当かしら。こっそり窓から脱け出て別の場所から電話をかけた、といったことは？」

「疑り深いわねあんたも。……まあ、あたしも最初は、遠くの公衆電話からかけてきたのかと思ったわ。

でも違った。ハズナの電話は間違いなく、アパートの四一〇号室からかけられたものだったそうよ。交換機の記録を確認した、と捜査官が言ってたから疑いの余地はないと思うわ」

我ながら呆れる。セリーヌの台詞ではないが、よくもまあここまで細かい情報を仕入れられたものだ。

マリアの説明にルームメイトは押し黙った。

『人形』の異名にふさわしく表情は消え――しかし、両の瞳に強い光が揺らめいている。

「セリーヌ？」

「妙ね……妙だわ。

寮へ電話をかけた段階でミス・アナンが四一〇号室にいて、かつ、彼女が四一〇号室の窓から飛び降りたのでないとすると……ますます彼女の挙動が解らなくなってしまわないかしら」

セリーヌの疑問をマリアは理解した。

ハズナはどこへ、どうやって運ばれたのか？

窓からロープを使って階下へ下ろされたのだろうか。しかし——どれだけ時間がかかる？

電話を受けてからマリアがアパートに駆けつけるまで、四十分程度しかなかったのだ。その間にハズナの意識を奪い、縛り上げ、ベランダへ運び、階下のどこか——あるいは建屋の屋根——まで下ろし、自分も下りてハズナを適当な場所へ隠し、四階へ戻ってロープを片付ける。……重労働だ。粗《あら》く見積もって三、四十分はかかるだろう。ぎりぎりだ。少なくとも、五分やそこらで片付けられる仕事ではない。

しかも、マリアがアパートへ辿り着くのに要した四十分という時間は、あくまで道を間違えた際のロスタイムを含んでいる。本来ならもっと早く到着してもおかしくなかった。

それとも、ちょうどいいタイミングでバスが来るはずがない、とたかをくくっていたのだろうか。……が、仮に一本乗り過ごしたとしても、十五分から三十分後には次のバスがやって来る。道を間違えなければ到着時刻は四十五分から一時間後。犯人の側にひとつトラブルがあれば、あっという間に食い潰されてしまう程度の余裕しかない。

あるいは、バスの存在そのものを失念していたのだろうか。タクシーを呼ぶ選択肢だってあったのに。あまりに杜撰《ずさん》すぎる。

窓からでないとすると、階段か。

アパートの二階および三階の裏手側は、全て空き部屋になっている。そのうち一部屋を、密かに合鍵を作るなりこじ開けるなりして開放しておき、ハズナを担いで四階から階段を下りて運び入れる。窓からロープを使うよりずっと簡単だ。ロープの始末も不要だし、さして時間もかからない。

が——目撃される危険は遥かに高い。

いくら四一〇号室が階段のすぐ横にあるといっても、四階には住人がいるのだ。ハズナとともに部屋を出た瞬間、他の住人がひょっこり廊下へ顔を出す可能性は捨てきれない。二階や三階も、空き部屋なのは裏手側だけで、道路側に住人がいないわけではない。

何より、アパートにはエレベータがない。住人の往来は階段に集中する。途中で誰かとすれ違う危険は大きい。かくいうマリアも、階段を駆け下りる途中で中年女性から非難の視線を投げられた。

現実には、ハズナの目撃情報は金曜の夕方で途切れている。たまたま犯人が運よくハズナを連れ出せたのかもしれないが、決して分のいい賭けではなかったはずだ。ハズナの身体をトランクか何かに詰めるという手も考えられるが、目立つことに変わりはない。やはり杜撰すぎる。……

「簡単には結論が出ないわね」

セリーヌがかぶりを振った。相変わらず表情に乏しかったが、瞳には無念の色が浮かんでいた。

「ミス・アナンの動向は脇に置いて、当初の疑問に戻りましょう——ジャック・タイが、今回の事件にどう関わっていたか。

実家が牧畜を営んでいて、キャトルプロッドを入手しうる立場にあったということは、ミス・

アナンを手にかけたのもあなたを襲ったのも、全て彼の仕業だと一応は考えられるけれど」

ジャック自身も死んでしまった。伯父から聞き出したところでは、自殺と他殺の両面で捜査中という。

自殺だとしたら、わざわざハズナを使って自分を呼び出し、あまつさえキャトルプロッドで気絶させた理由が解らない。無理心中なら二人だけで飛び降りれば済む話だ。……いや、「済む」ではとても片付けられないが。

一方、他殺だとしたら、ハズナとジャックの命を奪い、マリアを襲った犯人が別にいることになるが……ハズナもジャックも、アパートを出て行く姿を目撃されていない。犯人は何らかの手段を使って、二人をアパートの裏手まで引きずり出さねばならない。

特にハズナに関しては――先程の考察も踏まえれば――犯人自身が一旦アパートに入って、彼女を外へ出す必要があったはずだ。

しかし警察によれば、住人とジャック、そしてマリア以外に、アパートを出入りした不審な人間は目撃されていなかった。

自殺でも他殺でも、不自然さがこびりついてしまう。一体どうなっているのか。

「アプローチを変えましょう」

セリーヌが助言を挟んだ。「ミス・アナンとジャック・タイの死が他殺だったとして、犯人の動機は何か。……いえ、動機を持つことができたのは誰か」

「ハイスクールの関係者、よね。真っ先に挙がるのは」

しかもキャトルプロッドまで用意していたのだ。衝動的な犯行ではありえない。ハズナとジャックのうち少なくとも一方と、深い殺意を抱いてもおかしくない程度に近しい人物といえば――

「……ヴィンセント？」

忌々しい少年の顔が思い浮かぶ。ハイスクールの内外でジャックを偉そうに従えていた奴。

……主人の方が従者を憎む、というのもいささか違和感を覚えるが、どんな形であれジャックの身近にいたのは事実だ。

「残念ながら」

セリーヌは首を振った。「彼は事件当夜、市街地の一角のホテルで、地域の財界人の主催するパーティーに参加していたそうよ。出張中の両親の代理として。

パーティーは十八時から始まって二十時半に終了。豪勢な料理の並んだ、それはそれは華やかなものだったらしいわね。

彼は十七時半頃にはすでに会場にいて、終了後から二十一時過ぎの間でも、ホテルのラウンジにいるのを度々目撃されているわ。パーティー開催中も、席を外していた時間は五分となかったそうだから……あなたの証言と照らし合わせると、ヴィンセント・ナイセルに犯行は不可能だわ」

今度はセリーヌの口から詳細な情報が紡《つむ》がれた。

実のところ、ハズナとジャック以外の関係者の動向は、マリアもアリバイの有り無し程度の漠然とした情報しか引き出せていない。ヴィンセントの詳しいアリバイを耳にするのは初めてだった。

「どこで聞いたのよ、そんな話」

「ハイスクールの女子生徒が数名、彼と同様にパーティーに参加していたそうよ。終了後は皆、親御さんに連れられて彼と別れてしまったけれど、せっかくだからということで、迎えを待つ間に女子だけでラウンジでお喋《しゃべ》りしていたら、彼の姿が度々目に留まった……という流れね。ひとりだけの証言ではないから、信憑性《しんぴょうせい》は充分だと思うわ」

どうやらセリーヌはセリーヌで、独自に情報収集を行ってくれていたらしい。表情に乏しいルームメイトの意外な一面を見た気がした。

「市街地の一角、と言ったわね。……ハズナのアパートまで距離はどのくらい？」

「直線距離で一キロ強。歩いて片道十五分といったところかしら」

近いと言えば近い。が、往復徒歩三十分は決して無視できる時間ではない。自動車を使っても、駐車場からの出し入れを考えればさして時間短縮にはなるまい。席を外していたという五分間で往復と犯行をやり遂げるのは不可能だ。

となると、ヴィンセントがハズナのアパートに向かえるのはパーティーの終了後。女子たちの証言を踏まえれば、早くても二十一時過ぎだ。一方、倒れていたハズナをマリアが目撃したのは十九時四十分過ぎ。パーティーは終わってもいない。忌々しいが、ヴィンセントのアリバイの頑強さは認めざるをえなかった。

それにしても――

「ヴィンセントはラウンジで何してたの？　パーティーが終わってもうろうろしてるなんてあいつらしくないじゃない。タクシー待ち？　運転手付きの高級車を来させても良さそうなものだけど」

「会場へ来る際はそうだったようね」

セリーヌがかすかに声を潜めた。「――ちなみに、運転手はジャック・タイ」

ジャック⁉

U国では基本的に、十六歳から自動車の運転免許を取得できる。大人が同伴すればプライベートで練習できるので――むしろそうやって運転技術を学ぶのがU国では普通だ――ハイスクールの生徒でも自動車の運転は充分に可能だ。

ヴィンセントは十七時半にパーティー会場へ姿を見せていた。一方、捜査官によれば、ジャックがアパートを訪れたのが十七時四十五分。運転手の務めを終えた後で恋人の元へ歩いて向かったとすれば、計算はぴったり合う。

「パーティーの間は自由にして構わないと、ヴィンセント・ナイセルがジャック・タイに許可を出したらしいわ。

使用人に送迎させた参加者は他にもいて、ほとんどは使用人を遊ばせずに一度自宅へ戻したそうだけれど――地域内のパーティーということで自宅も近かったでしょうしね――ヴィンセント・ナイセルの場合は、ジャック・タイと気心が知れていたから羽を伸ばさせたのかもしれないわ。

ところがパーティー終了後、いつまで待ってもジャック・タイが戻ってこない。自宅へ電話したものの特に連絡が入った様子もない。自動車はホテルの地下駐車場に置いていたけれど、そのままにして帰るわけにもいかない。件《くだん》の女子たちが後で聞いたところによると、ヴィンセント・ナイセルは結局、自分で高級車のハンドルを握って自宅へ戻ったそうよ。主人をなおざりにする従者など知るものか、と」

実際には、ジャックは徒歩十五分先の、ハズナのアパートの裏で死体になっていた。

ともあれ、彼の主人にアリバイがあるとなると。

「ヴィンセント以外で、ジャックと付き合いのあった人間は？」

「思い当たらないわ、私の知る限りでは。

『ヴィンセント・ナイセルの従者』というのが、ハイスクールでのジャック・タイに対する皆の認識だと思うけれど、実際にその通りだったようね。彼の住処はナイセル家の一室――要するに、名実ともにヴィンセント・ナイセルの使用人だったの。

彼がナイセル家へ仕える代わりに、タイ家は経営拡大の資金をナイセル家から得た……というより、資金援助を受ける見返りにタイ家はナイセル家のわがままを聞き入れねばならなかった、というのが背景ね。

ヴィンセント・ナイセル本人がかつて自慢話として語っていたそうだから、それなりに信頼性はあるのではないかしら」

金で買われて使用人になったのか。いつの時代の話だ。……いや、白人至上主義が露骨にはびこっている土地柄だ。むしろ何の不思議もない。

「ジャック・タイは、ハイスクールの内外や曜日を問わず、大半の時間を使用人としての役柄に捧げていた。誰かに強い恨みを抱かれるほどの自己主張もできず、親しい友人を作る時間もなかった。ミス・アナンが唯一の例外だった――というわけね。

彼がミス・アナンと恋仲になったのも、互いにどこかで相通じるものを感じたからかもしれないわ。……というのは勝手な想像だけれど」

日陰者としての共感、か。

セリーヌの推測が正しいとしたら――自分は、ハズナのそんな一面を何ひとつ知らなかった。

マリアの知るハズナは、理不尽な迫害を懸命にこらえながら、花のような笑顔でマリアの世話を焼いてくれる親友だった。彼女がいなかったら、マリアのハイスクールの日々は、文字通り牢獄のそれでしかなかったかもしれない。

けれど、ハズナは違ったのだろうか。

ハズナにとって、マリアは世話の焼ける友人ではあっても、心の支えになるほどの存在ではなかったのだろうか。……

暗い思考の沼から、マリアは慌てて足を引き抜いた。

「参ったわね。容疑者候補が見つからないじゃない」

ハズナとジャックの両方へ恨みを持つ人間が、仮にハイスクールの外側にいたとしても、自分たちには探しようがない。警察も存在を匂わせてすらいなかった。

「そんなことはないわ。……ミス・ソールズベリー、あなたがいる」

「やめて頂戴。あたしは犯人じゃないって言ったでしょ」

「その真実を、周囲の人間が認めてくれるかどうかは別問題よ」

セリーヌの声は冷徹だった。「ハイスクールの中ではすでに、あなたが犯人ではないかという噂《うわさ》が広まってしまっている。生徒ばかりか教師の間でも。……教室の中に、あなたの味方は誰もいない。覚悟して」

※

ルームメイトの忠告は正しかった。

翌日、校舎に足を踏み入れたマリアを待っていたのは、他の生徒たちからの、これまでとは似て非なる忌避の視線だった。

「……おい、『赤毛の悪魔』だぜ……」「『黒炭』を殺したって……」「どうして学校に……」「逮捕されたんじゃないのか……?」

そこかしこで小声が響く。マリアが睨みつけると、生徒たちは顔を強張《こわば》らせ、視線を逸らして黙り込む。マリアが廊下を通り過ぎると、背後で再び囁き合う。振り返って睨むと顔を背《そむ》ける。その繰り返しだった。

教室でも変わらなかった。

席に座るマリアへ、クラスメイトは遠巻きに、畏怖《いふ》と嫌悪を帯びた視線を投げる。目を合わせると慌ててそっぽを向く。小声の、しかし収まることのない陰口。

やがて教師が現れ、授業が始まっても、クラスメイトからの針のような視線は絶えなかった。両隣の生徒に至っては、露骨に机をマリアから遠ざけていた。

教師は注意することすらなかった。あるいは生徒以上に、本物の悪魔を見るような視線をマリアへ送っていた。

教師陣へは、警察から、少なくとも生徒たちが知るより詳しい事情が伝えられているはずだ。マリアが犯人だという確かな証拠がないことも。マリア自身、職員室への呼び出しは今のところ受けていない。にもかかわらずこの有様だった。

異様な雰囲気の教室に、一箇所、誰も座っていない席があった。

ハズナの席だ。二度と姿を見せることのない、黒髪の親友の席。

——教室の中に、あなたの味方は誰もいない。

セリーヌの言葉が今さらのように、心へのしかかった。

吐き気を催すような午前の授業が終わった。マリアは校内の売店でサンドイッチを買い、裏庭へ向かった。

ハズナと一緒に、毎日のようにランチタイムを過ごした、ひとときの安らぎの場所——しかしかつての聖域は、これ以上ないほど屈辱的な形で蹂躙《じゅうりん》されていた。

ヴィンセントが、芝生の上へシートを広げ、ランチボックスを囲みながら、取り巻きと思しき三人の少女たちと談笑している。

マリアに気付くと、ヴィンセントは笑みを浮かべ、「やあ」と片手を挙げた。振舞いこそ礼儀正しいが、表情には親しみの欠片もない。悪意と優越感の滲み出た視線と声だった。

「久しぶりだね。今日はひとりかい？」

「あんたは賑《にぎ》やかそうね。ところでいつもの使用人はどこへ行ったの？」

思わぬ反撃だったのだろう。ヴィンセントの唇の端がぴくりと動いた。

「さあね。ナイセル家の顔に泥を塗った無礼者の去就《きょしゅう》など、僕の関知するところじゃない」

汚《けが》らわしい、という内なる声が聞こえるようだった。「ところで何の用かな。あんな事態を引き起こしておいて、よくも僕の前に顔を出せたものだね。御覧の通り、僕はささやかな平穏を味わおうとしていたところなんだ。昼食なら別の場所へ行ってくれないか。君の姿が視界に入るだけで、せっかくの食事が台無しになる」

「そうよ。あっちへ行きなさい、この犯罪者」

女子生徒のひとりが罵声《ばせい》を浴びせる。マリアが睨むと、少女は「ひっ」と引き攣った声を上げた。

「言われるまでもないわよ。こっちも同じだわ、あんたがいるだけでランチが腐った味になりそうよ」

踵を返して歩き去る。「二度と来ないでもらいたいね、ここには」ヴィンセントが背後から挑発の台詞を刺した。

マリアは唇を噛み締めながら、逃げ出したと思われぬよう歩調を落としつつ、かつての憩《いこ》いの場所を——踏みにじられた楽園を後にした。

サンドイッチは歩きながら食べた。ハズナの作ってくれたものとは比べ物にならないほどまずかった。

5

翌朝、マリアは授業を無断欠席し、ハズナのアパートへ向かった。

土曜日の夜が嘘のような晴天だった。

頭に被った野球帽——街中で買ったものだ——に赤毛を押し込み、上半身は長袖のシャツ、下半身はジーンズというラフな格好で、裏手の空き地から周囲を見渡す。

……何をやっているのだろう、あたしは。

現場を調べたいなら、伯父のフレデリックに伝えるなりして警察に任せれば済むはずだ。授業をさぼって勝手に動き回っていると知られれば、また何を言われるか解ったものではない。

　それでも、自分の目で確かめずにいられなかった。ハイスクールの腐った空気を吸いながら、無為に時間を食い潰すのが耐えられなかった。

　自分にしてはかなり早起きして寮を脱け出したので、さすがの寮長も気付いてはいないはずだ。セリーヌには置き手紙を残してある。上手《うま》いことごまかしてくれるだろう。

　裏手の空き地は、暗闇のヴェールを剝ぎ取られ、今は不吉な雰囲気の欠片もなかった。放置された工事予定地そのままの侘《わび》しさが顕《あらわ》になっている。

　土と砂利に覆われた地面は、すっかり乾いていた。足跡の類《たぐい》はどこにも見当たらない。事情聴取の捜査官によれば、砂利のせいで深い足跡が残らず、警察が現場に駆けつけたときには、マリアの足跡を含めて目ぼしい足跡は何も残っていなかったという。

　アパートに向かって正面に、忌まわしきトタンの建屋が建っている。外見はただの大きな物置小屋だが、今は、出入口の扉と、割れ窓——マリアが叩き壊した窓だ——を覆うように、『立入《KEEP》禁止《OUT》』のテープが貼られていた。

　向かって右手と左手は雑居ビルの側壁。背後を振り向くと、空き地の奥はやや狭い道路。道路を挟んでさらに奥は、木々の立ち並ぶ公園だ。

　周囲には誰の姿もなかった。捜査が一通り済んだのか、警察官もいない。マリアは革手袋を両手に嵌《は》め——寮のクローゼットの奥から引っ張り出した冬物だ——出入口の扉に手をかけた。施錠されたままだ。仕方ない。割れ窓を覆うテープを慎重に剝がし、窓を開け、窃盗犯のごとく建屋の中へ忍び込んだ。

『建築資材の加工場』という情報通りの、がらりとした空間だった。壁際には無骨な三段の棚。

中段に木箱が置かれ、ハンマーやモンキーレンチ、ドライバーといった工具類が無造作に突っ込まれている。工具はどれも古く、錆が浮き出ていた。

下段には、材木の切断用と思しき木製の台。上段には何もない。チェーンソーのような大型の電気工具もない。放棄される際に重要なものはあらかた持ち去られたらしかった。

視線をさらに上げる。鈍色《にびいろ》のトタン屋根が、何本もの骨組みに支えられている。各々の骨組みは縦方向——屋根の勾配方向に走り、それぞれ三メートルほど空けて等間隔に並んでいた。

採光用らしき天窓が二箇所、骨組みの間に設けられている。大きさはそれぞれ縦横二メートル弱。アパートに向かって右側の天窓は、ガラスがほぼ無くなっていた。

割れた天窓の真下、コンクリートの床の上に——人の形がふたつ、五〇センチメートルほどの間隔を空けて、白線で描かれている。

思わず口を手で覆った。アパートに向かって奥側の人型を中心に、うっすらとではあるが、浅黒い染みのようなものが広がっていた。……ハズナの血だった。

周囲を見渡す。重要な手がかりらしきものは、他にこれといって見当たらなかった。

窓から外へ出て、テープを元通り貼り直す。空を見上げ、せり出した屋根の端を見つめる。深呼吸を二度繰り返し、膝を曲げて全力で地面を蹴った。

頭上へ思い切り腕を伸ばす。屋根の縁が両手の指にかかった。腕に力を込め、歯を食いしばりながら、懸垂《けんすい》の要領で身体を引き上げる。シューズの爪先を壁に押し当て、腕を片方ずつ屋根に乗せ、やっとのことでマリアは屋根へと這い上がった。

——一瞬、バランスを崩して転げ落ちそうになった。

慌てて身体を伏せ、手足を広げて踏ん張る。幸い、数センチずり下がっただけで転落は免《まぬが》れた。

ほっと息を吐く。危なかった。動きやすい服装をしていて助かった。

屋根の勾配は、いざ上ってみると見た目以上にきつく感じられた。が、断崖絶壁というほどではない。トタン固定用のボルトが、骨組みに沿って複数の縦列を成している。手を伸ばせばボルトのひとつに届き、身体を支えられる。シューズとトタン板との摩擦も、トタン板自体の強度も充分だ。

当日は雨が降っていたが、トタン板は波状に加工されている。雨水は波の『谷』へ溜まり、屋根の勾配《こうばい》に沿って流れ落ちる。『山』の部分も濡れはするだろうが、水は蓄積しない。自動車が水溜まりでスリップするのと同じ危険は起こりにくいはずだ。

セリーヌの指摘した通り、犯人が屋根の上に身を潜めるのは決して困難ではなさそうだった。

上体を起こし、膝立ちで屋根の上を見渡す。雨で洗い流されてしまったのか、元々存在しなかったのか、犯人が伏せていた跡は見当たらない。

慎重に立ち上がり、割れた天窓の傍らまで近寄る。

勾配方向の天窓の位置は、屋根のちょうど中央。アパートの壁からは三、四メートルだ。ベランダから柵を蹴れば届かない距離ではないが——そんな派手な動作をすれば、マリアの視界をかすめたはずだ。

ハズナはどこから、どうやって建屋の中に落ちたのか。

天窓の左右を挟むように、ボルトが列を成している。それらのひとつひとつを、マリアは順番に観察した。

セリーヌとの議論の中で不意に浮かんだ、想像上の忌まわしき光景。あの臆測が正しければ、何かしらの痕跡が残っているかもしれない。雨で消えてしまっている可能性も高いが——

マリアの祈りは、思いのほか早く報われた。

屋根の斜面の最上方、上り側の一番端に近いボルトに、黒く細い繊維が噛んでいた。……両端が引きちぎられたようにほつれた、短い糸屑。

当たりだ。

残された問題はわずかだった。そのひとつ、犯人はどこからアパートの外へ出たのか。

振り返ると、アパートの二階の窓とベランダが、間近に見えた。屋敷の端から一メートル足らずの距離だ。

ハズナの部屋の真下――正確には二階下だ。各階の部屋の配置が四階と同じなら、二一〇号室。窓には――二階の他の部屋と同様――備え付けと思しきブラインドが下ろされている。足元に気を付けながら、マリアはそろそろと屋根の坂を下り、二一〇号室へ近寄った。

ベランダの床板は、屋根の下り側の縁よりやや低い位置にあった。柵の高さは一メートル足らず。床板と柵へ目を走らせたが、これといった痕跡がない。屋根と同じく雨で流されてしまったのか。マリアはシューズを両足とも脱ぐと、左手に持ってベランダへ足を下ろした。やや軋《きし》みはしたが、トタンの屋根と同様、床板の強度は充分だった。

革手袋に包まれた右手の指を窓枠にかけ、力を込める。

ほとんど何の抵抗もなく窓が動いた。――開いている。

ぞくりとした感覚が背中を走った。マリアはシューズをベランダに置き、慎重にブラインドを持ち上げ、二一〇号室の中へ入り込み、窓を閉めた。ブラインドを下ろすと、部屋の中が急に薄暗くなった。

饐《す》えた臭いが鼻をかすめる。部屋の広さは、マリアの住む寮の二人部屋よりやや狭く、窓から見て全体的に縦長だ。右手の壁際にはオープンキッチン。流しだけでガスコンロの類は設置されていない。左手の壁には、作り付けのクローゼットらしき扉、そしてユニットバスと思しきドア。窓の反対側には、部屋の出入口のドアが見える。

床はフローリング。埃は全くと言っていいほど落ちていない。がらんとした部屋だった。空き部屋なのだから当然と言えば当然だが、生活感の欠片もない。キッチンの蛇口をひねる。水は一滴も出なかった。出入口のドアの脇にあるスイッチを入り切りしたが、天井の電灯は瞬きもしない。水道と電気は止まっているようだ。

出入口に歩み寄り、ドアノブを握って力を込める。回らない。こちらは鍵がかかっている。ドアノブの先端のつまみが横倒しになっていた。

部屋の中へ戻り、壁際のドアを開ける。洗面台とトイレの台座、狭いバスタブが見える。やはりユニットバスだ。薄暗い中、床に目を凝らす。やはり埃は溜まっていない。ユニットバスのドアを閉め、クローゼットの扉を開ける。こちらは埃が積もっていたが、中は空っぽだった。

窓へ歩み寄り、振り返る。確認すべきものは残っていなかった。マリアはブラインドを持ち上げ、窓を開けて二一〇号室を出た。

シューズを拾い上げ、ベランダから建屋の屋根へと渡る。大きめにひと跨ぎするだけで、さほど派手な物音を立てずに飛び移ることができた。

間違いない。犯人はここから外へ出たのだ。あらかじめ合鍵を作ったのか、あるいは隙を見てこじ開けたのかは解らないが、犯人はまず二一〇号室の出入口のドアを開け、中へ入って内側から鍵を閉めた。そして窓から建屋の屋根へ飛び移った。

階段に近い二一〇号室なら、ドア越しに階下の様子を窺うこともできる。自分がアパートへやって来るのも、四階から駆け下りて外へ向かうのも、簡単に知ることができたはずだ。

危険があるとすれば、無人のはずの二一〇号室へ入るところを、他の住人に見られることだが、身一つであれば決して難しくないだろう。仮に見られそうになったら、他の部屋の来客のふりをして二一〇号室を通り過ぎてしまえばいい。

が――ハズナの身体を担いで、となるとどうか。

途端に難易度は跳ね上がる。目撃された瞬間に全てがお終《しま》いだ。

土曜の夜、ハズナは階上の四一〇号室から電話をかけている。録音ではなかった。直《じか》にやりとりしたのは自分だ。断言できる。あのときの会話の内容やタイミングは、録音で再現できるものではない。受話器の向こうにいたのは、紛れもなく生身のハズナだった。

犯人はその後、どうやって四一〇号室からハズナを動かしたのか。

建屋の屋根の糸屑や、二一〇号室の窓の鍵のことを、マリアは警察から何も聞いていない。杜撰な捜査だと最初は思ったが……ハズナを移動させる難しさを考えると、警察も糸屑や窓の鍵の件を把握していて、マリアには敢えて伏せたのかもしれない。

マリアは屋根を下り、路地を抜けて表側の道路へ出た。道脇のダストシュートは、収集車が訪れたのか空になっている。

――と、

「やはりここだったのね。ミス・ソールズベリー」

聞き知った声を背中から浴びせられ、マリアは心臓が止まる思いを味わった。

「セリーヌ⁉」

振り返り、目を剝く。授業に出ているはずのルームメイトが、どこで買い揃えたのか、スーツにブラウスにパンプスという、見たこともない格好で立っていた。

しかも、長いブルネットヘアは後頭部で綺麗に纏められ、唇にはルージュまで引かれている。ハイスクールの女子生徒という雰囲気を微塵《みじん》も感じさせない、大人の女性の姿だった。

「何しに来たの。上手く取り繕《つくろ》ってくれって伝言したでしょ」

「心配は無用よ。マリア・ソールズベリーとセリーヌ・トスチヴァンは揃って病欠。寮長も了解済みだから。……あなたのことをよろしく頼む、と言われたわ」

バレていたのか。やけに簡単に脱け出せたと思ったら。

「ミス・アナンの事件を調べに来たのでしょう？　有能な助手が必要だろうと思って。手伝えることはある？」

……まったく。いいルームメイトに恵まれたものだわ、あたしも。

「ハズナの部屋に入りたいの。手を貸して頂戴」

「有能な助手」の自称に偽りはなかった。

アパートに入ると、セリーヌは何の逡巡もない足取りで管理人室へ向かい、老女に向かってガラス越しに手帳のようなものを掲げた。

管理人室のガラス窓が開かれ、筆談が始まる。程なくして、老女が管理人室の奥へ向かい、一本の鍵を手にしてガラス戸の前へ戻った。セリーヌは鍵を受け取り、老女に会釈《えしゃく》すると、「どう？」と言わんばかりの笑みを――常人より遙かに薄い笑みだったが――マリアに向けた。

「合鍵を貸してくれたわ。さ、行きましょう」

「……セリーヌ。どんな黒魔術をかけたのよあんた」

「まあ、人聞きの悪い。普通にお願いしただけよ、『アトランタ市警から来た』と伝えた上で」

明らかな身分詐称《さしょう》だった。

もっともマリアとて、いざとなったら鍵をこじ開けるか、でなければ裏手に戻って四階へよじ登って窓を破るつもりだったので、あまり人のことは言えない。

――四一〇号室のドアは、土曜日の夜にマリアが見たときと変わらないままだった。

大きく書かれた卑猥な落書きに、さしものセリーヌも眉をひそめたが、すぐに表情を消し、合鍵を鍵穴に差し入れ、ドアを開けた。

四一〇号室の基本的な構造は、先刻の二一〇号室と同じだった。

窓に向かって左手の壁際にオープンキッチン、右手の壁にクローゼットの扉とユニットバスのドア。ただ、空き部屋の二一〇号室と異なり、四一〇号室には日常生活の名残《なごり》があった。

ドアの傍らに立てかけられた箒《ほうき》と塵取り《ちりと》。ガスコンロとケトル。冷蔵庫。参考書や辞書の並んだ本棚。壁際のベッド。枕元に置かれた白い子熊のぬいぐるみ。簡素な丸テーブルと椅子。……初めて見る、ハズナの部屋だった。

シューズを脱ぎ、部屋の中へ入る。調理台の下の引き出しを開けると、入っていたのは一本の包丁、フォークとスプーンとテーブルナイフが二セット。流しの下にも扉があったが、こちらには小さな鍋がひとつ収まっているだけだった。

調理台の上に戸棚が据え付けられている。皿やティーカップなどの食器類が収まっていた。

続いて冷蔵庫を開く。卵や牛乳、野菜といった食材、ソースなどの調味料がいくらか残っていた。

ハズナの作ってくれたサンドイッチの味が、口の中に蘇る。これらの食材も、遠からず処分されるのだろうか。

ベッドは左手の壁に寄せられていた。窓を開けやすいようにしていたのだろう。窓の手前の床はベッドで完全に塞がれておらず、向かって右側が空いていた。

クローゼットを開ける。一番右にハイスクールの制服が吊るされている。衣服は他に五、六着。上着を除けば、全て同じデザインの白いワンピースだった。

下の引き出しには下着。すべて純白だ。マリアのクローゼットに突っ込まれている派手な柄の下着とは大違いだった。

「白が好きだったのね」

セリーヌがぽつりと呟いた。言われてみれば、スプーンとフォークの柄も、他の食器も、シーツもテーブルクロスも、全て白だった。

やるせない思いで室内を見渡し――出入口のドア側の壁の一角で、マリアは視線を止めた。

電話機だ。

小さなテーブルの上に、ダイヤル式の電話機が置かれ、コードが一本だけ伸びている。この手の電話機は回線用のコードが電力供給を兼ねていて、差込口に繋げるだけで電話をかけられる、という雑学を、ハズナから以前聞いたことがあった。

しかし今、コードは外れていた。

先端のプラグが、壁際の差込口から外れた状態で床に転がっている。

「これは……？」

セリーヌの怪訝《けげん》な声に、マリアは「いつもこうだったらしいのよ」と返した。

「嫌がらせの電話を避けるために、普段からプラグを抜いていた、と聞いたわ」

土曜の夜、ハズナへ電話をかけ直したときも繋がらなかった。通話を切った後、すぐに抜かれてしまったのだろう。

もっとも、ハズナがあんなことになってしまった以上、プラグを抜いたのが彼女自身だとは断言できなくなってしまったが——

顎に人差し指を当てる。瞬間、頭の中を火花が散った。


……犯人がプラグを抜いた？


「ミス・ソールズベリー？」

ルームメイトの呼びかけに、マリアはとっさに返答できなかった。

そうか……そんな簡単なことだったのか。

「セリーヌ、もう少しだけ付き合って」

「え？」

「確認したいことがあるの」

隣室を隔《へだ》てる壁へ、マリアは目を向けた。「隣の住人に、ちょっとしたことを」

翌日、金曜日――


硬い土を踏む足音に、マリアは薄目を開けた。

身体を起こし、芝生の上に立ち上がる。傍らの大樹から伸びた枝葉が、春の陽光を遮っている。制服についた葉と土を払う。ブラウスの裾がスカートからはみ出ていたが、整えてくれる親友はいない。

――ハイスクールの裏庭。

ハズナと過ごした穏やかな時間が、今はもう、遠い昔のようだった。

足音の主が歩みを止め、皮肉のこもった声をマリアに投げた。

「二度とここには来るな、と伝えたのを忘れたのかな」

「あんたこそ、今日は連れはいないの？」

「『赤毛の悪魔』が陣取っているとあってはね」

ヴィンセント・ナイセルが肩をすくめた。「怖がらせるのも可哀相だからお引き取り願ったよ。本来なら、授業をさぼって場所取りをするマナー違反の君の方にこそ退場願いたいんだが」

「よかったわ。あんたには色々と、二人だけで確認したいことがあったから」

「先週の事件のことかい？　それなら警察に散々訊かれたよ。まさか、僕が事件に関わっているとでも？」

「ええ」

やれやれ、とヴィンセントが息を吐いた。

「君は知らないのかな。土曜日の夜なら、僕はパーティーに参加していたよ。君にとって残念ながら」

「そうね。あんたにはハズナを殺す時間的余裕はなかった。ちゃんとしたアリバイがある」

「なら――」

「でもジャック・タイは殺せた」

ヴィンセントの顔から表情が消えた。

「ハズナの墜落時刻は十九時四十分過ぎ。当時、一キロ離れたパーティー会場にいて、五分と席を外していなかったあんたには確かに、ハズナをどうこうすることは不可能だわ。

けど、ジャックは違う。十七時四十五分にハズナのアパートへ入ってから、二十二時に死体で発見されるまでの彼の動向は、全くの空白なのよ。

もしジャックが、二十一時頃までに、ホテルの近く――もっと言えば、あんたの家のクルマが置いてある地下駐車場まで、密《ひそ》かに戻っていたとしたら。

二十一時過ぎにホテルにいたというあんたにも、ジャックを殺害することは充分できたはずよ」

「……くだらないな。根拠のない妄想じゃないか」

「そうでもないわよ。

あんた、帰りは自分でクルマを運転して自宅に戻ったそうね。

どうしてあんたがクルマの鍵を持っていたの?」

少年の顔に亀裂《きれつ》が走った――ように見えた。

「行きはジャックがクルマのハンドルを握った。なら、鍵もジャックが持っていてしかるべきじゃない？

もしあんたが何も知らなかったなら、ジャックがハズナのアパートへ行くなんて解るはずがないし、ましてや二度と戻ってこないなんて想像できたはずもない。ジャックがホテルへ戻ると信じていたなら、あんたがジャックから鍵を預かる理由がないのよ。

まさか、ジャックの方から鍵を渡してきたとか言わないでしょうね。どうして何も疑問に思わなかったの？」

ヴィンセントは答えない。

「答えはひとつ。ジャックと別れてから自宅へ戻るまでの間に、あんたはジャックと接触していたのよ――事を終え、密かにホテルへ戻っていたジャックと。

そしてあんたはジャックを殴り殺し、クルマの鍵を回収した」

「……まるで意味が解らないな」

ヴィンセントの声から抑揚《よくよう》が失せていた。「何が言いたいんだ、一体」

「理解できないならまとめてあげましょうか。

いいいいいいいいいいい、
あんたはジャックにハズナを殺させた。殺させておいて、そのジャックを自分の手で始末したのよ」

「変だ、とずっと思ってたわ。

ハズナの死が他殺だったとして、犯人が彼女に電話をかけさせてまで、あたしに彼女の死を見せびらかしたのはどうしてか――って。

話は簡単だった。ジャックはあんたのアリバイ作りのために、あたしを証言者としてハズナのアパートまで呼び寄せたのよ。

ジャックがハズナの『墜落』を演出したのはそのため。あんたがパーティーに出ている時間帯に『墜落』が起きたのだと、あたしに証言させたかったのよ」

「演出？」

「単純な仕掛けよ。

『墜落』したとき、ハズナはすでに命を奪われていた。コンクリートの床に叩きつけられたと思わせるよう、平たい鈍器のようなもので頭を殴られて」

ハズナの部屋には、あるべきものが無かった。

コンロの上にケトルがあった。引き出しや棚には包丁や食器もあった。だがフライパンが無かった――サンドイッチの具の炒り卵を作るのに必要だったはずの調理器具が。

警察からは、凶器が発見されたかどうかは何も聞かされていない。恐らくジャックが、手頃な凶器としてフライパンを部屋から持ち去ったのだろう。

「あたしがアパートへ来るまでの間に、ジャックはハズナの死体を、建屋の屋根の上へ運んだ――屋根の上り側の端と天窓との間に、寝かせるようにして」

骨組みの上を踏むように歩けば、運ぶ際に二人分の重量がかかってもトタン板を踏み抜いてしまう恐れはなかったはずだ。足元が暗闇で見えづらくても、ボルトの感触が道しるべになってくれる。

「馬鹿らしいな」

ヴィンセントが鼻で笑った。「当日は雨が降っていたんだろう？　傾斜のついた屋根に寝かせ

よ、当然」

「紐をハズナの身体に軽く巻き付けて、両端をボルトに引っ掛けるくらいのことはしていたはずよ、当然」

紐は後で回収されたが、黒い糸屑ほどの断片が、ボルトに噛んで残ってしまった。

「それに、摩擦力は垂直抗力に比例する。垂直抗力は、斜面に垂直方向の重力と同じ。ジャックが、ハズナの身体に覆いかぶさるように――トタンを破らない程度に――体重をかければ、簡単にずり落ちない程度の摩擦力は稼げたはずだわ。

管理人のお婆さんの耳が遠くて、あたしの話が――四一〇号室を開けてほしいという懇願が――通じないだろうことを、ジャックは見越していた。業《ごう》を煮やしたあたしが、ハズナがいるかどうかを確かめるために四一〇号室の窓を見に行くだろうことも。

そうやって、あたしがアパートの裏手へ来たのを見計らって――

ジャックは、ハズナを引っ掛けていた紐をナイフか何かで切断し、ハズナの身体から力を緩めたのよ。

ハズナの身体は屋根を滑り、天窓のガラスの上に乗る。

このとき、あらかじめ天窓のガラスに罅を入れておけば――ガラスが砕け、ハズナの身体が建屋の中に落下する」

実際には、ハズナの身体がガラスに乗った瞬間、もう一度上から力を加えたのだろう。ハズナの体重にジャックの腕力がプラスされ、天窓が突き破られた。

細い擦り傷が、ハズナの身体の皮膚に残っていたという。恐らく、屋根のトタンの凸部と擦れた痕だったのだ。

「面白いな。君の話にしては」

ヴィンセントが嘲笑《あざわら》った。「けれど前提がなっていないね。君を目撃者にする？　警察が君の話を素直に信じてくれると思ったのかな」

「その場合はあたしが疑われるだけよ。どっちに転んでもメリットがあったんだわ」

――だがそれは、君が管理人との一悶着の後、アパートを飛び出すまでの話だ。

――君の証言を完全に裏付けてくれるわけじゃない。

とはいえ、マリアが寮を飛び出した直後に、警察へ通報される可能性も無いではなかったが――ハイスクール側は体面を守るため、すぐさま通報することはしないとジャックたちは踏んでいた。

そうかい、とヴィンセントが肩をすくめた。

「仮にそうだとして、『死体を建屋の屋根に運んだ』？　どうやって？　僕も警察からはいくらか状況を聞いている。君にかかってきた電話は、例の四一〇号室からのものだそうじゃないか。そこからどうやって、君が来るまでの間に死体を下ろす？　窓から放り投げたとでも言うつもりか？」

「そんな必要ないのよ。

電話をかけたとき、ハズナがいたのは四一〇号室じゃなかったんだから」

「……何だと」

「交換機の記録に残るのはあくまで、四一〇号室の差込口に繋がっていた電話の通話だけ。電話機本体がどこにあったかまでは解らないのよ」

ヴィンセントの顔からわずかに血の気が引いた――ように見えた。

「さて問題。もし、長さ十数メートルくらいの電話機のコードを用意して――片方の端を四一〇号室の差込口に差し、もう一方の端を窓の隙間から垂らして、二階下の空き部屋、二一〇号室まで引っ張り込んだら？」

ヴィンセントは答えない。

「単純な話だったのよ。

差込口は四一〇号室。けど、電話機本体が置かれていたのは二一〇号室だった。窓を薄く開けて、長いコードを通し、両者を繋げていたのよ」

恐らく前日の金曜日の段階で、ハズナは二一〇号室に移動させられていたのだ。その日もジャックがアパートを訪れていたという。ジャックはハズナを、「自分もこのアパートへ部屋を借りた。見に来ないか」などと言葉巧みに四一〇号室から誘い出し、人目に注意しつつ二一〇号室へ連れ込み――彼女を拘束した。動けないよう入念に縛り上げ、助けを呼ばれないよう猿轡《さるぐつわ》も嚙ませた。

そうしておいて、翌日、アパートを訪れて電話機の配線を行う。

といっても難しい作業ではない。四一〇号室に元々ある電話機は、プラグが差込口から外れている。代わりに、あらかじめ用意した長いコードのプラグを差し込み、窓を薄く開け、もう一方の端を、ベランダの横から静かに下へ垂らす。先端が二一〇号室の窓の辺りまで下りたところで、四一〇号室を出て二一〇号室へ入り、先端を窓から中へ引っ張り込んで、別に用意した電話機へ繋ぐ。これだけだ。

「二ヶ月前、二階の一番安い部屋に入居者があったそうよ。半月で出て行っちゃったらしいけど。それが問題の二一〇号室だった。あんたが手を回したのね。合鍵を作るために」

二一〇号室には電気が通っていないが、電話機を動かすための電力は回線用のコードから供給できる。灯りも懐中電灯を使えば事は足りる。窓の外は空き地で、さらに奥は公園の木々。光を見られる危険は少ない。

必要な機材は、ジャックが当日の十七時四十五分頃、アパートに入る際に持っていたというデパートの紙袋に入っていたのだろう。それに、ヴィンセントは電気製品の製造会社社長の御曹司だ。仕掛けに必要な電話機や長いコードも入手できる。

当日は雨が降っていたが、窓を薄く開けているだけなら、吹き込む雨粒の量はさほどでもないし、事前にタオルを敷いておけば床もほとんど濡らさずに済む。

準備が整ったところで、ジャックはハズナに寮へ電話をかけさせ、マリアを呼び出させる。叫んだり妙なことを口走ったりしないよう、猿轡を外す前にハズナには脅しをかけていただろう。ナイフか包丁を突き付けたか、あるいは――お前の親友がどうなってもいいのか、とでも迫ったかもしれない。

もちろん、本当に妙なことを口走りそうになったら直ちに電話を切れるよう、電話機の近くで身構えていた。

『マリア――私……』

通話が切れたのはこの台詞の直後だった。ハズナが核心に触れる発言をするかもしれないと、ジャックが判断して叩き切ったのだ。

その後の作業も、大きな困難はない。

電話機からコードを外し、ハズナに再び猿轡を嚙ませる。四一〇号室まで上がり、壁の差込口からプラグを外し、窓から外へ落とす。鍵をかけずに窓を閉め、濡れた箇所は拭いて――ベッドは壁に寄せてあるから濡れずに済んだ——出入口のドアの鍵をかけて二一〇号室へ戻り、コードを回収する。

——いつまでもドッタンバッタンしてんじゃねえ！

マリアが四一〇号室の前でハズナを呼んだ際、四〇九号室の住人が叫んでいた。ジャックも極力音を立てないようにしていただろうが、隣室に何度も出入りがあるのを隣人はかすかに聞いていたのだ。セリーヌとともにアパートを再訪した際、四〇九号室の住人から確認を取ることができた。

二一〇号室でコードを回収したら——マリアが来る前に、ハズナを撲殺する。

マリアが侵入したとき、二一〇号の床には埃がほとんど積もっていなかった。定期清掃が入ったわけではなく、足跡や指紋や血痕が残らぬよう、ジャックが事の前後に拭い去ったのだ。見つかれば怪しまれるだろうが、決定的な証拠を残すより遙かにましだ。

後は、先の説明通り。

ハズナの遺体を担ぎ、窓からベランダへ出て、窓を閉めて建屋の屋根へ移る。濡れても構わないよう、そして万一窓の外を覗かれても目立たぬよう、黒いレインコートの類を羽織っておく。

身を伏せつつハズナの身体を固定し、マリアが目論見《もくろみ》通りアパート裏手の空き地に現れ、背を向けたタイミングを見計らってハズナを建屋の中へ落とす。マリアが窓を破って中へ入ろうとする隙を突いて、屋根から飛び降り、キャトルプロッドで気絶させる。

電話機やコード、凶器といった証拠品は、マリアが来る前にゴミ袋などに詰め、アパートと建屋の隙間に落としておいた。元々空き瓶などが散乱し、ゴミ溜めと化しているから目立つ心配はない。

事を終えた後、証拠品を回収し、計画の成功をヴィンセントに伝えるためにホテルへ戻り――主人に命を奪われた。ハズナを殺害したフライパンが、そのまま凶器として使われたのかもしれない。

犯行現場は、恐らくホテルの地下駐車場だ。時間帯は、パーティーの終わった二十時半から二十一時のどこか。死亡推定時刻内だ。

パーティーの参加者の中には、ヴィンセントと同じように使用人に送迎させた者もいたが、自宅が近かったこともあってか、ほとんどの者が使用人を一度自宅へ戻したという。自動車を地下駐車場に置いていた参加者は、ヴィンセントを除いてほとんどいなかった。

「そこから先は、あまり説明することもないわね。

あんたはジャックの死体から、クルマの鍵と二一〇号室の合鍵を回収し、死体と証拠品をクルマのトランクに詰め、裏道を使うなどしてハズナのアパートの裏手へ向かった。

倒れたままのあたしを横目に建屋へ行き、割れた窓から中へ入って出入口のドアを開け、ジャックの死体を担いでハズナの死体の横に転がした。……靴跡がつかないよう、建屋に入るときは靴を脱いでいたでしょうね。

後は、あたしの目撃証言の補強のために、キャトルプロッドを――ジャックが持ち帰っていたはずよ――あたしの近くに転がし、他の証拠品をどこかのストリートのダストシュートに放り込み……自宅へ帰り着く前に頃合いを見て、目立たない場所にある公衆電話から通報するだけだわ。けど、キャトルプロッドを現場に残したのは失敗だったわね」

「どういう意味だ」

「あたしにはキャトルプロッドを手に入れる術がなかったもの。寮に入って以来、小包なんて受け取ったこともないし、街にはキャトルプロッドを売ってる店がない。自作自演なんてそもそもできなかった」

ヴィンセントが喉を鳴らした。低い哄笑《こうしょう》が後に続いた。

「いやはや、まったくもって馬鹿らしいな。

だったら、どうして僕が――ジャックが、先程君が話したような、ややこしく面倒くさい真似をしなきゃいけないんだ？」

「こっちの台詞よ。

そんなに屈辱だったの？　愛人を寝取られたのが。

ジャックを――自分の愛人を、ハズナに……あんたたちの言う『唾棄《だき》すべき黒人女《ニガー》』に奪われたのが、そんなに耐えられなかったの？」

「黙れ！」

少年の顔が歪《ゆが》んだ。

激しい憤怒と恥辱の交錯した、醜《みにく》い表情だった。

周囲に人影はない。幸か不幸か、ヴィンセントの叫びが他の生徒に聞き咎められた気配はなかった。

「それ以上言うな、この赤毛《ジンジャー》」

……当たりか。

図書室からの帰り道、ヴィンセントたちに遭遇したときの光景が蘇る。

恐らく無意識だったのだろう、ヴィンセントはジャックの襟首を指でなぞった。ただの従者に対するものとは思えない。艶《なま》めかしいしぐさだった。

いくら使用人という名目があったとはいえ、融資の相手方の息子を引き取って同じ屋根の下に住まわせるなど、資金援助のカタとしては一般的でない。恐らく家族ぐるみの会合があった際、ヴィンセントがジャックを見初めたのだ。

二人は同じデザインのタイバーを使っていた。主従関係の証かと思っていたが、実際にはそれ以上の意味も込められていたのだ。

ジャックも、決して本意ではなかっただろうが、家族のためにヴィンセントを受け入れていた。が――ハズナと出逢ってしまった。

立場は違えど似た境遇にあった二人は、程なくして密かに愛し合う間柄になった。

しかし、二人の逢瀬《おうせ》がヴィンセントに露見した。

ジャックが度々――玄関での一幕のように――単独行動を取るようになったのを、ヴィンセントが怪しみ、内密に探ったに違いない。彼は自分の愛人が、白人至上主義者の言う「汚らわしい黒人」――ハズナ・アナンと愛し合っていることを知ってしまった。

それが動機だ。

ヴィンセントにとっては、お気に入りのぬいぐるみを――反吐《へど》の出る言い回しだが――汚された思いだったろう。『汚れたぬいぐるみ』を、それと知らず抱き続けていたことに至っては、身の毛もよだつほどの屈辱だったに違いない。

だからジャックに、罰としてハズナを殺させた。

言うことを聞かなければ実家への融資を打ち切る、と脅したのかもしれない。あるいはジャック自身、心の奥底ではハズナへの愛を貫く覚悟がなかったのかもしれない――恋の相手にはなれても生涯を共にする相手にはなれない、と。

白人至上主義の跋扈《ばっこ》するハイスクールの中、黒い肌のハズナは虐《いじ》めの格好の標的だった。彼女の敵に回らなかったのは、留学生のセリーヌと、編入早々『赤毛の悪魔』と異名を付けられた、はみ出し者のマリアだけだった。

ジャックにとって、ハズナとの関係は結局のところ道ならぬ恋だった。主人を裏切る罪の重さに耐えるより、天秤は従者として振舞う側に傾いた。罪を償えと迫られ、ジャックはハズナを手にかけるしかなくなった。……

不意に思い出す。「ハズナ」「アナン」という、美しくも耳慣れない響きの名前が、彼女の両親の祖国――U国から南東方面へ海を渡った先にある大陸の一国――では、さほど珍しくないと聞かされたことを。

四一〇号室のドアに残された、数々の落書きの痕跡。それらの中に、『B――』と頭文字しか判別できない単語があった。

『BITCH《クソ女》』――いや、恐らくは『BLACKY《黒人》』。

鋭い痛みが胸を貫く。追い打ちをかけるように、セリーヌとの議論の一場面が脳裏をよぎる。ハズナが服を着ていなかった件が話題に上ったとき、ルームメイトは珍しく言い淀んだ。が、裸にされた理由を深く追求することはなかった。

彼女も悟っていたのだ――服が無ければ、彼女の黒い肌は闇に紛れて目立たなくなることを。

ジャックが脱がせたに違いない。遺体が全裸で残される不自然さよりも、犯行を見咎められる危険を排除する方を優先したのだろう。ハズナの私服や下着は、まるで彼女の無意識の思いを表したかのように、白いものばかりだった。

「死んで当然だ……僕に、ナイセル家の人間に恥をかかせるなど。この僕を裏切るなど」

怨嗟の滲む声だった。

ナイセル家の伝手《つて》を使えば、他の共犯者にジャックを殺させることもできただろう。だがその可能性は恐らくない。共犯者にジャックとの関係が露見する危険があるし、何より、自分を裏切った相手の処刑を他人任せにできたはずがなかった。

が――この期に及んでなお、ヴィンセントはハズナの名を口にしない。

マリアとハズナが二人でいるときも、この男は、ハズナに対して言葉を投げることさえしなかった。人間以下の害虫であるかのように。

「観念しなさい。ここまでの推測は全部警察に伝えてあるわ。

あんたがハズナのアパートを往復するところを、ただのひとりにも目撃されていないと思う？

あんたの高級車の運転席に、アパート裏手の土が一粒でも残っていないと思う？

警察がその気になれば、証拠なんていくらでも出てくるわ。大人しく罪を認めなさい」

ヴィンセントは答えなかった。

表情の歪みが徐々に消え、やがて、最上級のコメディを観たかのような笑い声を上げた。

「これは……これは、傑作だな。

『その気になれば』？　ここの警察が、君ごときのたわ言に、本気で耳を傾けるとでも思ったのか？　ハイスクールきっての問題児の戯言《ざれごと》に。

ナイセル家は地元の名士だ。ここの警察が、この僕に――ナイセル家に、本気で捜査の手を伸ばすとでも思ったのか？」

「……何ですって」

「君の伯父さんがどれだけの地位にいるか知らないが、無駄だよ。事件の捜査は近々終わる。僕の父が署長から直接聞いた話だ。間違いない。

そもそも、仮に警察が動いたところで、果たしてどれだけの証拠が集まるかな。僕がジャックを殺した？　目撃者？　当日は雨の夜だ。どれだけ明瞭な証言が集まると思う？　凶器は？　他の物証もろとも、とっくにゴミ収集車に運ばれて処分されているさ。

クルマの鍵？　キャトルプロッド？　そんな証拠にもならないものが法廷で何の役に立つ？」

愉快でたまらないと言いたげに、ヴィンセントは全身を揺らし、勝ち誇った笑みを広げる。

「観念するのは君の方だ、マリア・ソールズベリー。

このハイスクールに君の居場所はもうない。犯罪の容疑を被せられるような人間など――伝統に汚名を着せる生徒など必要ないんだ。

理解したらさっさと立ち去るんだね。この裏庭は僕のものだ。君のような赤毛《ジンジャー》が居座っていい場所じゃない」

身体が強張った。

――そんな……そんなことだったのか。

ハズナの死亡時刻を明確にするだけなら、手の込んだ真似をして自分を呼び出す必要はない。四〇九号室の住人に、争う物音を聞かせてやれば充分だ。

マリアがハズナと知り合ったのは、去年、編入してしばらくした頃、ハズナが裏庭から追い払われようとしていたのを助けたのがきっかけだ。彼女を虫けらのように扱っていた生徒たちの首謀者が、ヴィンセントだった。

マリアをハズナもろとも裏庭から追い出す。そのために、ヴィンセントはジャックを使って、マリアをハズナ殺しの容疑者に仕立て上げたというのか。

この男にとって、ハズナの命は、汚物か道具程度のものでしかなかったのか。

「どうした。聞こえなかったのか？　なら」

少年の台詞を、マリアは最後まで聞くことはなかった。

右拳を握り締め、ヴィンセントの鼻柱へ全力で叩き込んだ。

金髪の少年が無様な呻き声を上げ、芝生へ倒れ込む。マリアは彼の襟首を掴み、顔を近付けた。

「勝ち誇りたいなら勝ち誇ればいいわ。

けど、覚えていなさい。あんたの行いを知る人間が、今、あんたの目の前にいて——たとえどこへ行かされようと、いつになろうと、あんたを地獄へ叩き落とそうとしていることを」

ヴィンセントが鼻血を垂らしながら、顔を恐怖に歪める。マリアは放り出すように襟首から手を放し、踵を返した。

※

事件の捜査の経緯を、マリアは最後まで間近に見ることはなかった。

度重なる遅刻や無断欠席に加え、ヴィンセント・ナイセルへの二度にわたる暴力行為がとどめとなった。マリアをハイスクールへ放り込んだ親族も、もはやマリアをかばうことはできなくなっていた。

学年終わりの五月の末日をもって、マリアは転校——事実上の退学処分となった。

7

「寂しくなるわ」

紙袋の紐を握りながら、セリーヌが目を伏せた。「ようやく……気の合うルームメイトができたと思ったのに」

あんたと気が合った覚えはないわ――という憎まれ口をマリアは飲み込んだ。「そうね。あたしもよ」と素直に本心を紡ぐ。

――空港のロビーだった。

見送りはセリーヌひとりだけだった。伯父のフレデリックは忙しい事件《ヤマ》が入ったとかで来ていない。

代わりに前日の夜、小さなレストランで夕食を共にした。その席で、マリアはフレデリックから、ハズナの事件の進展を聞いた。ヴィンセントの予言通り、彼を起訴まで持っていくのは難しいとのことだった。

それがどうした。

どれだけ時間がかかっても、あたしはあいつに報いを受けさせる。そのためなら何だってする――たとえそれが、誰からも無理だと言われるようなことであろうとも。

ハズナの密葬での光景を、不意に思い出した。

防腐処理の施されたハズナの亡骸《なきがら》。魂の抜けたように立ち尽くす彼女の両親。葬儀の間、マリアは何も言わず、何も言えず、ただ唇を噛み締めていた。

腕時計に目を落とす。チェックインの時間が近い。四十分後の飛行機で、マリアは実家へ戻る。以後は、近隣のハイスクールへ編入することになっていた。

事の経緯について、マリアの両親はほとんど何も尋ねてこない。「一学年もよくもったわ」「そうだなあ」と、大らかにも程がある言葉をかけるだけだったが、マリアにはむしろ有り難かった。

「手紙を書くわ。そちらの実家にも必ずお邪魔させてもらうわね」

セリーヌが薄く微笑み、紙袋を掲げた。「それと、これ。大事にしてもらえると嬉しいわ」

「ありがと」

紙袋を受け取り、中を覗く。やや細長い小箱のようなものが、綺麗に包装されている。

「開けていい？」

マリアの問いにセリーヌが頷く。紙袋から取り出して包装を破ると、木箱が現れた。

……嫌な予感がした。

さらに蓋を開ける。J国のキモノを来た人形が入っていた。以前「夜中に髪が伸びる」とセリーヌの語った人形だった。

「あんたねえ！　餞別《せんべつ》に何てものを」

マリアは言葉を切った。

ハズナの顔が、人形の顔に重なった。――忌み嫌われ、蔑《さげす》まれ、心を通わせたはずの恋人にすら捨てられた、今はもういない親友の笑顔。

マリアは溜息を吐き、頭をひとつ振ると、木箱の蓋を閉じた。

「……いえ、もらっておくわ。大切にする」

「嬉しい。ぜひ枕元に置いて、私のことを思い出して頂戴ね」

「それはお断りよ」

※

ゲート越しに手を振ってセリーヌと別れ、飛行機に乗り込み、マリアは木箱の蓋を開けた。

黒髪の人形へ目を落とし――長い間ずっと抑え込んでいた感情が、まなじりから一筋、頬を伝い落ちた。

セリーヌは嘘吐きだった。

人形の髪は、長い時が過ぎても、全く伸びていない。

スケープシープは笑わない

口うるさそうな奴だ、弁護士事務所と間違えたんじゃないか。
それが、黒髪の部下に対するマリア・ソールズベリーの第一印象だった。
派手でだらしない人だ、これで警部とはさすが自由の国だ。
それが、赤毛の上司との初顔合わせにおける九条漣《クジョウレン》の偽らざる心境だった。
そして、図らずも同じ疑問を抱いた。
どうしてこいつは——なぜ彼女は——警察官になったのか?

1

「というわけで、色々と問題の多い人物でね」

九条漣の斜め前を歩きながら、副署長は嘆息した。「君には何かと苦労をかけるだろうが、その点は容赦してほしい」

言うだけは言ったからな、後は知らん——そんな弁明じみた内心が露骨に滲《にじ》み出ていた。

「ひとつ質問が」

「何だね」

「そのような人物の下《もと》へ、なぜ私を？」

いささか直球すぎたらしい。副署長が喉を詰まらせた。

「……つい先日、異動で欠員が生じてね。

犯罪捜査においては捜査員同士の連携が不可欠だ。ひっきりなしにパートナーを組み替えていては事件解決に支障を来しかねん。決して君を軽んじているのでないことは、どうか理解してほしい」

問題の相手と組みたがる捜査員が誰もいなかったから、破《わ》れ鍋に綴《と》じ蓋よろしく新参者をあてがったわけか。『人種のるつぼ』と呼ばれるU国だが、少なくとも警察という組織において、J国人の自分が決してありふれた存在ではないことを、警察官になってからの短い期間で漣は悟っていた。

「君ならできる。いや、君にしかできん。期待しているよ」

お断りします、と返したい誘惑を胸にしまい込み、漣は「微力を尽くします」とだけ答えた。

副署長に続いて廊下を進み、刑事課の執務室に足を踏み入れる。十数人分の視線が一斉に漣へ集中した。

新しいメンバーが着任する、という情報は事前に伝わっていたらしく、捜査員たちはそれぞれに、好奇心半分、哀れみ半分の表情を浮かべている。

敵意がないだけましか。副署長からの紹介を受けつつ、新しい同僚たちの顔を順に脳裏に刻み最後のひとりに視線を移した瞬間、漣は硬直した。

赤毛の女性が、背もたれに身を預けて眠りこけていた。

副署長や漣の入室に全く気付いた様子もない、清々《すがすが》しいばかりの寝入りようだった。外見年齢は二十代半ばから後半。恐ろしく美麗な顔立ち。頭部から床へ向かって流れ落ちる赤毛の長髪。着飾って街を歩けば誰もが振り返るに違いない。

が、今の彼女の格好は、美貌云々とは全く別の次元で目を引いた。

唇はだらしなく半開きで、端からよだれが今にも溢れ出そうだ。ブラウスは皺《しわ》だらけ、しかも胸元のボタンが二つ開いている。長い赤毛に至っては、あちこちが寝癖のように跳ねている。

J国でもU国でも『冷静沈着』と評されることの多かった漣だが、副署長の前で堂々といびきをかく赤毛の女を前にして、さすがに唖然《あぜん》とせずにいられなかった。

副署長は眉間に皺を寄せて咳払いし、次いで大声を放った。

「起きたまえ、ソールズベリー警部」

女が瞼《まぶた》を開けた。

視線をぼんやり天井に漂わせること数秒、目を擦《こす》りつつ副署長へ向き直る。

「ああ、コリー……どうしたの」

寝起きの女——ソールズベリーという名らしい——は、苛立つ副署長を前にして、全く悪びれた様子もなかった。

……いや待て。『警部』？　自分よりさして年が離れているとも思えない、このだらしない彼女が？

まさか。

「どうしたの、ではない」

副署長のこめかみが引《ひ》き攣《つ》った。「新しい捜査員が本日付で着任する、と言わなかったかね。今一度紹介する。レン・クジョウ刑事だ。今日から君の下に就いてもらう。拒否権はない、これは命令だ。

ではクジョウ君。挨拶《あいさつ》を」

ソールズベリー警部の視線が漣へ移る。

漣は息を呑んだ。

彼女の瞳が、光の加減か、燃えるような紅玉《ルビー》色を帯びた。

およそ友好的とは言いがたい、見る者を焼き殺すような眼差しだった。

――一九八二年八月、U国A州フラッグスタッフ署。

故郷から十六時間の時差を隔てた異国の地での、漣の新たな日々は、早くも前途多難な雰囲気《ふんいき》だった。

※

……電話が鳴っている。

マリア・ソールズベリーは目を擦り、ベッドの上で首を動かした。七時三十分。いつもの起床時間よりかなり早い。

誰よ、ひとの安眠を妨害する不届き者は。

無視を決め込んで寝具に潜り込む。が——十秒、二十秒、一分と過ぎても、電話は一向に鳴り止まなかった。二分が経過したところで我慢の限界を超えた。

「もしもし!?　いい加減にしなさい、目覚まし時計のセールスならお断り——」

『おはようございます《Good morning》、ソールズベリー警部』

電話口の相手は、マリアの罵声《ばせい》を平然と受け流した。『フラッグスタッフ署の九条漣です。お目覚めになりましたか』

昨日着任したばかりの、新しい部下兼パートナーのJ国人だった。

「……ちょっとあんた、どうしてここの番号を知ってるの」

『総務課に照会しました』

新任の部下はあっさり答えた。『貴女《あなた》は遅刻が多すぎる、と上層部《うえ》から言われていましたので、お迎えに。

向かいの道路にクルマを停めています。早く支度《したく》してください。仕事に行きますよ』

慌てて受話器を放り出し、ベッドから出てカーテンの隙間から外を覗《のぞ》く。

正面の道路の端に、新任の部下の言葉通り、見慣れない自動車が停車していた。

近くの公衆電話に人影がひとつ。——昨日初めて対面した、黒髪の青年の姿があった。

「あんたねえ……！」

受話器を拾い上げ、マリアは怨嗟《えんさ》の声を上げた。これまでのパートナーの中で、初対面の翌日からこれほど大胆な行動に出た者はいない。「支度と言われたって、こっちは朝食もまだなのよ。そんなにぱっと出ていけるわけないでしょ」

『朝食はこちらで用意しました。身支度だけで結構です。可及的速やかに出てきてください。――ああ、せめて髪は梳《と》かすことをお勧めします』

「余計なお世話よ！」

マリアは受話器を叩きつけた。『せめて』とは何だ『せめて』とは。


半ば嫌がらせで身支度を引き延ばし、マリアは四十分後に自宅を出た。

無礼な部下は苛立《いらだ》った表情ひとつ見せず、自動車の前で助手席のドアを開けた。乗れ、ということらしい。傍から見れば女主人を出迎える運転手といったところだが、黒髪の青年の視線には、上司《主人》への敬意の欠片《かけら》もなかった。

「せめて髪を梳かすようお伝えしたはずですが……時間も時間です。仕方ありません、出発しましょう」

「いちいちうるさいわよ」

初顔合わせから二日目にして、マリアはこの生意気な部下の人となりを理解しつつあった。

小奇麗に整えられた黒髪。眼鏡《めがね》をかけた理知的な顔立ち。J国人らしく若干色付いた肌。八月だというのに汗ひとつ浮かべた気配もなく、ネクタイを律儀に締め、スーツを上下とも隙なく着こなしている。Yシャツを含め、無駄な皺が一本もない。

外見上はどこまでも、有名大学出身の弁護士然としているが……性格は控えめに言って性悪もいいところだった。

助手席に乗り込む。適度に冷房の利いた車内は、持ち主の外見にふさわしく整然としていた。程なくして黒髪の部下が運転席に入り、キーを回して自動車を出発させた。

「それで、今日の予定だけど」

曲がりなりにも教育係を仰せつかっているのだ。上司としての威厳を見せてやらねばならない――と思っていたら、部下の方が先に口を開いた。

「一度署に寄った後、現場へ向かいます。今のうちに食事を済ませてください」

ダッシュボードの上から紙袋を摑み、前を向いたまま差し出してくる。「ちょ……待ちなさいよ」マリアは慌てて尋ねた。

「現場って何。さっぱり聞いてないんだけど」

「詳しくは後で。――つい先程、緊急通報が入ったようです」

マリアが身支度している間に署と連絡を取っていたらしい。随分と気の回ることだ。性格はともかく、捜査員としての手腕はかなり優秀かもしれない。

手渡された紙袋を覗き込み――硬直した。

サンドイッチだった。


――そろそろ起きないと。もう昼休みよ？

――サンドイッチ作ってきたから。一緒に食べましょ。


「ねえ、あんた」

「九条漣です。好きにお呼びください」

「……レン。これは何の嫌がらせ？」

「嫌がらせ、とは？」

淡々とした、しかし本当に何も知らない口ぶりだった。「何でもないわ」とマリアは息を吐き、サンドイッチにかぶりついた。彼女の作ってくれたものとは似ても似つかない味だった。

「これ、あんたの手作り？」

「紙袋のロゴを見て解りませんか。店で買ったものですよ。貴女の好みが解らなかったので適当に見繕いました。お味はいかがですか」

「かろうじて食べられるレベルだわ」

「残念です」

漣は大仰《おおぎょう》に溜息を吐いた。「もう少し早く支度されていれば、温かいうちに召し上がれたと思うのですが」

着任先の、仮にも直属の上司に向かって、これほど嫌味な台詞《せりふ》を吐けるとは並大抵の神経をしていない。

……人のことは言えないが、なぜ警察官になったのだろう。弁護士か詐欺師の方がお似合いだろうに。

2

『はい。フラッグスタッフ、緊急通信指令室《Call 911》です』
『たすけて《Help》、たすけて《Help》！』
『落ち着いて、落ち着いてください。どうしました？』
『たたかれて《Beaten》……ママ《mom》……しんじゃう《killed》……』
『解りました。どちらにいますか？　場所を教えてください』
『――』
（物音、通話途絶）
『もしもし――もしもし⁉』

※

ハンドルを握る漣の隣で、赤毛の上司は瞬《またた》く間にサンドイッチを口の中へ押し込んだ。粘土を食べるような顔つきだった。具のサーモンがお気に召さなかったのだろうか。それでも一応は完食したところを見ると、彼女は嫌いなものを『食べない』のではなく、『無理やりにでもさっさと胃に入れてしまう』タイプらしい。単に腹を空《す》かせていただけかもしれないが。

当の赤毛の上司は、ペーパータオルで手を拭《ぬぐ》うと、紙袋ごと押し潰すように丸め、助手席の足元に放った。背もたれに勢いよく身を預け、三十秒もしないうちに寝息を立て始める。

……やれやれ。

信号待ちの間に助手席へ手を伸ばし、紙袋を回収してゴミ入れに放る。顔合わせ初日で抱いた『だらしない人』という印象はますます深まるばかりだ。

それに、やる気が微塵《みじん》も感じられない。

仕事熱心でない警察官なら漣も幾人となく見てきたが、この赤毛の上司の、昨日から今朝に至るまでの怠惰《たいだ》ぶりは群を抜いていた。

昨日も、当初こそ「いい？　地道な作業こそ捜査の基本よ」などと、教本にも書いてあることを偉そうに講釈していたが、一時間もしないうちにあからさまな退屈の表情を浮かべ、ついには「これ、頭に叩き込んどいて」と、一枚の大きな紙を漣に渡し、机に突っ伏してしまった。

フラッグスタッフ市の地図だった。幹線道路だけでなく、細いストリートまで記された細かいものだ。

(地図でしたら、私も持っていますが)

(だったら……ストリートの名前とか……目を通して……)

今わの際《きわ》のように呟《つぶや》くと、赤毛の上司はまどろみの中に堕ちていった。……

その彼女は、今日も助手席で早々と眠りこけている。

——マリア・ソールズベリー警部、か。

女性解放運動が世界を席巻して十年以上経つとはいえ、仕事を持つ女性に対する偏見は未だ少なからず残っている。そんな中、こんな勤務態度で、しかもこの若さでどうやって警部まで昇進してのけたのか。そもそもなぜ警察官になろうと思ったのか。謎は深まるばかりだ。

とはいえ、確実に解ったことがひとつある。

自分は、彼女のお守りを押し付けられたのだ、と。

フラッグスタッフ署に到着すると、漣は上司を——比喩的な意味で——叩き起こし、執務室に入った。

「申し訳ありません、遅れました」

「いや、早かったぜ」

捜査員のひとりが口の端を歪《ゆが》めた。「で、早速だが詳細だ。今朝七時五十三分、通信指令室に通報が入ったんだが――」

幼い子供の声だった、という。

『たすけて』の第一声の後、ママに叩かれて殺される、といった内容を電話口で訴えてきた。場所は不明。オペレータが場所を聞き取ろうとした直後、物音が響き、通話が唐突に切れたとのことだった。

漣の母国とは異なり、U国では警察も救急車も消防も、緊急通報の電話番号はすべて九一一番で統一されている。

各地域の緊急通信指令室が通報を受け取り、オペレータが内容に応じて各機関へ振り分ける仕組みだ。今回は暴行傷害、あるいは殺人未遂に当たる案件として、警察署に連絡が入ったわけだが――

「悪戯《いたずら》じゃないのか?」「いや、『しんじゃう』とまで言ったとなると大事だ。下手をしたら一刻を争う」「通報人は子供だろ? 些細《ささい》なことでも大げさに表現するもんだ」「大げさに言うのは大人も同じだ。無視を決め込むわけにも――」「発信元の特定は」「すぐには無理だぜ。通信会社へ要請中だがどれだけかかるか――」

楽観論や深刻論が飛び交う中、漣へお鉢が回った。

「新入り君《ニューカマー》はどう思う」

捜査員たちの視線が一斉にこちらを向いた。……お手並み拝見、といったところか。

耳にしたばかりのわずかな情報を吟味し、漣は口を開いた。

「悪戯の線は捨てるべきでしょう」

「根拠は？」

「場所を聞き出す前に通話が切断されたそうですね。

仮に悪戯なら、もっと詳細な情報を伝えたでしょう。虚偽通報の目的の大半は、警察に無駄足を踏ませて楽しむことにあるはずですから。何も伝えないままでは我々も動くに動けません。

それよりも、加害者が通報者のすぐ近くにいて、通報の途中で強制的に電話を切った、と考えた方が筋が通ります」

ふむ、と年配の捜査員が腕を組んだ。

「もっともな意見だ。――マリア。君の見解を聞こうか」

今度は赤毛の上司へ皆の目が向く。

悪戯じゃないの、とでも言い出すのではないか――そんな懸念が漣の脳裏をかすめる。

が、彼女の意見は違っていた。

「会話は録音されてる？」

「ダビングの最中だ。もう少しでこちらに届くはずだが」

「じゃ、それを聴いてからね。

悪戯にしても本物にしても、指令室からの又聞きだけじゃ足りないわ。ナマの声を聴かないと」

そこまで語ると、赤毛の上司は欠伸《あくび》を漏らした。

緊張感のない人だ。子供の生死がかかっているかもしれないというのに。

皮肉のひとつでも返してやろうかと、漣は上司へ向き直り――動かしかけた口を止めた。

彼女の瞳は、呑気と呼ぶには程遠い、挑むような光を帯びていた。

幸いと言うべきか、通報時の録音記録は二分後に届いた。

『……解りました。……場所を教えてください』『――』『もしもし――もしもし⁉』

ダビングされた会話は、緊迫感を帯びた呼びかけで終わっている。

執務室を沈黙が支配した。……懸命に訴える幼い声。情報を聞き出そうとした矢先の、物同士がぶつかるような音。直後の唐突な途絶。悪戯だとしたらよほど手の込んだ仕込みだ。

楽観論を唱えていた捜査員たちが一様に黙り込む中、先程の年配の捜査員が口を開いた。

「のんびり構えていられる場合ではなくなったようだ。何か気付いたことはあるか？」

誰も答えない。終盤の物音を除いて、背景音は全くと言っていいほど聞き取れなかった。

と、赤毛の上司が大型のカセットデッキへ指を伸ばし、テープを巻き戻した。

『……教えてください』『――』『もしもし――』

通話が途切れる前後の会話を――ほぼオペレータの呼びかけのみだったが――繰り返し再生する。

目を閉じ、眉根に皺を寄せながら、赤毛の上司は巻き戻しと再生を続け、十数度目にして手を止めた。

「解ったわ。

『F』で始まる道沿いのどこかよ。住宅街だとフォックス《Fox》・レアー《Lair》・ドライブ《Drive》辺りかしらね」

捜査員たちの間をざわめきが走る。漣も、繰り返し聴かされてようやく気付いた。

場所を聞き出す前に通話が途切れた、との説明は、厳密には誤りだった。切断される直前、物音の合間を縫って、通報者の声がわずかに――『f』の子音が――残されていた。

「いや待った」

捜査員のひとりが手を挙げた。「『フォックス』とは限らないぞ。番地の4《Four》や5《Five》の可能性も」

「ないわね」

赤毛の上司は切って捨てた。「今にも殺されそうなときに、呑気に番地から伝える奴がどこにいるのよ」

「電話の主は子供です。可能性はあると思われますが」

U国での住所の書き方や呼び方は、『1234 Alpha Str. ――』のように、最初に番地が、次に最寄りの道路名が来る。とっさに道路名から口にできるだけの機転や冷静さが、通報主である子供に果たしてあったかどうか。

「レン、あんたねえ――」

口論になりかけたところを、年配の捜査員が「ともかく」と収めた。

「今は、これがほぼ唯一の手がかりだ。動ける者で手分けして当たろう。レン・クジョウ君。君はマリアとともに回ってくれ。ひとまずフォックス・レアー・ドライブからだ」

「ったく……やってられないわ」

赤毛の上司のぼやきが助手席から聞こえた。「フォックス・レアー・ドライブ沿いだけで何十軒もあるのに。どれだけ時間かかるのよこれ」

通報元の手がかりを拾い上げた当人の台詞とは思えなかった。「そんなことを言っている場合ですか」と漣はたしなめた。

「子供の生死がかかっているかもしれないのですよ。今は、可能性の高い場所を可能な限り早く潰していくしかありません」

「解ってるわよ、それくらい」

低い声が返る。怒気を押し殺したような声色だった。「……早く見つけてあげなきゃいけないのに、そうできないのがやってられないと言ってるの」

思わず助手席を見る。信号待ちなのが幸いだった。

赤毛の上司は窓枠に肘《ひじ》を乗せ、正面を見据えている。睨《にら》みつけるような眼差しだった。

「失礼しました」

気付かれる前に、漣はフロントガラスへ向き直った。ふん、と赤毛の上司が鼻を鳴らした。

信号が変わった。漣はアクセルを踏み、記憶を頼りにフォックス・レアー・ドライブへ向けてハンドルを回した。上司が驚きの声を上げた。

「ちょっとレン、道が解るの？　もしかして近くに住んでる？」

「地図を頭に叩き込んでおくよう、貴女に言われましたので」

それに、署へ赴任したのは昨日ですが、フラッグスタッフへ転居したのは何日も前です」

もっとも、赴任前にすべての道の名前を憶えていたわけではない。赤毛の上司の指示がなければ、今頃は地図を片手に右往左往していただろう。この点に関してだけは感謝しなければなるまい。

「ところでソールズベリー警部。通報元を特定した際の対処ですが――」

「やめて。そんな堅苦しい呼び方」

「は？」

「他の連中が呼んでたように呼びなさい。仮にも同じ職場の人間に、階級付きで呼ばれるなんてこそばゆいったらありゃしないわ」

「――解りました、マリア」

漣の返答に、マリアは再び鼻を鳴らした。


十軒目までは空振《からぶ》りに終わった。

老夫婦の二人暮らしだったり、あるいは子供がいても声変わりを経た男子だったりと、通報者の声に該当する子供は見つからなかった。

予想できた事態ではあった。通報者の子供が残したのは、『f』の短い子音だけだ。『F』で始まる名前の道路はフォックス・レアー・ドライブだけではないし、別の捜査員が指摘したように『4』や『5』で始まる番地かもしれない。候補地は市内のあちこちに散らばっている。

その一方で、通報元の特定が遅れれば遅れるほど、取り返しのつかない事態に陥《おちい》る可能性は増す。他の捜査員からも、交通課の制服警察官からも、通報元特定の報は未だ入っていない。昨日『地道な作業こそ捜査の基本』と講釈したマリアも、明らかに苛立ちを隠しきれずにいる。

焦りは禁物だ――自らに言い聞かせつつ、漣は十一軒目の玄関へ向かった。

向かって右手、シャッターの下りたガレージからやや離れた位置に自動車が一台。対する左手の芝生には、ブランコやビニール製のプールが置かれていた。……大人だけの住む家ではない。

玄関脇の呼《よ》び鈴《りん》を鳴らす。しばらくして、女性の掠《かす》れた声がドア越しに返った。

『――どちら様ですか』

「警察の者です。少々お話を伺《うかが》いたいのですが、よろしいですか。お時間は取らせません」

沈黙が流れた。

数秒の間。……やがて『どうぞ』と押し殺した声が響き、玄関のドアの陰から、声の主がそっと姿を現わした。

陰気な雰囲気の女性だった。

年齢は漣やマリアより上だろうか。長い黒髪をうなじの上でひとまとめにした、中背で痩《や》せぎすの体格。漣よりやや色の濃い肌、濃茶色の瞳。彫りの深い顔立ちだが、凜々《りり》しさはまるで感じない。逆に、頰《ほほ》にかかるほつれ毛と左目の泣きぼくろが、薄幸な印象を引き立てている。

服装は、紺の長袖《ながそで》シャツにジーンズ、白い靴下にスリッパ。至ってシンプルだ。……返り血などの跡はどこにも見えなかった。

「フラッグスタッフ署の九条漣です」

身分証を掲げる。傍《かたわ》らのマリアはジャケットの右内側に手を差し入れ、直後に動きをぴたりと止めた。視線をさまよわせ、衣服の上をまさぐること数秒。やがてあからさまに安堵《あんど》の息を吐き、ブラウスの胸ポケットから身分証を出した。

「フラッグスタッフ署、マリア・ソールズベリーよ」

今さら顔を引き締めても、直前の右往左往ぶりで台無しだ。

が、黒髪の女性は笑みひとつ浮かべなかった。二人の身分証を用心深げに見比べる。

「あの……話、とは」

「今朝方、児童虐待《ぎゃくたい》に関する通報がありまして」

声にはったり《ブラフ》を利かせつつ、漣は切り出した。「少々お話を伺いたいのですが、お子さんはいらっしゃいますか」

女性の肩がぴくりと動いた。

「今は、ちょっと——」

「いないはずないわよね」

斜めに開かれたドアを、マリアが手で押さえた。「プリスクールもキンダーガーテンもまだ夏休み。サマースクールの時期でもないわ。外にクルマが停めてあったけど今日は平日、大抵の大人はお仕事……ってことは、あれはあんたの買い物用。旦那さんはガレージの中にあったクルマで出勤中なんでしょ？

旦那さんが子供を仕事場に連れていった可能性もなくはないけど、子供が飽きずに一日いられる職場なんて一握りだわ。

なら、病院？　今、家にいてクルマを持ってるあんたじゃなく、仕事のある旦那が子供を病院に連れていったの？　変な話じゃない。

それとも、他の親族か知り合いのところ？　だったら行き先を教えてくれない？」

啞然とした。

畳みかけるようなマリアの弁舌だった——初日の顔合わせで盛大に眠りこけていた人物とはまるで別人だ。

黒髪の女性も言葉を失っていたが、やがて我に返ったように首を横に振った。

「部屋で、寝ているだけです」

「なら、悪いけど起こしてくれる?」

「あの——娘は体調が悪くて、無理には……」

「じゃあ上がらせて。顔を見せてもらうだけでいいから。それとも、できない理由でもあるの?」

「……それは」

聞き込みの範疇《はんちゅう》を明らかに逸脱していた。止めに入ろうとしたそのとき、「どうしたのです」と玄関の奥から声が響いた。

かすかに床の軋《きし》る音とともに、車椅子に乗った女性が現れた。

外見は六十代前後だろうか。青い瞳の辺りには皺が刻まれ、金色の髪には白髪《しらが》が交じっている。顔の輪郭《りんかく》は丸く柔らかい。ふっくらした身体を、クリーム色のサマーニットに白いブラウス、薄桃色のスカートで包んでいる。穏やかで上品な貴婦人といった印象の女性だ。

それだけに、車椅子に身を預けた姿が痛々しかった。年齢のせいか、息も少々上がっているようだ。

同じ家にいるということは、黒髪の女性の家族だろうか。目や髪の色といい顔立ちといい、血縁関係があるようには見えないが。

漣の疑問は、直後の二人の会話で氷解した。

「ナディーン……お義母様《かあさま》」

「よそよそしい呼び方はしないで、サラ。ファーストネームだけで充分だから。義理とはいえ家族でしょう?」

車椅子の老婦人が笑みを浮かべる。目尻の皺がさらに深くなった。「ところで、そちらのお二人は」

「警察の方です。その……ドロシーに会わせてほしい、と」

まあ、と老婦人が眉をひそめた。

「もしかして、孫がよそ様のお宅で悪いことでも？」

「いえ、聞き込みの一環です。お時間は取らせません」

マリアに先じて返しつつ、漣は脳内で手早く整理した。

黒髪の女性がサラ。その娘がドロシーという名前らしい。車椅子の老婦人がナディーンで、サラの義理の母――ということは、この場にいないサラの夫の母親か。

U国では、子供が独立したら親元を離れるのが普通で、J国のような三世帯同居家庭は少ないと聞いている。が、物事には例外がつきものだ。詳しい事情は解らないが、足を悪くした母親の面倒を息子夫婦が見ている、といったところだろう。

問題は、ドロシーという子が今、どんな状況に置かれているかだが――

「そういうことでしたら」

しばしの間の後、ナディーンは頷《うなず》き、義理の娘へ目を移した。「サラ。この方たちをご案内してあげて」

サラが小さく息を呑んだ。

「その……よろしいのですか」

「警察に協力するのは市民の義務でしょう？」

「……解りました」

サラはナディーンの背後に回り、車椅子の背面のハンドルを握って、漣とマリアへ向き直った。

「どうぞ、こちらへ」

※

ナディーン・エルズバーグ、と車椅子の老婦人はマリアたちに名乗った。

彼女のひとり息子――オズワルドという名前らしい――がサラの夫で、今は勤めに出ているとのことだった。

ナディーンとサラに先導され、マリアと黒髪の部下が案内された先は、吹き抜けの広いリビングだった。

玄関から入って向かって左手が窓。背の低い室内用のジャングルジムが、窓の手前に置いてある。アルミ製のようだ。

右手にはテーブルとソファが並んでいる。手前の壁との間隔が、どれも人ひとり通れる程度しか空《あ》いていない。ナディーンがリビングの真ん中をゆったり通れるよう、壁側に寄せているのだろう。

奥側の壁の右隅に、ガラス窓付きのドアがひとつ。キッチンやガレージなどに続いているようだ。ドアの近くから、蹴込み板のない階段が壁伝いに左斜め上に延び、二階へと繋《つな》がっている。

二階は、壁の広い範囲が奥側に向かってやや凹んでいて、ベランダに似た手すり付きの空間――廊下のようだ――が形作られている。リビングから見上げると、手すりの奥、廊下のほぼ両端辺りの壁に、ドアがひとつずつ見えた。個室か客室のようだ。

階段の真下に、小物入れらしき引き戸付きの棚が据えられている。左側面に掃除機が、右側面に縦長の大きなバッグが立てかけられている。

棚の上のほぼ中央に写真立てが飾られ——右隣に、電話機が置かれていた。黒いコードが、階段の踏み板の裏辺りで金具に固定され、壁伝いに棚の裏側までまっすぐ下りていた。

虐待の痕跡は、ざっと見回した限りでは目に入らなかった。

写真立てにも電話機にも、棚の横の掃除機やバッグにも、特に大きなずれや傷はない。ジャングルジムもテーブルもソファも、縦横が壁と並行か垂直になるように置かれている。

床はフローリング。車椅子やジャングルジムで擦《す》れたと思われる傷が目に付く程度だ。

壁には、子供の落書きを消した跡だろうか、ピンクや青やオレンジといった様々な色の染みが、所々にうっすら見える。真新しい血痕の類《たぐい》は見当たらない。電話機のコードの差込口の近くに、クレヨンのような黒っぽい擦れが残っている程度だった。

「私の夫は、七年前に病で他界しまして」

ナディーンがゆったりした口調で語った。「それからしばらく、元の家——Ｉ州でひとり暮らしをしていたのですが、この身体ですと、どうしても不便なことが多くて。……そんな私を見かねて、息子夫婦がここへ呼んでくれたのです。

夫の死から年が明けて、気嚢式浮遊艇《ジェリーフィッシュ》が世に出始めた頃だから……もう六年も経つのかしら。

翌年にはドロシーが生まれて、大変だったでしょうに……本当に、迷惑をかけ通しで」

サラは何も言わない。右足を心持ち引きずるように車椅子を押している。その陰鬱《いんうつ》な顔から、マリアは喜びや幸福感といったプラスの感情を読み取ることができなかった。

棚の上の写真立てが、妙に視界に引っかかる。マリアは漣の傍らを離れ、写真を覗き込んだ。背後から「マリア、勝手に列を外れないでください」と小言が聞こえたが丁重に無視する。

三人の男女――正確には、加えて赤子ひとり――が、写真の中、住宅と青い空を背景に並んでいた。典型的な家族写真だ。

「真ん中にいるのが息子さん？」

マリアの問いに、「ええ、そうですよ」とナディーンが懐かしげに答えた。

写真の中央に、三十歳前後の中肉中背の男性が立っている。青い瞳に金髪。目元がナディーンによく似ている。息子のオズワルドだろう。人柄の良さそうな満面の笑みを浮かべている。

右隣にはナディーン。車椅子に座り、穏やかに微笑《ほほえ》んでいる。

そして左隣にはサラ。静かで控えめな、しかしほころぶような笑顔を向けている。

長い黒髪、彫りの深い顔立ち、左目の泣きぼくろ。サラ本人で間違いない。が――写真の中の、幸福感が内から溢れ出るような表情は、今、車椅子のハンドルを握っているサラのそれとはまるで正反対だった。……先程から感じていた違和感の正体はこれか。

サラの胸の中で、小さな赤子がきょとんと目を開けている。母親に似た顔立ち。この子がドロシーだろう。

先程の話を踏まえると、写真が撮影されたのはドロシーが生まれてしばらく経った時期、五年ほど前か。

それから現在に至るまでの間に、何がサラの印象を変えてしまったのか。写真を見る限り、家族仲が悪いようには全く見えないのに。

「私はこんな状態ですので。……サラ、後はよろしくお願いしますね」

「はい」

サラが車椅子からそっと手を離した。「娘の部屋は二階です。……どうぞ、こちらへ」

サラに案内され、マリアは漣とともに二階へ向かった。

階段を上がり切った先、踊り場のリビング寄りの隅に、引き出しの付いた棚が置いてある。漣の腰ほどの高さの小さなものだ。その上に、一階で見かけたものと同じ形状の電話機が乗っていた。小物入れ兼電話台といったところか。差込口は見当たらない。電話機のコードが手すりに沿って踏み板の縁を這い、段と段の間から階段の裏へ消えている。一階の電話機から回線が枝分かれした、いわゆる親子電話になっているのだろう。

リビングから見えた二枚のドアのひとつ、踊り場に近い側のドアを、サラはノックした。

「ドロシー……お客様が来たわ。入るわね」

返事を待たずにドアを開け、中に入る。マリアも漣とともに後に続いた。

小さな椅子と机。棚に置かれた白い羊のぬいぐるみ。薄桃色のカーテン。簡素ながら子供らしさの垣間見える部屋だ。

壁際のベッドの中で、小さな女の子が仰向けになっていた。

濃茶色の瞳に黒髪。やや色の濃い肌。母親の血を濃く受け継いだらしい。頬は丸いものの、顔立ちそのものはサラによく似ている。先程の写真の赤子が成長した姿そのままだ。

顔に傷らしき痕は見えない。身体は肩から足先まで寝具に覆われ、パジャマの柄も解らない。

と――少女の首がゆっくり動いた。

顔を漣たちの方へ向け、瞼をしばたたく。……生きている。

やがて、少女が唇を動かした。

「お姉ちゃんたち、だれ？」

「警察よ」

マリアはベッドの傍らに片膝《かたひざ》を突いた。「あたしはマリア、あっちがレン。よろしく。今日はお話を聞きに来たの。あなたのお名前は？」

「……ドロシー」

「ドロシーね。――羊が好きなの？」

棚のぬいぐるみを見やりながら問う。少女は無言でこくりと頷いた。

「今日はどうしたの。身体が痛いの？」

返事はない。怯えを帯びた瞳でマリアの方を――正確には、母親のサラを見つめている。

「ミセス・エルズバーグ。申し訳ありませんが、しばらくの間」

部下の台詞を、サラは「駄目です」と強い口調で遮《さえぎ》った。

「娘は……体調が悪いんです。家族の見ていないところで、あまり厳しい質問をされるのは困ります」

「ドロシー、ちょっとでいいから起きられる？」

サラの台詞を無視し、マリアは少女に尋ねた。「あたし、少しだけどお医者さんの知識があるの。胸とかお腹、見せてもらっていい？」

「刑事さん、ですから――」

「だめ」

身体をベッドに潜らせたまま、ドロシーがぶるぶると首を振った。「しらないひとの前で服をぬいじゃだめって、ママに言われてるから。……だから、だめ」

「もう、よろしいですか」

サラの声は先程より冷たく、しかしわずかに震えていた。「『顔を見せてもらうだけでいい』と仰《おっしゃ》ったはずです。これ以上、娘の休息を邪魔するなら……弁護士を、呼びます」

「あんた、娘の身体を警察に見られて不都合なことでもあるの？」

「警部」

漣がマリアの肩を摑んだ。呼び方が階級名に変わっていた。「これ以上は無理です。我々の方が本当に訴えられかねません。せめて令状を取るべきです」

「あんたねえ――」

J国がどれだけ厳密な令状主義を取っているのか知らないが、ここはU国だ。極端な話、捜査員が相応の理由を持ち出せば、令状なしでも簡単に手錠をかけることができる。

が――逮捕することと、その人物に有罪判決が下ることとは全く別問題だ。

今の段階では、エルズバーグ家で児童虐待があったという確証は何もない。ここで勇み足をして、裁判所に『捜査上の瑕疵あり』と判断されればすべてが元の木阿弥《もくあみ》になってしまう。黒髪の部下の言う通り、逆にこちらが被告席に立たされる可能性も決して低くない。

それに、最低限必要な情報は手に入った。

いつの間にか、右手を固く握り締めていた。力を緩め、大きく息を吐くと、マリアは少女へ呼びかけた。

「ドロシー。何かあったらいつでも九一一番に電話して。

あたしたちやフラッグスタッフ署のおまわりさんたちが、すぐ駆けつけてあげるから」

長い沈黙の後、ドロシーは「……うん」と頷いた。

半ば追い立てられるように、マリアは漣とともに廊下へ出た。サラは「階下でお待ちください」とだけ告げ、内側からドアを閉めてしまった。

「……ママ……」

「大丈夫……いい子にしてたわね、偉かったわ……怖がらなくて、平気だから……」

ドアの隙間から声が漏れる。盗み聞きを悟られる前に、マリアは部下を伴って階段を下りた。

リビングへ戻ると、ナディーンが車椅子に身を預けて待っていた。

警察に協力するのは市民の義務、と自分から口にしたものの、身内が警察の事情聴取を受けるのはそれなりに不安だったらしい。車椅子のハンドリムを回してこちらへ寄ってきた。

「ご苦労さまです。全くお構いできず――それで、ドロシーやサラが何か失礼を？」

「いえ。無事に確認が取れました。ご協力感謝します」

漣の返答に、ナディーンの曇《くも》り顔が和らぐ。……何が無事に確認だ。本当にいい神経をしている。

「ところで、あっちの部屋は誰が使ってるの。息子さん夫婦？」

二階の向かって右側、案内されなかった方のドアへ目を移す。ナディーンの声がわずかに沈んだ。

「ええ。……息子の部屋です」

息子とサラの、とは言わなかった。

やがて、サラがドロシーの部屋を出て、階段を下りてきた。義理の娘を見つめるナディーンの瞳に、一抹《いちまつ》の苦悶《くもん》の色が宿った――ように見えた。

ドロシーの生年月日と通学先、夫のオズワルドの勤め先を聞き取り、マリアたちはエルズバーグ家を辞した。

助手席に乗り込む。漣が自動車を二軒先まで進め——再び停車し、運転席のドアに手をかけた。

「ちょっと、まだ聞き込みするつもり？　さっさと署に戻るわよ」

「勝手に方針を決めないでください。通報者の候補が他に見つからないと決まったわけではないのですよ」

「あんた、ほんっとに頭が固いわね」

マリアは無線機のマイクを摑み、スイッチを押しながら口元へ運んだ。

「こちらマリア・ソールズベリー。通報者と思われる子供を発見。フォックス・レアー・ドライブ※※番地、ドロシー・エルズバーグ五歳。

父親オズワルド、母親サラ、祖母ナディーンと同居。他の人間は見なかったわ。

手の空いてる誰か、児童相談所《CPS》に問い合わせて。こっちはしばらく聞き込みを続けるから。

……ええ、今のところ無事よ。母親が邪魔してろくに話を聞けなかったけど、声がそっくりだったわ。例の録音と。

ただ、見たのは本当に顔だけ。身体は見せてもらえなかった。母親の態度、かなり怪しかったわね。……もしまた通報があったら、そのときはすっ飛んでいって対処して。緊急通信指令室にも連絡お願い」

その後の聞き込みは、エルズバーグ一家の内情に探りを入れる質問を織り交ぜたものになった。

とはいえ、うかつに名を出せば巡り巡ってサラたちの耳に入りかねない。「争い事のようなものを近隣で見なかったか」といった間接的な質問に留めざるをえなかった。

「ああもう！」

さらに数軒の聞き込みを終えたところで、マリアはついに爆発した。「ちょっとレン、何でダイレクトに訊かないのよ」

「先程も申し上げましたが、通報者がドロシー・エルズバーグ嬢だと確定したわけではありません」

黒髪の部下が淡々と返す。どちらが上司か解ったものではない。聞き込みのたびにエルズバーグの名を出そうとしたが、結局あの手この手で漣に封じられてしまった。

「『君には何かと苦労をかけるだろう』と副署長に言われましたが……言葉の意味が骨の髄まで染みましたよ」

あからさまな嫌味まで言われる始末だ。マリアの不満を理解していないわけではあるまいに。

エルズバーグ家を後にしてからここまで、聞き込みの成果は皆無に等しかった。

各住宅がそれなりに広い敷地を持っているためか、隣近所から虐待の声を耳にしたといった話は未だに集まらない。一方で、ドロシー以外の通報者候補――録音に似た声の持ち主――も見つかっていない。他の捜査員たちも、無線連絡を聴く限り、目立った成果を上げられていないようだ。……可能性が絞り込まれつつある、という意味では順調と呼べるかもしれないが。

「午前中に通り沿いを済ませましょう」

漣が地図の複写《コピー》にチェックを入れた。「残りはおよそ――二十軒ほどでしょうか」

「まだ半分も終わってなかったの？」

思わずげんなりした声が出た。「あんたに任せるわ。上司命令よ、さっさと片付けてきなさい」

「お断りします。貴女も同行してください。さもないと職務放棄で上層部《うえ》に報告しますよ」

ちっ、と舌打ちを放つ。署長の小言など怖くもないが、給料を減らされるのはまっぴらだった。


予定より約二十分遅れで、フォックス・レアー・ドライブ沿いの――成果に乏しい――聞き込みは終わった。

「休憩よ休憩！　いい加減お腹空いたわ」

時刻は正午を回っていた。漣もさすがに一息入れるべきと思ったのか、マリアを乗せて近場の繁華街へ自動車を走らせた。

運良く見つけた屋台で食料を調達し、次の目的地へ向かう。

「レン……どこ行くの。そっちは……プリスクールじゃないわよ」

チキン・ウィズ・ライスを口いっぱいに頬張りながら問う。漣はホットドッグを咀嚼《そしゃく》し終えると、ナプキンで器用に片手と口元を拭った。

「オズワルド・エルズバーグの職場です。いくつか確認したいことがあります」

※

「ドロシーが？」

オズワルド・エルズバーグは怪訝《けげん》な声を上げた。「いえ、これまでも今朝も、特に変わった様子はありませんでしたが……何か？」

外見は三十代半ば。写真の中の姿より若干歳を重ね、体型も横幅が増しているが、青い瞳と金髪、母親似の目元は写真そのままだった。

――午後一時。市の北東部、レイルヘッド・アベニュー沿いの自動車整備工場だった。

国土の広いU国では、職場から離れたレストランへ遠出して昼食を摂ることも珍しくない。が、午後の始業時間を一時間も二時間も遅刻する不良社員はさすがに少数派だ。昼休みの終わる頃に職場へ行けばさほど待たずに会えるだろう、との読みが当たった。

眠たげなマリアを尻目に、漣は事情を説明した――ご自宅の近隣と思われる場所から、児童虐待に関する通報があった。お子さんや近所の子供に関して何か心当たりはないか。

ぼかしを含んだ説明だったが、オズワルドは「いいえ」ときっぱり首を振った。

「ぼくが仕事に出ている間は、母のことを含めてサラに任せっきりですし、近所の家の事情は解りませんが……うちの家に限って虐待だなんて、とても考えられません。あの優しいサラがドロシーを、なんて。

娘のことで悩みを抱えているのだとしたら、ぼくや母に相談してくれるでしょうし……ドロシーの方も、サラにそんなことをされていたら、ぼくたちに言ってくれるはずです」

「今朝、あんたが家を出たのはいつ？」

マリアが鋭い声を投げた。「え」オズワルドが声を詰まらせる。

およそ警察官とも思えないだらしない服装で、今にも舟を漕ぎそうにしていた赤毛の美女から、詰問《きつもん》調の不意打ちを浴びたのがよほど衝撃だったらしい。オズワルドの返答にはしばしの間があった。

「……朝の七時五十分です。いつもと変わりません。それが何か？」

「そう」

曖昧《あいまい》に返すと、マリアは再び半眼になった。紅玉色に光る瞳を、値踏みするようにオズワルドへ向けている。

マリアの意図を漣は理解した。通報があったのは午前七時五十三分。証言が正しければ、オズワルドが自宅を出発したのは通報の直前だ。出勤後にドロシーの体調が悪くなったのを知らなくても矛盾はない。

それに、虐待は往々にして、他の家族の目の届かないところで行われる。被害者が自ら口を閉ざすことも珍しくない。

ここまでのオズワルドの受け答えは、家族を——ややお人好しなまでに——愛する夫のそれだ。ドロシーの件をこれ以上問い質《ただ》しても得られるものは少ないだろう。漣は質問を変えた。

「失礼ですが、奥様のご出身はどちらになりますか」

オズワルドが眉をひそめた。

「……サラの出自と、先程言われた通報云々にどのような関係が?」

「ないとは言い切れません。九一一番には悪戯電話も多くかかってきます。大抵は面白半分ですが——切実な状況から逃れるために、あるいは公的機関にすがるために、虚偽の通報を行うケースも少なからず存在します。

例えば、プリスクールやキンダーガーテンで辛い目に遭っている、といったように」

漣の傍らで、マリアがぴくりと身体を動かす気配があった。

沈黙が訪れた。……やがて、「そういうことですか」とオズワルドが息を吐いた。

「娘がいじめられているかもしれない、それで辛くなって、嘘の通報をしたかもしれない、と」

「あくまで臆測の域を出ませんが」

「構いません。調べていただければいずれ解ることでしょうから。サラはA州の出身ですよ。ぼくがセドナへ遊びに行ったとき、民芸品の売り子をしていた彼女と出逢ったのが馴《な》れ初《そ》めです。もう十年以上前になるかな」

セドナは、フラッグスタッフ市と州都フェニックス市との間に位置する観光地だ。いわゆる霊《ス》的《ピ》・精神世界主義《リチユアリテイ》で言うところのパワースポットが多く存在し——先住民《ネイテイブ》の聖地としても知られる。

「ということは」

ええ、とオズワルドは頷いた。

「彼女は、ネイティブの血筋です」

「『サラ』はU国語での名で、身内からは『ディベ』と呼ばれていたそうです」

オズワルドは続けた。「……もっとも、子供時代のことはあまり話したがりませんでした。十八歳の頃に両親を亡くし、生家を出て町で働き始めた、とだけ聞いています。

そんな事情もあって、ぼくの家族は当初、彼女との結婚にあまりいい顔をしませんでした。父親は最後まで猛反対でしたよ——『どこの馬の骨とも知れない先住民をエルズバーグ家に迎えるなど許さん』といった風に。

大してご立派な家柄ではないんですけれどね、ぼくの家は」

当時を思い出したのだろう。オズワルドの温和な顔が一瞬だけ歪んだ。

「母親の方はどうだったの」

「最初こそ眉をひそめていましたが、すぐに——家族の中では一番、ぼくたちの結婚を祝福してくれました。『出自も肌の色も関係ない。人は皆、平等なのだから』と。

母が説得してくれなかったら、ぼくは今頃、親族から絶縁されていたかもしれません」

話の端々から察するに、彼の親族は白人至上主義的な意識が相当に強かったらしい。オズワルドがナディーンを迎え入れたのは、サラとの結婚を――恐らくただひとり――応援してもらった恩もあったのだろうか。

「貴方《あなた》から見て、奥様はどのような方でしょう」

「優しい女性です」

即答だった。「ぼくのことをいつも気遣ってくれて、ドロシーのことも可愛がっていて、母の世話も喜んで引き受けてくれて――優しすぎるくらい献身的で。

ですから、彼女がドロシーを虐待するだなんてありえません。ドロシーの悪戯電話だという臆測の方が、よほど信じられます」

優しくて献身的、か。

――娘の休息を邪魔するなら……弁護士を、呼びます。

午前の訪問での、陰鬱で危うい印象からは大きく隔《へだ》たっている。それとも、第三者には見えない別の側面が、夫のオズワルドには見えているのだろうか。

「なら」

漣の疑問を、マリアが直球で投げつけた。「今のサラは、あんたの目にどう映っているの」

オズワルドが息を呑んだ。

「今の、とは」

「あんたの家にも聞き込みに行ったわ。奥さん、随分と思い詰めた顔してたじゃない。

何があったの。そこまで愛してる相手のこと、まさか気付いてないとか言うんじゃないでしょうね」

オズワルドが視線を落とした。再び口を開くまで、たっぷり十数秒の間があった。

「……ぼくにも、よく解らないんです。

半年くらい前から、笑い方が不自然になったというか、隠し事をしているような雰囲気になって――寝る場所も、母の世話があるからと言って彼女だけ一階に移って……ドロシーも寂しそうにしていました。

浮気かも、と最初は思いましたが、彼女に限ってそんなことはないでしょうし、昼間はドロシーや母のことで手一杯にさせてしまっています。

……先程は否定しましたが、虐待とは言わないまでも、ドロシーのことで本当に悩んでいるのかもしれません」

自分への事情聴取の件は、家族には内密にしてほしい――オズワルドは最後にそう告げ、仕事へ戻っていった。

聞き込みはその後も続いた。

ドロシー・エルズバーグの通っていたプリスクールは夏休み中だったが、新学期の準備のためか、校舎には十名近くの教職員がいた。

漣はマリアとともに、子供たちの交友関係を尋ねて回った――虐待の被害を訴える子供からの通報があったが、心当たりはないか。

教職員はきっぱり否定したが、何名かから、ドロシーに関する証言を得ることができた。

曰く――半年ほど前からあまり笑わなくなった、他の子と離れてひとりでいることが多い、母親が迎えに来ると辛そうな顔をする、と。

署への帰り道、無言でハンドルを握っていると、助手席からマリアの声が飛んだ。

「レン。あんたよく解ったわね。サラ・エルズバーグの出身のこと」

「偏見と思われるかもしれませんが――髪と瞳の色や面立ちから、もしかしたら、と。それに、私もある意味では同類ですので」

確かにね、とマリアが呟いた。彼女もかなり早くから察していたらしい。

U国の開拓の歴史は、先住民に対する略奪や虐殺、奴隷《どれい》化の歴史でもある。今でこそ人種間の平等は当然の理念として掲げられているが、理想と現実は別物だ。特にネイティブに対しては、後ろめたさと同時に侮蔑《ぶべつ》の感情が拭いきれない――と、あるU国出身の知人から聞いた。

「で、今回の件、あんたはどう見てるの。

本当にドロシーの悪戯電話と思ってるなら、サラの出自をオズワルドに訊く前に、プリスクールでドロシーの境遇を聞き込みする方が先のはずでしょ」

マリアの問いに、漣は直接の返答を避けた。

「エルズバーグ家で、彼女が義母の車椅子を押す際――わずかに片脚を引きずる歩き方をしていたのに気付かれましたか。

さらに階段下の棚の脇には、ゴルフクラブのバッグが置かれていました」

棚に立てかけられた縦長のバッグ。多少なりともスポーツに興味があれば、中身は一目瞭然《いちもくりょうぜん》だ。

恐らくオズワルドの趣味なのだろう。地図によれば、フォックス・レアー・ドライブの近隣にはゴルフ場がある。

「暴力を受けていたのはドロシーじゃない、サラの方だったっていうの？　母が娘を虐待したんじゃなくて、夫が妻を叩きのめしていた――そう言いたいのね」

敢《あ》えて無言を貫く。

返答の言葉が見つからなかった。足の怪我《けが》、ゴルフクラブ――あの事件の残影を見せつけられているようだった。結局、口にしたのは別の指摘だった。

「実のところ、今回の通報が『母親から虐待を受けている』訴えだという根拠はどこにもありません。

明確に聞き取れた単語は『Help』と『Beaten』『mom』『killed』の四種類だけです。間に挟まれるべき前置詞やそれに類する語句は、録音からは聞き取れませんでした」

本当に伝えたかった台詞が、『ママに叩かれて死んじゃう』ではなく『叩かれてる……ママが、死んじゃう』だったとしたら。通報の意味は大きく変わってしまう。

児童相談所にもドロシーに関する情報はなかった――と、プリスクールを後にする際に他の捜査員から連絡があった。

「ドロシーは母親から逃げようとしてではなく、悪戯でもなく、母親を助けようとして九一一番をダイヤルして――途中で邪魔された。たぶん、父親に」

マリアが独り言のように呟いた。「七時五十分――通報の三分前に家を出た、とオズワルドは言ってたけど、嘘だったってこと？」

「実際には数分後でしょう――彼が実際に妻へ虐待を加えていたと仮定して、ですが。出社時刻が五、六分ずれたところで、勤め先は気にも留めなかったはずです」

貴女と違って、という台詞は胸に留めた。

居眠り、寝坊、だらしない服装、行儀の悪さ。やる気がないかと思えば暴走しそうになる。赴任して二日目も終わらないうちに、漣はマリア・ソールズベリーという赤毛の上司の欠点をこれでもかと見せつけられた。

が、そうでない側面もまた、幾度となく垣間見た。

録音に残されたわずかな音から通報者の居場所に目星を付け、エルズバーグ家の宅内に子供がいると見抜き、ドロシーに優しく接し――そして今、漣の考えを読み解こうとしている。

この若さと勤務態度でどうやって警部に昇進できたのか、署長を脅迫でもしたのだろうかと半ば本気で思っていたが――案外そうでもないのかもしれない。

「親族の反対を押し切ってまで結婚した相手を、オズワルドはどうして虐《しいた》げるようになったのかしら」

「解りません。そもそも初めから、心の奥底では妻を『先住民の奴隷』としか見なしていなかった可能性もあります」

フロントガラスに助手席が映り込む。マリアが顔を歪めていた。

「ナディーン・エルズバーグも、息子の凶行を目の当たりにしながら、障害や体格差から止めることができなかった。

サラが部屋を移った、とオズワルド当人が口にしていましたが、ナディーンがそうさせたと考えれば辻褄《つじつま》は合います。そのくらいしか打てる手がなかったのかもしれません。

そしてサラ本人も、沈黙を貫くことを選んだ――夫への愛情を捨てきれなかったのか、娘と引き離される可能性を恐れたのかはさておき、ですが」

臆測だ。

現時点では、すべてが状況証拠からの推測に過ぎない。仮に的中していたとしても、サラ本人が口を閉ざしている以上、明確な証拠を摑むまで根本的な手を打つことができない。そもそも、通報者がドロシー・エルズバーグであるという前提自体、単に声が似ているからというだけの話でしかないのだ。

「近いうちにエルズバーグ家を再訪し、ドロシー嬢の声を録音しましょう。声紋分析を行えば、通報者か否《いな》かの裏付けが取れます。警察が目をつけていると示せるだけでも抑止効果になるのではないかと」

「……そうね」

歯痒《はがゆ》さの滲み出た声で、マリアは返した。

※

漣の提案は実現しなかった。

二日後、署内の事務手続きを済ませ、いざエルズバーグ家へ向かおうとした矢先、ナディーンから悲鳴のような声で通報があった。

——孫娘が血を流して倒れている、救急車を呼んで、死んでしまう、と。

3

「……嘘でしょ」

エルズバーグ家のリビングを、マリアは呆然と見回した。

嵐が通り過ぎたような光景だった。

玄関側から向かって左手、二階の踊り場の斜め下で、ジャングルジムが変わり果てた姿をさらしている。棒の骨組みの一角が、上から重量物を叩きつけられたように大きくひしゃげ、一部が継ぎ目辺りから折れている。半壊といっていい惨状だ。

棒や継ぎ目の所々に、赤い絵の具をなすりつけたような跡が見えた。……サラの血だ。

階段の手すりの隙間から、受話器がぶらりと垂れ下がっている。小棚に置いてあったはずの電話機本体は転げ落ちてしまったらしく、一階からは見えない。小棚自体も、先日の位置から少し、けれど明らかに斜めにずれていた。

向かって右手奥、ソファとテーブルから離れた辺りの床に、生乾きの小さな血溜まりや細かい血飛沫《ちしぶき》が見える。階段の上り口の方まで細く流れていた。……ドロシーの血だ。頭から出血したものらしい。（【図】）

母娘《おやこ》の姿はない。救急隊員と警察官が最初に駆け付けたときには二人とも意識がなく、担架に乗せられて病院へ搬送されていった。

二人とも予断を許さない——それが、母娘を搬送する直前に救急隊員のこぼした言葉だった。

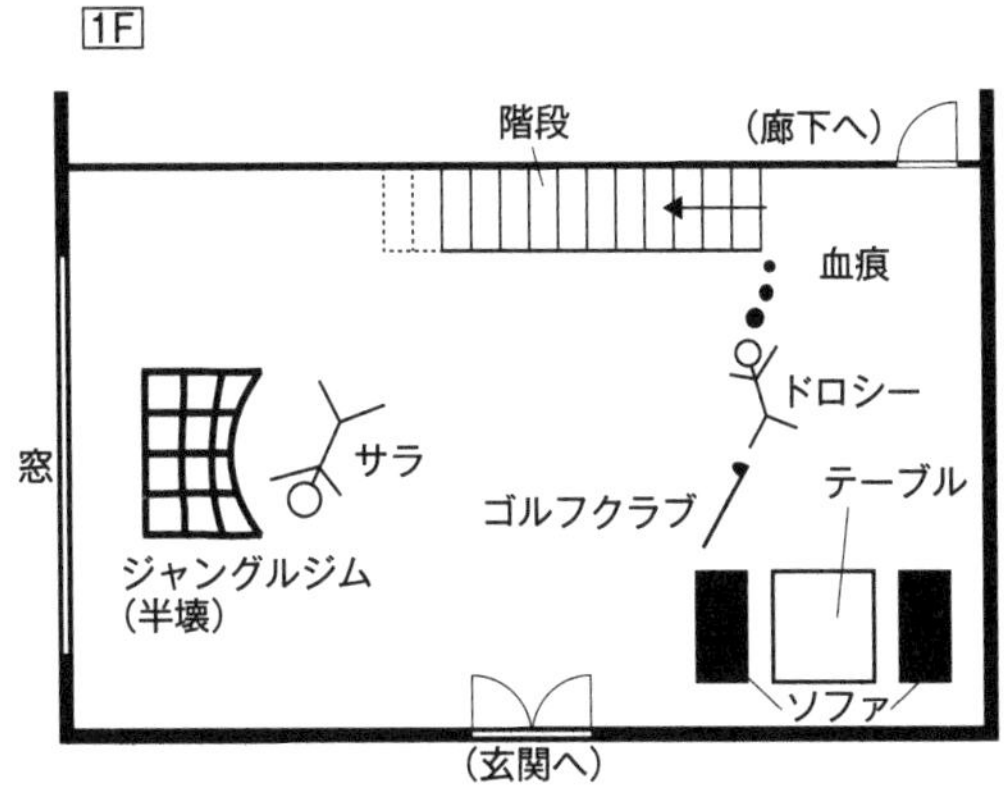

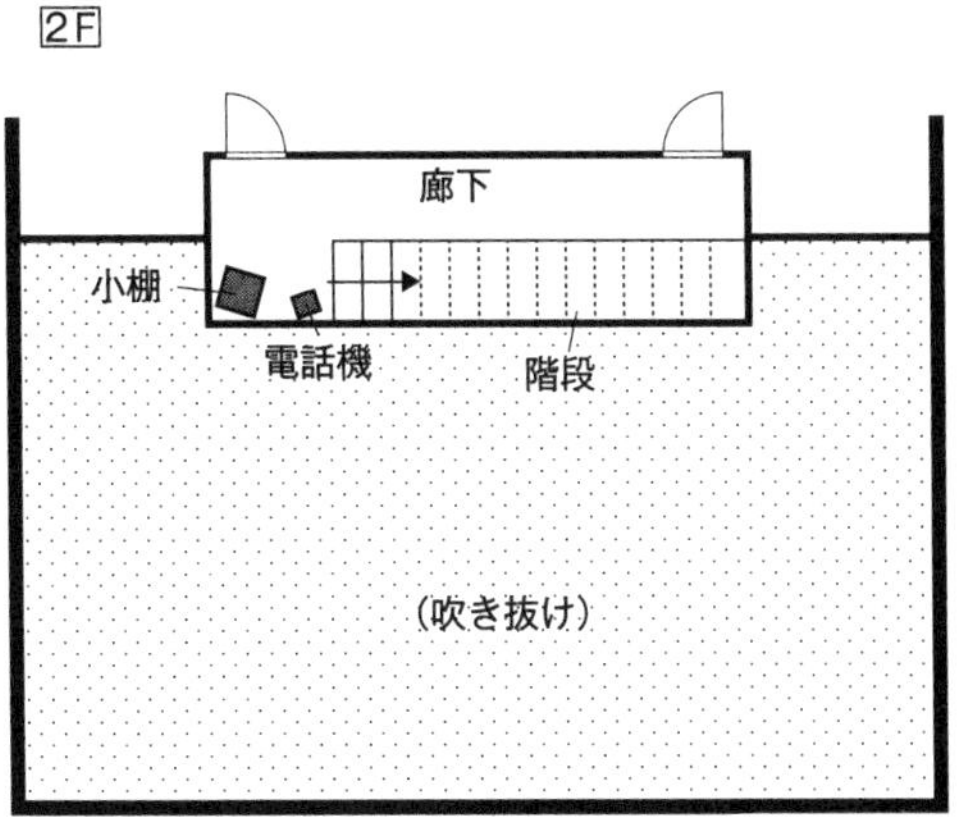

【図】リビング見取り図（発見時）

……どうして。

何かあったら九一一番へ、と伝えたのに。どうして。

「何てこと……何てことなの」

リビングの窓際の隅で、ナディーンがパジャマとサマーニット姿のまま、車椅子の上で顔を覆っている。漣が正面に屈み込み、「改めてお尋ねします」と告げた。

「通報に至るまでの経緯を教えてください。義理の娘さんとお孫さんの様子を含め、可能な限り詳しく」

ナディーンは嗚咽《おえつ》混じりに語り始めた。

――七時に起床し、オズワルド、サラ、ドロシーとともに朝食。その後、サラは朝食の後片付けに入り、体調がまだ優れない様子のドロシーが部屋に戻る。

七時五十分、オズワルドが自宅を出る。この時点ではまだ、義理の娘にも孫にも、これといった異変は感じられなかったという。

ナディーンは九時頃、サラの手を借り、自室のベッドに入った。十一時頃までひと眠りするのがいつもの日課だったらしい。

が、今日に限っては違った。

ベッドに入った直後、悲鳴らしき声と物音がリビングから聞こえた。

サラを呼んでも一向に返事がない。不安を感じ、自力で何とか車椅子に乗り、リビングへのドアを開けると――階段の近くにドロシーが倒れていて、少女の足元にゴルフクラブが転がり、半壊したジャングルジムの傍らにサラが横たわっていた、とのことだった。

「起き上がってからリビングへ入られるまで、どのくらいかかりましたか」

「……二十分ほど、でしょうか。

その後はもう、電話をかけるだけで精一杯で……九一一番と、息子の職場へ……」

ナディーンから通報があったのは九時二十二分。マリアを助手席に乗せた漣が無表情で自動車を飛ばし、エルズバーグ家へ駆けつけたのがおよそ十分後。そのときにはすでに、救急車と数台のパトカーが路面に停車していた。

「こいつが凶器と見てよかろう」

ボブ・ジェラルド検死官が、床の一角を見据えた。

一本のゴルフクラブが、ソファの近くに転がっている。――ドライバーだ。

「髪の毛がまとわりついとるな。……色と長さからして、十中八九、嬢ちゃんのものだ」

階段下を見ると、棚の隣のゴルフバッグが開けられ、何本かのクラブが覗いている。あの中から取り出したらしい。

「とは言え、今回はほぼ出番なしか。『死んでしまった』わけではなかったのだな。……まったく、不正確な情報をよこしおって。急いで来ないでもよかったではないか」

「なら現場の写真を撮って。片っ端から」

ボブの悪趣味な冗談も、今は全く笑う気分になれなかった。解っとる、とボブは返し、鑑識官たちの方へ歩いていった。

と、窓の外からエンジン音が聞こえた。程なくして、荒々しい足音を立てながら、オズワルドがリビングに飛び込んできた。

床の血、ゴルフクラブ、階段からぶら下がる受話器、ひしゃげたジャングルジムを、オズワルドは呆然とした顔で順繰りに見つめ、最後に漣の傍らのナディーンと視線を合わせた。

った。

「母さん！　サラは……ドロシーは」

「病院に……オズワルド――」

言葉の続きは嗚咽にかき消された。

「……ともかく、お二人も病院へ」

漣がナディーンとオズワルドを促す。親子は漣と制服の警察官に伴われ、惨劇の場を去っていった。

リビングには数名の鑑識官、そしてマリアが残された。黒髪の部下が戻ってきたのは数分後だった。

「――マリア。先程、無線連絡がありました。

一昨日の通報は、エルズバーグ家から行われたものと確認されたそうです」

淡々と告げる漣の襟首《えりくび》を、マリアは締め上げるように両手で摑んだ。

勢いのまま、部下の背を壁へ叩きつける。背後の鑑識官たちが何か口走った気がしたが、耳に入らなかった。

「……何が、『これ以上は無理』よ。

あのときあんたが止めなかったら！　ドロシーの身体を確認していたら！　サラの身柄を確保していたら！　こんなことにはならなかった！」

「そして不当逮捕や証拠不十分でさしたる処罰も受けず、結局は同じ末路を辿っていたかもしれません」

漣が抑揚《よくよう》のない声を返した。「警部。我々の仕事に『もしも』は無意味です。我々に可能なのは、起きてしまった事象を法に則って調査し、対処することだけです。

そもそも、ドロシー嬢自身が身体を見せるのを拒否していました。強引に服を剝《は》いでいたら、我々の方が非難を浴びていたかもしれません」

「偉そうな口を叩くんじゃないわよ！　自分には責任がないとでも言うつもり⁉」

「そのように聞こえるのでしたら、そう解釈していただいて構いませんが」

マリアは息を吞んだ。

黒髪の部下の声はどこまでも平坦だった。表情からも、眼鏡の奥の両眼からも、感情が何ひとつ窺えない——呆れや嘲《あざけ》りさえも。

襟首を摑む手から力が抜けた。

漣の胸の内を読み取ることはできない。けれど悟った——感情を揺るがすような事態に直面したとき、黒髪の部下はこういう顔をするのだ。自分とはまるで正反対だ。

それに、漣の忠告を聞いて引き上げたのはマリア自身だ。部下へ八つ当たりしたところで、すべては自分の選択が招いた結果だ。

マリアの手が離れるのに合わせて、漣がスーツの襟を正した。

「それで、どうなさいますか」

——どうする、だって？

決まってるじゃないか、そんなこと。

「今度こそ捕まえるのよ、本当の犯人を」

※

本当の犯人――？

「マリア、確認ですが」

瞳に憤怒《ふんぬ》を宿す赤毛の上司へ、漣は問いかけた。「それは、サラ・エルズバーグがドロシー嬢を殴打したのではない、という意味ですか」

「そう聞こえなかったのなら、今すぐ両耳を外して修理に出すべきね」

「現場の状況や証言を踏まえれば、限度を超えた暴力をサラがドロシーへ振るってしまい、良心の呵責《かしゃく》に耐えかねて――殺してしまったと思ったのかもしれませんが――二階から飛び降りた、と考えられますが」

「あんたの目は節穴？」

マリアは吐き捨て、ひしゃげたジャングルジムへ顔を向けた。

「見なさい。二階の踊り場から見て、ジャングルジムは斜め下に置かれているのよ。どうしてそんな方向へ飛び降りるの？　これじゃまるで、わざわざジャングルジムを狙いすましてダイブしたみたいじゃない。

そもそも、本気で死ぬつもりなら」

一瞬、マリアの台詞が途切れた。「――二階から一階へ、なんて中途半端な高さから飛び降りるより、キッチンへ行って包丁で首を切るなりする方が確実でしょ」

「冷静さを欠いていたのなら、発作的に単純な方法を選択する場合もあるかと思われますが」

反論しつつも、漣はマリアの指摘を完全に否定することができなかった。

自殺の手段はともかく、ジャングルジムの位置の件は確かに、『飛び降りた落下地点にたまたま置かれていた』と解釈するには違和感がある。

だが。

「サラ・エルズバーグが発作的に飛び降りたのでないとして、このリビングで実際にはどのような事態が生じたとお考えですか。

証言によれば、通報当時、サラとドロシーの他にはナディーン・エルズバーグしかいなかったのですよ。まさか、車椅子の彼女が二階へ上がり、サラをジャングルジムへ突き落としたとでも？」

痛いところを突かれたのか、マリアの喉から呻《うめ》きが漏れた。

「確認のため、ナディーンの通院履歴を辿りました。

十五年前、当時住んでいたＩ州で交通事故に遭い、下半身不随と診断されていたことが判明しました。

転居後も、フラッグスタッフの病院で治療やリハビリを継続中とのことですが、歩行能力は全く回復していない、というのが主治医の見解です。

七年前までは彼女の夫も存命でした。完治していないふりをしていた可能性はほぼ否定できます」

「……いつの間に調べたのよ、そんなこと」

「昨日、貴女が私に雑用を押し付けてバーへ向かった後ですが」

呆れと驚き、そして一抹の後ろめたさをない交ぜにした表情が、マリアの顔に浮かぶ。漣は構わず続けた。

「ご覧の通り、リビングにはエレベータもスロープもありません。両足の不自由なナディーン・エルズバーグが、二階に上ってサラを突き落とすのはほぼ不可能です」

「言い切れるの？　匍匐《ほふく》前進よろしく階段を這い上がったかもしれないじゃない。何だったら壊れる前のジャングルジムをよじ登って――」

「先程、彼女の間近で事情聴取を行いました。両腕のみで一階と二階を上り下りできるだけの筋肉がついているようには見えませんでしたよ。普段は息子夫婦に動かしてもらっていたのだと思われますが――百歩譲っても、ゴルフクラブを振り回すのがせいぜいでしょう。

それに、階段を這って上り下りすれば、衣服の乱れが上半身だけでなく下半身にも相応に生じるはずです。しかし観察した限り、顕著な皺の類は見受けられませんでした。

ジャングルジムは論外です。たとえ頂上まで上っても、足を伸ばせないのでは二階に手が届きません。

そもそも、二階に上がれたとして、ナディーンは足を使えないのですよ。身体能力的にも体力的にも、サラを突き落とせたとは思えませんが」

「ああもう！」

マリアが髪を振り乱した。……鋭いところのある上司だが、先走りすぎて詰めが甘くなる面も多々あるようだ。当の本人は恨みがましげに漣を睨んだ。

「何でそこまで細かく見てるのよ。一周回って最初からナディーンを怪しんでたとしか思えないんだけど」

「貴女が要求するであろう情報を予想して取得したまでです」

もっとも、全く訝《いぶか》しく思わなかったと言えば嘘になる。

一昨日の玄関でのやり取りで、ナディーンは漣たちの来訪の理由を、捜査の一環でドロシーに会わせてほしいからとしか耳にしなかったはずだ。にもかかわらず、彼女はそれ以上深く追及せず、警察が来るのを予期していたかのように招き入れた。やましいことなど何もないと見せつけるように。

が――ナディーンが自力で二階を行き来できない以上、彼女が孫と義理の娘を昏倒《こんとう》させたという説は、控えめに言って妄言の部類でしかない。

「なら、オズワルドは？」

「無線連絡によれば、八時十分過ぎに出勤してから母親の電話を受けるまで、外出することなく職場にいたという証言が、複数の社員や顧客から得られたとのことです」

「非の打ちどころのない鉄壁のアリバイってわけね」

マリアが皮肉気味に返した。「第三者――ナディーンでもオズワルドでもない強盗の類が侵入した形跡は？」

「ありません」

漣はリビングの窓へ目を移した。「ご覧の通りガラスは無傷、しかも施錠されています。玄関のドアも、第一陣が駆け付けたときは閉まっていて、ナディーンが鍵を開けたそうです」

二階を含めて窓が破られた箇所はない、と、外を回った警察官からも連絡を受けている。

そもそも、部外者の仕業にしては、ナディーンが悲鳴や物音を短い間しか耳にしていないのが気にかかる。サラやドロシーは助けも呼ばず、無抵抗で被害を受けたのだろうか。

漣が思案している間、赤毛の上司は仁王立ちで、リビングの奥に向かって右手を凝視していた。

フローリングに散った血は、一部が生乾きのままだ。マリアの胸に――憤怒以外の――どんな感情が去来しているか、パートナーとなったばかりの漣には察するすべもない。

と――赤毛の上司が、不意に目を大きく見開いた。

「マリア？」

漣の問いを無視し、マリアはいきなり床に伏せた。

階段の上り口の方向へ前のめりに倒れ込み、両膝を突いたまま上半身を床に付け、首を傾けながら床へ目を凝らしている。

上司の突然の奇行に、さすがの漣も声をかけられずにいたが、周囲の鑑識官たちは驚いた様子もなく「あー、そこから先は荒らすなよ」と呑気に注意を飛ばしていた。

数十秒後、マリアは険しい顔で立ち上がった。

二階を見据えながら、「待って、でもどうして――」と顎《あご》に人差し指を当てる。考えごとをするときの癖らしい。聞き取れるか聞き取れないかの声で何事かを呟き続けている。

紅玉色に光る瞳が、やがてジャングルジムへと向いた。数秒間の沈黙。赤毛の上司の顎から指が離れた。形の良い唇から、静かな呻きが漏れた。

「そういうこと……！」

マリアは鑑識官のひとりを手招きし、床を指して何事かを伝えた。「……解りました、やっておきます」「ありがと」若い鑑識官とのやり取りの後、マリアは漣へ向き直った。

「署に戻るわ。クルマを出して」

「よろしいのですか」

「ええ、尻尾は掴んだから。

後はボブたちが胴体と首根っこを押さえてくれる。こっちはこっちで準備を整えるわ。録音テープの再確認よ」

4

翌日——

「あの……お話、とは」

マリアと黒髪の部下の前で、ナディーンは痛々しげに眉根を寄せた。「それも、病院ではなく、ここで、など」

たった一日で、車椅子の老婦人は十歳も二十歳も老け込んでしまったように見えた。ろくに眠れていないのか顔色は悪く、声にも張りがない。

「そうです。せめて、場所を変えてもらえませんか」

傍らのオズワルドも、言葉こそ威勢はいいが、目の下に隈《くま》が濃く刻まれている。頬もこけているようだ。母親を心配してか警察への畏怖《いふ》か、平日の昼前にもかかわらず呼び出しに応じているが、疲労と震えを帯びた声の裏から、放っておいてくれという悲鳴が聞こえてくるようだ。

が、こちらも引き下がるわけにはいかなかった。

「気持ちは解るけど、協力してほしいの。昨日ここで何が起きたかをきちんと知るために」

——エルズバーグ家のリビングだった。

凶器のゴルフクラブと二階の電話機は鑑識に回収されたが、半壊したジャングルジムと床のドロシーの血はそのまま残っている。生乾きだった血痕は、一日が過ぎて完全に固まり、暗色を帯びていた。

「ぼくらに言われても……警察なら、サラに、いくらでも訊けるでしょう」

「残念ながら、まだ事情聴取を行える状態にありません」

漣がオズワルドをいなした。「よって、お二方――特に、ナディーン夫人の記憶が薄れる前に、事件当時の状況を再現する必要があるのです。お辛いのは重々承知しています。どうかご協力を」

淡々とした口調だが、弁護士然とした容姿も手伝ってか、ノーと返せない奇妙な説得力がある。

J国から来たという黒髪の部下が、異国の地で警察官という職に就けた理由の一端を、マリアは垣間見た気がした。

実際、漣の言葉に嘘はない。サラは一命をとりとめたものの、頭部を含む全身打撲に加え、右の手首や肋骨を折る重傷。意識の混濁《こんだく》が見られるらしく、今も面会謝絶だ。

一方のドロシーは未だ意識不明。生死の境をさまよっている。回復するかは五分五分、というのが昨夜の時点での医師の見解だった。

短い沈黙の後、「解りました」とナディーンが重い息を吐いた。

「警察に協力するのは市民の義務、ですものね」

「ご協力感謝します。――では、あちらでしたか」

漣が先導するように、玄関から向かって右手奥のドアへ歩を進める。オズワルドがナディーンの背後に回り、車椅子を押す。マリアも床の血痕を見やりつつ、三人の後に続いた。

ナディーンの部屋は、古い本棚や年代物の柱時計が据えられた、部屋の主の印象そのままの空間だった。

事故に遭ってから長いこと使ってきたのだろう、壁際に置かれたベッドは、塗装がところどころ剝がれている。オズワルドが母を抱え上げ、寝具の上に横たえた。

「本当は……中に潜っていたのですけれど」

「構わないわ。そこまで完璧に再現しろとは言わないから。――車椅子はどの辺に？」

ナディーンがベッドの脇を指差す。オズワルドが車椅子を斜めに寄せ、慣れない手つきで側面側のブレーキを動かした。

漣が片袖をめくり、腕時計をさらす。秒針の動きを横目で確認し、十二を差すと同時にマリアは声を放った。

「オーケイ、始めて頂戴《ちょうだい》」

合図に合わせ、ナディーンがゆっくりと身を起こした。

「物音を聞いた後、何だろうとしばらくベッドにいました。それから――」

動かない足を両手で片方ずつ動かす。ベッドの外に両足を置いてベッドの縁に座り、車椅子のひじ掛けを摑む。両手で身体を支えつつ腰を浮かせ、すぐさま身体をひねり、崩れ落ちるように座面へ臀部《でんぶ》を落とす。……

それなりに慣れた動きだが、決して早いとは言えない。かといって、故意に時間を稼いでいるようにも見えない。ひとりでベッドから車椅子へ乗るのは、やはり相応に苦労するようだ。

漣が無言で五本の指を開いた。……ここまで五分、か。

ナディーンが軽く息を整え、両側のハンドリムを摑んで部屋のドアへ向かう。「母さん――」オズワルドが思わずといった体《てい》で駆け寄ろうとし、唇を噛みながら足を止めた。

ナディーンが上体を前のめりにして、ドアノブを摑んで回す。細く開いた隙間へ手をかけ、車椅子をバックさせながらドアを開く。大きく開いたところで前進、廊下へ出る。ナディーンとオズワルドの間に割って入る格好で、マリアも後に続いた。

リビングへのドアも同様に開けて、ナディーンは昨日の惨劇の場へ入った。

「十一分です」

漣が小声で告げた。

「……入った瞬間、ドロシーの……孫の、むごい姿が目に入りました。何を見ているのか理解できず、悲鳴を上げることもできず――ただただリビングを見回すうちに、今度は窓側で、サラが……ジャングルジムのそばで――」

ナディーンが顔を手のひらで覆う。再び顔を上げるまで数十秒が過ぎた。

「ごめんなさい……まだ終わっていませんでしたね」

「気にしないで。それから？」

「どれくらい呆けていたかしら……九一一番にかけなければ、と気付き、慌てて電話機へ向かいました」

階段の上り口を横目に、ナディーンが車椅子を進め――ぴたりと動きを止めた。

顔から血の気が失せている。ハンドリムを握る手が小刻みに震えていた。

……やっと気付いたか。自分の失策に。

「どうしたの？　受話器を取るところまで進めて頂戴。

「孫と義理の娘が大変なことになっているのよ。慌てていたんでしょ？　血痕なんて気にしてる場合じゃないわよね？」

　ナディーンは答えない。

　オズワルドはぽかんとした表情をさらしていたが、無言で震えるナディーンと、床に残ったままの血痕を交互に見つめ、やがて母親と同じように顔を青ざめさせた。

「お解りになりましたか」

　漣が一枚の写真を掲げた。

　リビングの一角、ドロシーの倒れていた位置から階段の上り口までの床を写したものだ。

　全体的に暗い。電灯も窓明かりもない。そんな中、床の一部がぼんやりと光っている。ドロシーの倒れていた辺りは強く広く、階段の上り口の手前では弱くまばらに――蛍光塗料をひと噴きしたような、不規則な光の粒の数々。

　それらに交じって、足跡らしき形の光がいくつか見える。床に跳ね飛んだペンキを踏んで、そのまま歩いたような痕跡。

　だが――

「ルミノール反応です。通報当日に鑑識が撮影しました。

　血液に含まれる鉄分を触媒とした、発光を伴う化学反応です。肉眼では確認しづらい血痕も、遮光《しゃこう》環境下で鮮明に確認することができます。

　ご覧の通り、階段の上り口近くまで――不謹慎な表現ですが――綺麗に血が飛散しているのが解ります。足跡の一部は、駆けつけた救急隊員や警察官のものでしょう。

ですが、ナディーン夫人、貴女の車椅子の跡はどこにも見当たりません」

「見せてくれたわよね、たった今」

マリアは追い打ちをかけた。「自分の部屋からリビングへ入って、電話機のところへ向かうとき、あんたはドロシーの血が散っていた箇所を車椅子で通ろうとした。あたしもレンもしっかり見ていたわ。

なのに、事件当日に撮ったこの写真には、車輪の痕跡の欠片もなかった。

ねえ、血痕を踏まずにどうやって、階段下の電話のところまで行けたの。回り込もうにも、ドロシーの身体とゴルフクラブとソファが邪魔してたはずなのよ。

超能力でも使ったの？　それともぐるっと大回りして、反対側の壁とソファやテーブルとの隙間を潜り抜けたの？　人ひとり通れる程度の幅しかない、車椅子ではとても通り抜けられない隙間を？」

ナディーンは答えない。唇をきつく噛み締めている。息子のオズワルドも無言のまま、しかし母とは対照的に、口を不規則に開閉させていた。

「答えはひとつ。部屋で寝ていたら物音と悲鳴で目を覚ました、というあんたの証言は嘘っぱちだった。ドロシーが殴られたとき、あんたはリビングにいたのよ。

ナディーン・エルズバーグ、正直に言いなさい。どうして嘘を吐いたの。

あんたがドロシーをあんな目に遭わせたの？」

※

「な――何を言い出すんだ」

オズワルドが我に返ったように沈黙を破った。三日前の丁寧《ていねい》な口調は掻《か》き消えていた。「馬鹿なことを言うな。母さんがドロシーを？　あれは……あれは」

「サラがやった、という根拠はもう崩れたのよ」

漣の眼前で、赤毛の上司は無慈悲《むじひ》に告げた。「ドロシーが殴られたとき、リビングにはあんたの母親もいた。さっきの写真が証拠よ。

なのに、『部屋にいた』と嘘を吐いた。これで潔白だなんてどうして言えるの」

昨日、赤毛の上司が発見し、鑑識官に裏付けさせた矛盾だった。

サラとドロシーが救急車で搬送された後、ナディーンとオズワルドも直ちに病院へ向かった。二人とも昨夜は病院近くのホテルで過ごし、自宅には戻っていない。血の飛び散った箇所を詳細に観察、記憶する余裕などなかったはずだ――と見越したのだろう。マリアは大胆にも「罠を張るわよ」と宣言した。

ドロシーは頭部を階段の上り口へ向けて倒れていた。頭部から出た血は階段の上り口側へ跳ねていた。胴体の側へは飛んでいない。

ナディーンによる再現を始める際、漣は敢えて先に立ち、血痕のない箇所――ドロシーが身体を横たえていた箇所を通るよう誘導した。ナディーンは血痕の矛盾を見過ごし、見事にマリアの罠に嵌まった。

だらしなく、やる気がなく、詰めが甘く、しかし鋭いときは鋭い。それが、赴任からの数日で漣が上司に抱いた印象だった。

が――彼女を『恐ろしい』と感じたのは初めてだった。

「記憶違いとは言わせないわよ、ナディーン・エルズバーグ。

ついさっき、あんたは事件当時の動きをきっちり再現してくれたわよね。最後の最後に馬鹿でかい穴の開いた嘘っぱちの行動を、あたかも実際に起きたことのように。

もう一度訊くわ。どうして嘘を吐いたの。

……答えられないなら何度でも言ってあげるわ。ドロシーを殴ったのが、サラじゃなくあんただったからよ」

「馬鹿な！」

オズワルドが叫んだ。「そんなはずがない。だったらどうして――サラは、二階から飛び降りたんだ。

母さんが突き落としたとでも言うつもりか。車椅子の母さんが、二階から⁉」

「オズワルド・エルズバーグ。残念だけど、あんたも無関係じゃいられないのよ。

ドロシーが殴られた後にサラが飛び降りた、という証拠はどこにもないんだから」

「……は？」

「通報を受けて救急隊員や警察が駆け付けたとき、ドロシー嬢は流血していました」

赤毛の上司の説明を、漣は引き継いだ。「この事実から、我々は当初、事件が発生したのは通報時刻の直前だと思い込んでいました。

ですが、流血が示すのはあくまで、ドロシー嬢が殴られた推定時刻だけです。貴女の妻、サラ・エルズバーグが同じタイミングで墜落したというのは、あくまで状況証拠からの推測に過ぎません。

実際には、彼女が墜落したのはもっと早い時刻――例えば、貴方が出勤する前だったのかもしれないのですよ」

オズワルドが呻き声を放った。

「そしてドロシー嬢が殴られ、通報を受けて第一陣が駆け付けるまでのおよそ一時間、ジャングルジムの横で意識を失っていたのだとしたら。

母娘のどちらが先に昏倒したのか。死に瀕した負傷者を搬送する緊急下では判断のしようがありません」

「……ぼくが、母の代わりにサラを突き落としたというのか」

オズワルドが身体を震わせる。図星を突かれた恐怖か、言いがかりをつけられた怒りか、外面からは見分けがつかなかった。「でたらめだ！　全部臆測じゃないか。何の根拠があってそんなことを」

「あるわよ、根拠なら。

あんたの母親が虐待を行っていたことも、サラがジャングルジムの上に突き落とされたことも」

「え――」

「レン、準備して」

上司の指示に漣は頷き、マリアを残してリビングを出た。

あらかじめ玄関に置いていた機材――テープレコーダーを持ち、リビングへ戻る。スピーカーを親子に向け、再生ボタンを押した。

『はい。フラッグスタッフ――』『たすけて、たすけて！』……

事件の二日前、事情聴取の端緒となった通報の一部始終が再生される。

「どう？　ドロシーの声に似てるわよね。

捜査員が手分けして聞き込みに当たったけど、他に該当する声の持ち主は見つからなかったわ」

「……それが、何だと」

「よく聞きなさい。物音がはっきり聞こえたのは、通話の途切れる直前だけ。それ以外の部分ではほとんど会話しか聞こえないの。

おかしいと思わない？　ドロシーが虐待されて九一一番へ助けを求めたんだとして、ドロシーでない何者かが通話を切ったのなら、そいつがドロシーを追いかける足音や声が一緒に録音されてもよさそうなものじゃない。

そもそも、殺されかけた側が九一一番へダイヤルするのを、殺そうとした側が呑気に放置してるのも妙な話だわ。

なら、サラが誰かに虐待されているのをドロシーが目撃して、『ママが殺される』と思ってこっそり通報したのかしら。いいえ、これも同じ。サラが虐待されている様子が、会話に交じって聞こえるはずだもの。

矛盾を解く解釈はひとつだけよ。

一階で虐待を受けた通報者が二階へ逃げて、踊り場の親子電話からダイヤルした。虐待者は二階へ上がって追うことができず、代わりに、一階の差込口からコードを引っこ抜いて通話を無理やり切断した。

このとき、虐待者は何かをどこかにぶつけてしまった。それが物音として拾われた。……そういえば差込口の近くの壁、うっすら黒く汚れてるわよね。あそこに車椅子のタイヤが当たったんじゃない？」

ナディーンは答えない。俯《うつむ》き、腿《もも》の辺りを虚《うつ》ろに見つめている。

「当てはまる虐待者はひとりだけ。二階へ逃げた通報者を追うことができない人物——ナディーン・エルズバーグ。あんたよ。

そして、当てはまる通報者もひとりだけ。

ドロシーじゃないわ。ドロシーなら、あんたのことは『ママ《mom》』じゃなく『おばあちゃん《grandma》』と呼ぶはずだもの。

女の声で、あんたを『ママ』と呼べる立場にあったのは誰か——サラよ。

さっきの録音の声はドロシーのものじゃない。あんたに虐げられて錯乱したサラのものだったのよ。よく似た母娘なら、声が似ていても不思議じゃないでしょ」

幼児退行——恐らくそれが、サラの陥った精神状態だ。

幼少期に何かしらの心的外傷を抱えていたのかもしれない。子供時代のことはあまり話したがらなかった、とオズワルドが述懐していた。

その古傷を、ナディーンが抉《えぐ》り返した。義母からの叱責や暴力が許容量を超え、サラは幼児退行を起こしてしまった。

「ずっと引っかかってたわ」

赤毛の上司は続けた。「サラが自殺するつもりならどうして、二階という中途半端な高さから、しかもジャングルジム目がけて飛び降りるなんて真似をしたのか、って。

けど、理由はちゃんとあったのね。

ジャングルジムはたくさんの棒が繋ぎ合わさった遊具よ。その上に落とせば、身体には棒状の打撲痕が多く残る。結果、ゴルフクラブの柄で殴られた痕も目立たなくなる——そんな目論見《もくろみ》があったのよ。

でも、残念だったわね。サラの身体に残っていた痕の一部は、明らかにジャングルジムの棒でない別の凶器によるものだと、医師の診断で確認されたわ。

オズワルド・エルズバーグ。あんたは母親の所業を知っていた。知りながら、それを隠すために妻をジャングルジムに突き落とした。

ナディーン・エルズバーグ。あんたは息子のアリバイ作りのために、自分の孫をその手で殴り倒した。

答えなさい。どっちが主犯なの。自分たちの安寧《あんねい》のためならしょせん、『先住民の奴隷』とやらの命なんて安いものだと思っていたの⁉」

「マリア！」「違う！」「やめて！」

漣の制止の声に、親子の絶叫が重なった。

オズワルドの表情が、今は見間違えようのない憤怒のそれに変わっていた。ナディーンは両手で顔を覆い、肩を震わせていた。

沈黙が訪れた。ナディーンのかすかな嗚咽がリビングを満たす。

やがて、マリアが息を吐いた。長い赤毛を揺らし、ナディーンの前に屈み込み、紅玉色を帯びた瞳で見据えた。

「なら、本当のことを話しなさい。でないとサラが報われない。ごまかし続けたところで誰も救われないのよ——少なくとも、今回の事件では」

いくばくかの間の後、ナディーンがのろのろと顔を上げた。

「息子も……サラも、ドロシーも、誰も悪くありません」

絞り出すような懺悔《ざんげ》の声だった。「すべて、私のせいです」

「オズワルドの結婚を、私は心から祝福しました——そのつもりでした。あの娘《こ》の……サラの出自を聞いて、夫は随分と反対しましたが、私は、もうそんなことを気にすべき時代ではないと諭しました。

出自も肌の色も性別も関係ない。人は皆、平等なんだと——頭ではそう思っていました。

……なのに」

ナディーンの述懐を、漣はマリアの傍らで聞いた。

長く連れ添った夫の影響も少なからずあったのだろう。彼女の心の奥底に染み込んだ白人至上主義的な感情は、理性だけで拭いきれるものではなかった——という。

サラと同居を始めてから、義理の娘の行動や言葉のひとつひとつに、どうしようもない不快感を覚えるようになった。

息子の妻に悪く扱われていたわけではない。むしろ逆だった。ドロシーを身ごもっている間も、出産してからも、サラは献身的にナディーンの世話をしてくれていた。

にもかかわらず、ナディーンはサラへ、心からの感謝を抱くことができなかった。

人種に貴賤《きせん》はないと頭では理解しているつもりだったが、感情は正反対の方向を向いていた。

——最初こそ眉をひそめていましたが……祝福してくれました。

三日前のオズワルドの証言を、漣は思い出す。ナディーンも決して、先住民への偏見が皆無だったわけではなかったのだ。

彼女の告白は続いた。

自分自身への嫌悪と、サラへの負の感情を無理やり抑え込み、息子夫婦や孫と——表面上は穏やかな日々を過ごしていた。そのつもりだった。

負の感情の箍《たが》が弾け飛んだのは、半年前だった。

——洗濯物はありませんか、ナディーン？

自分はなぜ、エルズバーグの姓を偉そうに名乗る先住民の女に世話をされているのか。

そんな、一瞬前まで浮かびすらしなかった感情が心を支配し——気付いたときには、たまたまバッグから出しっぱなしになっていた息子のゴルフクラブを握り、罵声を浴びせながら義理の娘を柄《え》で打ちのめしていた。

サラは抵抗しなかった。

床にうずくまり、恐怖と悲哀の涙に満ちた目で、ただナディーンに許しを乞い願っていた。

「半年前——？」

オズワルドが愕然《がくぜん》とした表情を浮かべる。考えまいとしていた可能性を、現実のものとして突きつけられた——そんな様子だった。

「あんたに身体を見せたくなかったのね。

隠し事をしているような雰囲気になった、とあんたは言ってたけど――ドロシーへの虐待が始まったんじゃなくて、ナディーンから暴力を振るわれたのをあんたに知られたくなかったんだわ。寝る場所を別々にしたのもそのため。身体中に傷がついているのを見られたら、あんたをきっと悲しませるだろうから」

「……そんな」

オズワルドがよろめく。ナディーンは再び顔を覆い、懺悔を続けた。

……我に返り、ナディーンはサラへ詫《わ》びた。二度とすまいと誓ったが、一度壊れた箍は元に戻らなかった。

不意に激発してサラを打ちのめし、我に返って詫びる。そんなことが不規則に、しかし徐々に頻度《ひんど》を増して生じるようになった。

「ドロシーは……気付いていたんだろうか」

「恐らくは。同じ時期からあまり笑わなくなった、とプリスクールで証言を得ています。が、決して誰にも告げなかった――あるいは言おうとして、母親に固く口止めされた可能性はあります」

自分ひとりが耐えていれば、皆は幸せに過ごせる、とサラは考えていたのだろうか。

しかし、ナディーンが負の感情を抑え込めなくなったのと同様に、サラの苦痛も限界を超えた。

幼児退行だ。

発現したのは、恐らく一度や二度ではなかっただろう。当初はそれでも我慢していたが、やがて耐えられなくなり、二階へ逃げて九一一番へ助けを求めた――それが三日前のことだった。

「あなたがた……警察まで来てしまって、内心では恐ろしさに震えていました。サラの口から真実が漏れてしまったら――と。

けれど、サラは何も言いませんでした。

退行から戻った後、通報のことはあなたたちに一切伏せて、ドロシーにも何も言わせず……最後まで私を庇《かば》ってくれました。

私は……それに甘えてしまった。

いつしか、保身のことしか頭になくなっていたことに……最後まで、気付くことができませんでした」

「どうして――どうして話してくれなかったんだ」

オズワルドの声は苦渋《くじゅう》に満ちていた。自らをも責め立てるかのような響きだった。

事情聴取を受けたことを、オズワルド自身が三日前の時点で告げていれば、ナディーンもあるいは警戒し、自制したかもしれない。

が、オズワルドは伏せた。自分への事情聴取の件は、家族には内密にしてほしい、と漣たちへ告げていた。

彼も恐れていたのだ。妻との結婚を誰より祝福してくれたはずの母が、妻を虐げているかもしれない――無意識に抱いていたであろう疑念から、ひたすら目を逸らし続けていた。

が、疑念は最悪の形で具現化してしまった。

「それに、ドロシーまで、何で」

「違うわ」

マリアが遮った。「あんたの母親は、悪意を持ってドロシーを殴り倒したわけじゃない。

事故だったんでしょう？」

はっ、とナディーンが顔を上げる。車椅子の老婦人を、マリアは静かに見つめた。

「また通報されないように——いつ激発しても表沙汰にならないように、あんたは息子が出社した後、密《ひそ》かに電話のコードを差込口から抜いた。それが昨日。

あたしたちの訪問を乗り切って、気がいつにも増して緩んでしまったのね。あんたは早々と激発し——

けれど、幼児退行しながらもサラは学んだのね。電話は切られてしまう、自分の身は自分で守るしかない、と。

あんたの振ったゴルフクラブを、サラは恐らく初めて、腕を盾にして防いだ。

防がれたことであんたはさらに激高し、柄ではなく、ドライバーのヘッドをサラに向けて振り下ろした。

いつもより何倍も硬い衝撃に耐えかねて、サラは無意識にゴルフクラブを摑んで奪い取ろうとした。

柄を握るあんたと、先端を握るサラ。年齢や体力差を考えれば、サラに勝ち目がありそうだけど——現実は違った。

あんたの打撃を受けて、サラは右手を痛めてしまったのよ。

玄関側にサラ、階段側にあんた、という位置関係だったんでしょうね。両手の使えるあんたと、左手しか使えないサラとのゴルフクラブの奪い合いは、不幸にもあんたが勝ってしまった。

サラの左手からゴルフクラブがすっぽ抜け、あんたは勢い余って、ゴルフクラブをほぼ水平に、自分の斜め後ろまで振って――

そこへ、ドロシーが駆け寄ってきた」

母と祖母の争いを止めようとしたに違いない。最初は二階の電話機で通報しようとしたのだろうが、大元のコードが差込口から抜かれてしまっていた。

マリアの助言を、ドロシーは最初から、実行に移すことさえできなかったのだ。

少女は身を挺《てい》して、二人の間へ割って入ろうとし――ドライバーの先端が少女の側頭部を強打した。

昏倒したドロシーを目の当たりにして、ナディーンもサラも我に返り……恐慌に陥った。

先に、多少なりとも冷静さを取り戻したのは、恐らくサラの方だった。

すぐにコードを差し込み、痛む手で九一一番へ通報しようとして気付いた。このままではナディーンが犯罪者になってしまう。

サラはナディーンに通報を託した。余計なことは言わないでいい、早く救急車を呼ぶことだけを訴えて、と助言したのだろう。義理の母が通報を終えるのを見届け――自分は二階へ駆け上がり、ジャングルジムへ飛び込んだ。

昨日の通報の中で、ナディーンはドロシーのことしか訴えていない。まさかその直後、サラがすべての罪を背負って飛び降りるなど、想像もできなかったに違いない。

「かなり臆測が入っているけど……違う？」

マリアの問いに、ナディーンはもはや答えられる状態ではなかった。両手の指を顔に食い込ませ、激しく嗚咽していた。

「母さん――」

顔を歪ませるオズワルドを、マリアは一度だけ見やり、ナディーンへ向き直った。形の良い唇から、「……手続きは大事、よね」とかすかな呟きが漏れた。

「ナディーン・エルズバーグ。あんたには黙秘する権利、弁護士を呼ぶ権利があるわ。署まで来てもらえるわね？」

5

新しい部下との最初の事件は、こうして事実上の幕を下ろした。


ナディーンがオズワルドに伴われてパトカーに乗せられ、控えていた他の捜査員たちが家宅捜索で散っていく中、マリアは二階に上がり、ドロシーの部屋へ入った。

羊のぬいぐるみが、棚にぽつりと残されている。

ぼんやり眺めていると、「ここにいたのですか、マリア」と生意気な黒髪の部下の声が聞こえた。

突っ立っていないで仕事をしてください——そんな小言を、しかし漣は口にせず、静かにマリアの隣へ並んだ。

無言の時間が流れた。やがて漣が、思い出したように切り出した。

「サラ・エルズバーグは、元の家族から『ディベ』と呼ばれていたそうですが——『ディベ』とは、先住民の言葉で『羊』を意味するそうですよ」

「……そう」

――羊が好きなの？

マリアの問いに、少女は無言で頷いていた。

ぬいぐるみの羊に、愛する母親を重ねていたのだろう。家族の幸せを誰より願い、自らスケープゴートになった、心優しすぎる母親を。

……贖罪の山羊《スケープゴート》、か。

いや、『羊』なら『スケープシープ』だろうか。冗談の種にもならない。

漣が眼鏡の位置を直した。「結果的に自供を引き出せたとはいえ、親子の故意犯説をことさらに強調して追い詰めるのは、少々やりすぎだったのではありませんか。もう少し穏やかな方法というものが」

「ところでマリア」

「強調なんてしてないわ。あれが真相だと思ってたわよ。割と本気で」

あくまで『割と』だ。ナディーンが本当の悪人だったなら、逆にどれだけ気が楽だったか。

実のところ、現場の状況を踏まえれば、サラが誰かに突き落とされた可能性は皆無に近かった。彼女をジャングルジムに突っ込ませるつもりなら、踊り場の斜め方向ではなく、真正面にあらかじめ動かしておいた方が狙いを定めやすかったはずだ。

小棚も同じだ。ジャングルジムは動かせなかったとしても、誰かがサラを斜め下へ突き落とそうとすれば、小棚が邪魔になる。なのに、上に置かれていた電話機だけが転がり落ち、小棚そのものは、多少ずれただけでほぼ元の位置にあった。サラが踏み台に使ったのだ――より高く跳ぶために。

「……ねえ、レン。本当にこれでよかったのかしら。自供云々の話じゃなくて——最初にここを訪れたとき、あたしが無理やりにでもサラを説得して、ドロシーの身体を診ていたら。虐待の痕なんてないと気付けていたら、二人ともあんな目に遭わずに済んだのかしら」

サラがドロシーへの身体検査を頑《かたく》なに拒んだのは、真実を——虐待されていたのはドロシーでなくサラだと知られてしまうのを恐れたからだ。

通報時に口にした住所がどこまで警察に伝わったのか、サラにもナディーンにも知るすべはなかったはずだ。敢えてドロシーの身体を見せ、疑惑を避ける選択肢もあっただろうが、通報元が完全に特定されているかもしれない状況下では、真実への手がかりを無条件に与えてしまう悪手でしかない。

現実には、マリアと漣は何もせずに引き上げ、恐らくは先刻の臆測通り——当人は肯定も否定もしなかったが——ナディーンの増長と破局を招いてしまった。

もっと上手《うま》いやり方があったんじゃないか。そんな思いがマリアの頭を離れない。

しばらくの間、返答はなかった。

自惚《うぬぼ》れもいいところですね、と切り捨てられるかと思ったが、漣の口から出たのは別の言葉だった。

「かもしれません。

サラ・エルズバーグから真実を引き出し、彼女を保護していれば、最悪の事態は避けられたでしょう。

が——その可能性は相当に低かったはずです。

我々からすれば、ドロシー嬢に怪我がないと解った時点で、通報はただの悪戯と見なすしかありません。そもそもサラ自身が、エルズバーグ家から離れることを望まなかったでしょうから。通報を受けた時点で、エルズバーグ家の崩壊はすでに始まっていました。……通報元を特定するまでの間に、ナディーンの虐待がますますエスカレートし――サラも限界を超えてナディーンを返り討ちにしてしまった可能性さえあるのです。

『もしも』の先を想像できても、実際に知ることはできません。何が最善だったかなど、それこそ造物主にしか解らないでしょう」

慰《なぐさ》めているのだろうか。随分偉そうなこと言うわね、と返そうとしたが、マリアの唇は動かなかった。

漣の最後の台詞には、らしくもない情感がかすかに滲んでいた――ように聞こえた。

「それはそうと――マリア、大変申し訳ありません。重大な報告を失念していました。先刻、サラとドロシー嬢の容態について無線連絡が入りました」

漣が目を伏せる。たっぷり十数秒の間が空いた。

心臓が跳ねた。……まさか。

「二人とも意識が回復したそうです。

医師によれば、顕著な後遺症もなさそうだと。……病院への搬送が遅れていたら、処置は間に合わなかったかもしれない、とのことでしたが」

膝《ひざ》の力が抜けそうになった。

「ちょっと、何よさっきの間は！　悪趣味な冗談はボブだけにしなさいよ！」

「いえ、私も感極まったもので」

黒髪の部下はいけしゃあしゃあと言ってのけた。「――貴女の功績ですよ、マリア。通報元がフォックス・レアー・ドライブ沿いにあると、貴女が指摘しなかったら。エルズバーグ家から通報があった場合は直ちに対処するよう、貴女が提言しなかったら……彼女たちの運命は、正反対の方向を辿っていたかもしれません」

「……あんた、さっき、造物主にしか解らないとか何とか言ってなかった？」

漣を睨みながら――同時に、久しく感じることのなかった熱い感覚が、マリアの胸にこみ上げた。


……あたしは、救うことができたんだろうか。

あのとき、無二の親友を助けることができなかった、このあたしが。


サラとドロシーの生還が、即刻ハッピーエンドに繋がるわけではない。ナディーンにどんな処罰が下されるにしろ、エルズバーグ家の負った傷が完全に癒されるかどうかは――彼らが全員で再び笑い合える日が訪れるかどうかは――誰にも解らない。

が、命が失われてしまったら、傷が癒える可能性を考えることさえできないのだ。

「そもそも、虐待されているのはドロシーじゃなくサラかもしれないと最初に言い出したのはあんたでしょ。

そのあんたから褒められたって、嫌味にしか聞こえないわよ」

「……そうですか」

一瞬、漣が目を見開いた。冷静沈着然とした部下が初めて見せる、虚を衝かれたような表情だった。

ふと、当初から抱いていた疑問が、口から滑り出た。

「レン。あんた、どうして警察官になったの」

「お答えできません。長くなりますし、プライベートな事情もありましたので。強《し》いて言えば、『贖罪《しょくざい》』でしょうか」

贖罪か。高尚な言い回しをするものだ。

「貴女こそ、なぜ警察官に?」

「……色々あったのよ、こっちも。

で、昔のルームメイトから『意外と警察官に向いている』とか言われたこともあって——気付いたらこうなってた、ってわけ」

なるほど、と漣が頷いた。

「勇気ある方ですね。貴女に『意外と向いている』などと、射殺されかねない台詞を吐けるのですから」

「あんたが言うんじゃないわよ!」

※

マリアのわめきを「無駄話は終わりです。仕事に取りかかりますよ」と流しつつ、漣は今しがた尋ねられた問いを胸の内で繰り返した。

——あんた、どうして警察官になったの。

いずれ話す機会が来るだろう。そのときまで口にするつもりはない。が、今ここにいる意義なら、躊躇《ちゅうちょ》なく答えられる。

自分は、この傍若無人《ぼうじゃくぶじん》な上司のパートナーとしてここに来たのだ、と。

※

振り返れば、黒髪の部下との日々は、最初の事件からあまり変わらない調子で過ぎていった。

同僚たちは「ウマが合ってるじゃないか」「お前には過ぎたパートナーだ」などと言いたい放題だが、小生意気な部下と毎日顔を突き合わさねばならないマリアからすれば、正直たまったものではないと思うときもある。

が、何だかんだで半年を過ごすうちに、漣もそれなりに心を開くようになったらしい。先日など、「ある事件の概要です。ご見解をいただきたいのですが」とクリップ留めの資料を渡してきた。

場所も年月日も固有名詞も徹底的にぼかされていたが、漣が過去に関わった事件であろうことは明白だった。とりあえず臆測を手短に書いて翌日に返したところ、漣はマリアのメモに目を落としたまま身動きひとつしなかった。

「……どうしたのよ。合ってそう？　間違ってる？」

「解りません。関係者に問い合わせます」

体よく雑用に使われたらしい。心臓に毛の生えた部下だ。

その漣は今、いつものように隣でハンドルを握っている。

すっかり口に慣れたサンドイッチを胃の腑に収め、マリアは尋ねた。

「で、事件って何？　署にも寄らずに現場直行なんて何事よ」

「ジェリーフィッシュの墜落事故、とのことです」

「……ジェリーフィッシュの？」

漣は頷き、概要を語り始めた。

「現場は――」

初出一覧

「ボーンヤードは語らない」　〈ミステリーズ！〉vol. 103（二〇二〇年十月）

「赤鉛筆は要らない」　〈ミステリーズ！〉vol. 91, 92（二〇一八年十月、十二月）

「レッドデビルは知らない」　〈ミステリーズ！〉vol. 97, 98（二〇一九年十月、十二月）

「スケープシープは笑わない」　書き下ろし

ボーンヤードは語らない

2021年6月18日　初版

著　者　市川《いちかわ》憂《ゆう》人《と》
発行者　渋谷健太郎
発行所　株式会社　東京創元社
〒162-0814　東京都新宿区新小川町1-5
電　話　03-3268-8231（営業）
03-3268-8204（編集）
URL　http://www.tsogen.co.jp
印　刷　フォレスト
製　本　加藤製本

ISBN 978-4-488-02840-4　C0093